马丁·苏特小说选

小世界

Small World

陈巍 译

上海译文出版社

译本序

瑞士作家马丁·苏特（Martin Suter, 1948—　）的大名在欧洲德语区早已家喻户晓。自2008年开始，笔者每年都应邀访问瑞士、德国，经常在各地书店的显要位置看到瑞士第欧根尼出版社（Diogenes Verlag）出版的马丁·苏特的多种图书。马丁·苏特的作品是德语区名副其实的畅销书，他的图书非常契合广大读者的阅读兴趣，再加之他是写剧本、评论、广告词出身，写作速度奇快，语言生动幽默，从1994年开始几乎每年都有新作品问世。他的小说一出版，很快就能进入德国《明镜》周刊等畅销书排行榜之列。最近几年他又连续推出三部阿尔曼系列侦探小说，分别是《阿尔曼与蜻蜓》（2011）、《阿尔曼与粉红色钻石》（2011）、《阿尔曼与大丽花》，它们同样大受欢迎。

2011年1月笔者应瑞士文化基金会邀请，第三次访问瑞士，参加中瑞作家的交流活动，特意拜访了位于苏黎世的瑞士的最大纯文学出版社——第欧根尼出版社。

1952年瑞士出版家丹尼尔·克尔（Daniel Keel）创建了第欧根尼出版社。开始这只是一家小型的私人企业，仅仅出版几部漫画作品。但是克尔非常善于经营，人缘好，他把第欧根尼出版社定位为文学出版社，那么其根本宗旨就是延揽与发现出版社的招牌作家。比如瑞士作家迪伦马特和德国著名漫画家罗里奥特（Loriot）的作品都是由克尔本人发现，并通过营销，使之声名鹊起。第欧根尼出版社除了出版巴尔扎克、福克纳、叔本华、奥威尔、迪伦马特等经典作家的多卷本文集外，世界上诸多畅销书作家，如巴西作家保罗·柯艾略，美国作家约翰·欧文的作品，都由第欧根尼出版社出版德语版。截至目前，该出版社已经出版6 000多种图书，销售图书达2亿多册。第欧根尼出版社建社60多年来，不仅发展成为德语区举足轻重的纯文学出版社，同时在欧洲也具有巨大的影响力。

尤其值得一提的是该社曾经出版过的两本世界级德语畅销小说《香水》与《朗读者》，近年来随着这两部小说相继被拍成电影，第欧根尼出版社的影响力更是远远超出了德语区。第欧根尼版的图书还有一个惊人的相似之处，无论精装本还是口袋本，封面与封底一律以白色衬底，封面上则设计了一个长方形框，框内最上方是一幅精美的美术作品，中间是作者姓名，再下方为书名，框底印有第欧根尼（Diogenes）字样。读者在书店一见到这样装帧的图书，马上就知道是第欧根尼的图书，好感便油然而生。

马丁·苏特后来成为第欧根尼出版社的招牌作家也是克尔慧眼识珠的结果。1997年11月16日马丁·苏特在致克尔的信中，对克尔力推他的图书表示了由衷的感谢。当然这之前离不开瑞士著名的迪伦马特研究者彼得·吕迪（Peter Rüedi）的竭力推荐。1996年吕迪致信第欧根尼出版社的商务经理温弗里德·斯特凡（Winfried Stefan）推荐马丁·苏特的新作。当时温弗里德·斯特凡由于身患感冒，在病床上读完了苏特这部手稿，他与出版社老板克尔双双被这部小说深深打动了。当时惟一的问题是应该给小说取一个什么样的名字？答案有《旧日故事》、《房子的朋友》、《银杏》或者采用手稿上的书名《五月的雪球》。后来这部小说被冠名为《小世界》，取自小说里康拉德患了阿尔茨海默病之后，对他的女友罗丝玛丽·豪格女士说的一句无厘头的话："小世界"。

马丁·苏特的首部长篇小说《小世界》因此而一举成名，他可谓大器晚成，年近五十才开始转而写小说。但是《小世界》不仅在德语区，而且在海外也取得了巨大成功，被先后翻译成十几种文字，并售出了电影改编权。

2010年12月底由德法两方共同拍摄的电影《小世界》在德国、奥地利、瑞士公映。我们到第欧根尼出版社一眼就被悬挂在出版社白墙上显要位置的《小世界》电影海报深深吸引了。尤其是这部电影由上世纪八十年代在中国家喻户晓的著名法国影星杰拉尔·德帕迪约出演男主角康拉德·朗，由德国籍罗马尼亚裔女演员亚历山德拉·玛丽亚·拉拉出演女主角西蒙妮,更是为这部作品锦上添花。

现在,上海译文出版社一口气买下了马丁·苏特的五部小说中文专有版权,加上先前出版的北大罗炜老师翻译的《最后一个威英菲尔特》,马丁·苏特共六部作品将在中国陆续推出,这是上海译文出版社继"瑞士当代小说译丛"之后,首次大规模地集中介绍一位瑞士作家的作品。

本人有幸接手翻译其中影响力最大的小说《小世界》,深感责任重大。该书系马丁·苏特的首部长篇,出版于1997年。这部作品描写西方后工业化社会老龄化问题,有巨大的现实意义,同时它又包含了侦探小说的精彩、惊险、惊悚情节,与他后来出版的另外两部作品《完美朋友》和《月亮的阴面》同被称为"精神分析三部曲"。其中2002年《小世界》与《完美朋友》同时登上《明镜》周刊畅销书排行榜。

以下是《小世界》一书的故事梗概:

小说从一场冬天发生在希腊科孚岛上的科赫家族的度假别墅的火灾开始,主人公康拉德·朗为这幢别墅的房东——瑞士企业界、金融界贵妇埃尔维拉·森管理这幢别墅。由于他一时疏忽,在点燃别墅最下方房间的壁炉里的柴火的同时,乘缆车到别墅上方的厨房里取食品与酒类。海风吹着壁炉里的火焰蔓延到房间内,点燃了房间里易燃的装饰物,让这幢价值几百万瑞士法郎的度假别墅付之一炬。此后康拉德·朗的生活因此而发生了逆转。可是,这个瑞士籍老人为什么会孤身一人远离自己的家乡,替别人看管别墅呢?

故事一开始就充满悬念地把读者带到了一个扑朔迷离的小世界。原来康拉德的母亲安娜·朗曾经是别墅主人——埃尔维拉·森的好朋友,兼他们家的女仆,康拉德小时候随母亲在埃尔维拉家生活。但是二战期间,康拉德的母亲在英国伦敦爱上一名纳粹外交官,出于私利,她偷偷回到瑞士,把儿子托付给瑞士埃门塔的一个农民抚养。开始她还定期寄抚养费,后来这个农夫就什么钱都收不到了。农夫从康拉德口中获悉安娜还有一位好友埃尔维拉,生活在瑞士苏黎世。当埃门塔的农夫带着康拉德来见埃尔维拉时,埃尔维拉的继子托马斯·科赫见到自己童年时代的玩伴康拉德,无比兴奋,便央求母亲把康拉德留下。埃尔维拉心一软,花钱打发了那个瑞士农民,留下康拉德陪伴自己的儿子。从此康拉德就成了埃尔维拉·森挥之不去的梦魇。康拉德从小跟托马斯一道长大,接受了贵族教育,但是一直被当作女仆的孩子对待,虽然康拉德曾经产生过当钢琴演奏家的梦想,但是他一直寄人篱下,听人摆布。同时在爱情与生活上也饱受挫折,内心并不快乐。小说的开头,康拉德因为这场火灾再次回到了苏黎世。

康拉德靠埃尔维拉·森一家过活,同时充当着公子哥托马斯·科赫挥之即去,呼之即来的伙伴。火灾发生之后,他不得不回到苏黎世,栖居在属于科赫家族的公寓里,靠着科赫家族提供的有限生活费过活。他日渐颓废，意志消沉，只有靠酗酒聊以度日。康拉德的好运是在一家酒店用餐时开始的。他在那儿巧遇一位家境优越、正在设法摆脱一个她毫不中意的追求者的中年女子罗丝玛丽·豪格，康拉德帮她解了围。原本循着小说的情节，故事应该是一个完美的爱情故事，康拉德·朗在历经人生坎坷，步入老年之际，时来运转，他以年轻时学到的绅士风度，赢得了罗丝玛丽的芳心，两人甚至到了谈婚论嫁的地步！

而康拉德·朗再次获得真正爱情之际，命运又跟他开了一个巨大的玩笑。一种可怕的疾病开始侵扰他的大脑，这就是今年我国有关机构一再呼吁正名的疾病——老年痴呆症。其实这种疾病的正式名称叫做阿尔茨海默病。康拉德正是患了这种忘记一切的可怕的老年疾病，他重燃的爱情之火，因为病情的加重又得而复失。

阿尔茨海默病是一种中枢神经系统变性病，起病隐袭，病程呈慢性进行，是老年痴呆最常见的一种类型。主要表现为渐进性记忆障碍、认知功能障碍、人格改变及语言障碍等神经精神症状，严重影响社交、职业与生活功能。这种疾病已经成为西方老龄化社会一种常见性疾病，康拉德患上这种病后，渐渐忘记仍然在照顾自己的罗丝玛丽，他越来越多地回到了童年时代，回忆起童年时代与托马斯·科赫和埃尔维拉·森共处的许多生活细节。

小说中另外一位重要人物埃尔维拉·森已年届八十，系瑞士一家大型企业集团科赫企业的掌门人。埃尔维拉年轻时嫁给了科赫企业的老板威廉·科赫，威廉·科赫去世后，她又与科赫企业的执行总裁埃德加·森结婚，而埃德加·森因心脏病过世之后，埃尔维拉成为这家大型私人企业的实际总管。尽管她还有一位继子托马斯·科赫，但她一直没有向生活糜烂的托马斯交接大权，之后倒看中了托马斯·科赫的儿子乌尔斯·科赫。在这位雄心勃勃的孙子与西蒙妮成婚后，埃尔维拉决定把分公司科赫电子的管理权交给他。

随着康拉德越来越多地回忆起过去，埃尔维拉感到十分不安，她需要随时掌握康拉德的动向。埃尔维拉获悉罗丝玛丽把康拉德送进了养老院，但是康拉德从养老院三楼跳下来，却没有丧命。为了避免康拉德之后在养老院里继续回忆起那些鲜为人知的“过去”，她决定派自己的孙媳妇西蒙妮探查究竟。新婚不久的西蒙妮，发现丈夫乌尔斯有了外遇，心情极为压抑。她发现康拉德并非不可救药，想通过拯救康拉德，证明自己的能力，而忘掉眼前的忧伤。她劝说埃尔维拉耗费巨资，把自家的客舍改造成一家现代化诊所，对康拉德实施二十四小时全天候陪护。

西蒙妮在医生的指导下，试图向埃尔维拉索要家族的老照片以刺激康拉德的记忆，但是埃尔维拉予以拒绝。西蒙妮乘埃尔维拉度假之际，终于找到了隐藏老照片的密室，她复制了这些照片，之后定期与康拉德共同观看照片，配合医生对康拉德的治疗。这些老照片的确刺激起康拉德对童年时代诸多细节的真切回忆，终于一桩隐瞒了几十年的谋杀案逐渐浮出了水面，还有康拉德、埃尔维拉·森的身世……

至于故事的结局怎样，这需要读者诸君读完整部小说后才能知晓。马丁·苏特以一桩隐瞒了几十年的谋杀案为基本线索，讲述了康拉德罹患阿尔茨海默病之后，艰难曲折的康复过程。而康拉德在治病的期间对他童年时代的回忆，逐步揭开了他本人与埃尔维拉的真实身份。这是一部既反映当今西方老龄化社会老人在患病之后遇到的真实困境，又掺杂了侦探小说元素的引人入胜的长篇小说，虽然描述的是康拉德大脑之中的小世界，但告诉我们的却是人类生活的大乾坤。

德国《威斯特法伦周报》认为这是一部“一流的惊悚小说，非常缓慢，主人公康拉德·朗罹患阿尔茨海默病，作者在似乎无法捉摸透的黑暗关系之中点燃了光明”。

而南德意志电台则认为“《小世界》是一部最能让人感同身受、最精彩的长篇小说。这是一部让人叹为观止的、细腻的爱情故事；一部体贴入微的、绝对悲切的反映现实生活的阿尔茨海默病的故事。一部侦探小说，把它的精彩一直保留到最后一页；一部调研透彻的长篇小说，极易理解与让人感动，作者采用了一种精准的、未加雕饰的语言”。

笔者翻译这部小说时遇到了不少挑战。故事发生地在瑞士，小说涉及不少瑞士民俗与地理知识，还有音乐知识以及阿尔茨海默病等医学术语都是无形的拦路虎。作者在后记中感谢他的医生朋友提供的阿尔茨海默病方面的专业咨询，这给小说本身增添了几分真实与可信。甚至小说里描述的一种预防治疗阿尔茨海默病的特效药也让许多病友家属充满了期待。

虽然译者对译稿进行了多次修改，但是由于交稿期限所囿，错误在所难免，恳请读者批评与指正！

陈　巍

2013年5月12日于宁波大学外语学院

1

康拉德·朗回来时，除了房间壁炉内的木材外，所有的东西都葬身于火海。

康拉德栖身于克基拉市[①]以北大约四十多公里外科孚岛的科赫别墅内。这套别墅由一排重叠的建筑群组成，房屋、花园、露台与游泳池组成的阶梯朝一处布满沙砾的海湾倾斜。只有从海上或者乘坐悬在整个建筑群上方的钢丝缆车方可抵达别墅下方的海滩。

确切说来康拉德·朗没有住在别墅里，而是栖身于看门人的小房子——一幢在五针松掩映下的、冰冷潮湿的砖墙建筑内。康拉德·朗并非别墅的客人，而是负责照管别墅的人。除了食物、住宿与一次性支付全部费用以外，他要负责房东的家庭成员与客人们对别墅房间的随时调配，支付雇员的工资、维修建筑物的长工的账单。盐分与潮湿不断侵蚀着这幢建筑。

承租户则负责照看种有橄榄树、杏树、无花果树和橘子树的小农场以及一小群羊。

在狂风肆虐、阴雨连绵、潮湿寒冷的冬季，康拉德除了白天去一趟卡西欧皮[②]与几位同在岛上过冬的难兄难弟会面外，几乎无所事事。他们之中有一位英国老古董商，一位老派时装店的德国女店主，一位年迈的奥地利画家，还有一对同样需要照看别墅的来自瑞士西部的夫妇。他们前往旅游旺季过后仍然营业的几家酒馆中的一家聊天、喝酒，大多数时间都喝多了。

剩下的时日他都在抵抗透入其骨髓的寒冷潮湿中度过。科赫别墅与岛上其他度假别墅一样并非为过冬而建造，门房也没装壁炉，只有两只电炉，但不可同时开启，否则保险丝就会跳闸。

所以在数九寒天或深夜里他有时住在最底层的客房建筑内。他喜欢那里，因为靠在房屋正面犹如船长站在驾驶桥楼上。他的下方是一座碧波荡漾的游泳池，前方除了平静的大海之外并无其他景物，此外还有熊熊燃烧的壁炉以及电话带来的安逸。门房原先是方位最低的那层客房建筑群中的服务用房，他可以要求把电话转接到下边，这情形仿佛他待在了应该待的地方。按照埃尔维拉·森的指示，别墅的房间是康拉德的禁区。

时值早春二月，一阵强劲的东风把棕榈树刮得东倒西歪，

---

① 克基拉市，亦称科孚市，是位于希腊西北部克基拉岛的一座主要城市，也是克基拉州的首府。

② 希腊科孚岛东北海岸边的一座村庄。

驱使灰色的云团遮住了太阳。康拉德决定在几首钢琴协奏曲的陪伴下躲入最下方的会客室。他在缆车上装了一些木材与一桶汽油，乘缆车下去。

点燃木材需要汽油。两周前他就订购了一车杏木。这种柴火倘若干燥时，能持久地燃烧发热。然而供给他的木材却潮湿不堪，使之燃烧没有其他更好的办法。尽管不太雅观，但却十分奏效，康拉德已试过十几次了。

他把几捆木材堆在一起，浇上汽油，点燃一根火柴。然后坐缆车上行，到小厨房去取两瓶葡萄酒、半瓶茴香酒，还取了橄榄、面包和奶酪。

回来的路上他碰到了承租人，他想让康拉德看看围墙上有块地方的抹灰被硝石腐蚀掉了。

当康拉德·朗再次回到下方，烟气朝他迎面扑来。他把这归咎于海风，是从不同寻常的角度由海上而来吹入壁炉里，没有特别当回事。

缆车再次停在最下方的客房区时，除了壁炉里的木材外，所有的东西都被熊熊烈焰吞噬了。当有人心不在焉之际，倒霉事往往会在他身上发生。他把一捆木材放在壁炉内，没想到却造成壁炉边的一堆木材着火。火苗在他离开时就蹿到了一排印度尼西亚的藤座椅上，然后再从那儿把墙壁上的扎染挂毯点燃了。

倘若正好不是这一刻，康拉德想离开缆厢，敞开的汽油桶就可能爆炸，也许火灾还能被扑灭呢。康拉德惟一到位的举动，就是按下了“上行”的按钮。

当缆车缓慢地向上滑行，升降机的井道内马上充满了刺鼻的烟气。在次高层和最高层建筑物之间缆厢开始猛烈震荡，撞了几下后，停住了。

康拉德·朗用套衫捂住嘴，注视着快速变黑的浓烟。慌乱之中他靠在缆厢门上，不知道怎么打开了门。他屏住呼吸，爬上缆车线路旁边的台阶。几分钟之后，来到了最高层。他咳嗽着，气喘吁吁地逃到了安全地带。

科孚岛上的科赫别墅在火灾发生前刚刚由一位荷兰女室内设计师装修过。别墅里充斥着印度尼西亚的古董、纺织品与民族绘画，这些玩意如同点火的引信。

风吹送着火焰通过缆车井进入所有层面的起居室，然后又从那里进入卧室和附属的房间。

消防警到来时，火焰已经离开房屋，在劲风的吹拂下扑向棕榈树和簕杜鹃，朝五针松树林迅速蔓延。消防队员只能把精力投入到阻止火苗蹿到五针松与邻近的橄榄树上，这里常年降雨稀少。

康拉德拎着一瓶茴香酒偷偷溜进了门房。当窗外的大五针松爆炸似的成一团火球时，他才蹒跚地走出去，远远注视着烈焰把白色的房屋以及所有不值钱的家当付之一炬。

两天之后舍勒先生大驾光临，他由“科赫工程”希腊子公司的负责人阿波斯托洛斯·扬尼斯陪同，来到火灾现场，用鞋尖在化成焦土的瓦砾中翻来翻去。他把笔记本放入口袋，别墅被彻底烧毁了。

舍勒系埃尔维拉·森的个人助理，一个年近五十、身材单薄、细致入微的中年男子。他在企业里不担任官方职务，在商业目录之中也甭想找到他的大名，可他却是埃尔维拉·森的左膀右臂，这一角色让集团公司的高层也要畏惧三分。

康拉德·朗至今掩饰着对舍勒的恐惧，总以迁就名门之后的态度对待他。尽管舍勒系发号施令的人，康拉德·朗还是成功地接受了这些指令，好像这样才是与埃尔维拉协商的可信结果。即使舍勒十分清楚，埃尔维拉·森与康拉德·朗之间的全部交往都得经过他本人，事实上这个瑞士金融界的贵妇对他而言始终是可以拉拢的关系，他这辈子经常被安排到埃尔维拉持续扩展的帝国，国际朋友圈内的某个地方充当社交伴侣、管理者或者什么都干的伙计。舍勒私下里也抱怨过这个目空一切的老太太。仅仅为了康拉德曾与她继子托马斯·科赫共度过一段青春时光，就认为虽然相距遥远，但仍有必要用某种方式勉强维持着与康拉德的关系。

在他的职责范围内，他觉得康拉德·朗是一个大麻烦。舍勒希望火灾最终能够一劳永逸地解决此事。

伴随着消防队员们发出的杂乱的声响，康拉德·朗在火焰的反光中呆呆地过了几小时。只有当需要在瓶口抿酒时，他才动一动，要么当灭火飞机超低空朝意大利五针松隆隆飞过，浇下又一箱水时，他才缩回脑袋。不知何时承租人带来两名男子，他们想向他打听火灾的原因。当他们发现康拉德·朗无法接受盘问时，就把他带往卡西欧皮，让他在警察局里过了一夜。

次日早晨他在接受审问时无法解释为什么会燃起大火。这并不纯粹是在撒谎。

对火灾成因的回忆一点点浮现出来，但他气愤地拒绝了所有的责任，对这种指控表示绝望。假如承租人没有说出当天下午看见过康拉德·朗拎着一桶汽油前往最底层的客房区，他也许还能渡过难关。

随后，康拉德·朗由于要澄清纵火的嫌疑被带进了克基拉市警察总局。他还得待在那儿，舍勒此刻正在科孚希尔顿国际酒店的房间内清除烟灰，更换衣服，从迷你酒吧里取出一瓶汤力汽水。

康拉德·朗一小时之后被看守从牢房提出来，带到一间简陋的办公室，埃尔维拉的助理和一名警官正在等候。他已经被警察拘留了五十多个小时，丧失了所有的傲慢。这个任何时候都看重自己穿着得体、刮净胡须的男人，如今却穿着一条满是烟灰的灯芯绒裤子，脏兮兮的鞋子，一件肮脏不堪的衬衫，系着一条皱巴巴的领带。黄色的开司米套头衫被他当作了防毒面具。他修剪得体的小胡子几乎没有从短胡子中显露出多少，灰白的头发一缕缕挂在脸前，眼袋比以往更深，下垂得更厉害了。他瑟瑟发抖，显得焦躁不安，不仅仅是因为激动，还因为毫无节制的酗酒。朗六十三岁左右，但当天下午他看上去更像七十五岁。舍勒漠视那只向他伸过来的手。

康拉德·朗坐下，等待舍勒说话。但舍勒一言不发，只是摇摇头。当康拉德·朗无助地耸耸肩，舍勒朝他仍旧摇摇头。

“怎么啦？”康拉德·朗终于问了一句。

舍勒还是摇头。

“这是杏木，潮湿的时候不会着火，一次事故。”

舍勒双臂交叉，等待着。

“您不知道，这里的冬天有多冷！”

舍勒朝窗外望去，户外明亮的白天将尽。

“这种季节很不正常。”

舍勒点点头。

朗朝那个大约会说点英语的警官转过身。“请您告诉他，今天这样的日子在当前的季节很不正常。”

警官耸耸肩，舍勒看看表。

“请您告诉他，我不是纵火犯。不然他们就会把我扣在这儿。”

舍勒起身。

“告诉他们，我是这幢房子的老朋友。”

舍勒轻蔑地看看康拉德·朗，再次摇摇头。

"您跟埃尔维拉说过没有，这是一次事故？"

"我明天会向森夫人汇报的。"舍勒走向门口。

"您要跟她讲什么？"

"我会向她建议告发你。"

"一次事故。"舍勒离开房间时，康拉德·朗还在结结巴巴地嘀咕。

舍勒次日乘坐旅游旺季之外的惟一的一班飞机，从爱奥尼斯·卡波季斯第亚斯[①]机场飞往雅典，再转乘可接受的航班，在黄昏前抵达"施托克里"别墅埃尔维拉·森的办公室。科赫家族如此称呼这幢由玻璃、钢铁与露石混凝土组成的平顶别墅，该别墅是埃尔维拉委托一名知名的西班牙女建筑设计师作为"杜鹃花别墅"公园中的敬老院而设计建造的。公园由大约一万九千平方米大小的略微倾斜的坡地组成，各种杜鹃花和老树分隔出来的曲径遍布其中。这间办公室和所有房间一样，面向西南，可以纵览苏黎世湖以及湖对岸的山丘，天气晴朗时甚至可以看到连绵起伏的阿尔卑斯山。

埃尔维拉·森十九岁时应征照顾孩子的保姆来到鳏居的"科赫企业"创建者——威廉·科赫的身旁。他妻子在惟

---

① 爱奥尼斯·卡波季斯第亚斯（1776—1831）出生于爱奥尼亚群岛上的克基拉岛，是俄罗斯帝国的希腊籍外交家，之后领导希腊独立战争、并成为希腊第一共和国的元首，直到1831年被刺杀身亡。

一的儿子出生之后不久便离世了。没过多久埃尔维拉就与威廉·科赫结婚，在他过早去世后的两年内再婚，这次新郎是科赫企业的执行总裁埃德加·森。他是一位能力超群的企业经营者，在战争期间让工厂——一家不具创新精神但脚踏实地的机械制造厂逐步繁荣起来。工厂生产不必立即交货的德国、英国、法国和美国的汽车发动机和机器备件。战后他利用这些经验获得了生产相同产品的许可证。他把经济奇迹年代的利润大规模地投入到不动产之中，适时地卖掉获利，努力采取了产品多样化的手段。这样科赫企业度过了大萧条时期。并非未受伤害，但还是挺过去了。

有人常常嚼舌头，森先生的灵巧双手被他夫人更灵巧的手所牵引。埃德加·森六十岁时因心肌梗塞去世，企业未受干扰得以继续壮大，许多人的怀疑得到了证实。今天科赫企业已经成为一家均衡发展的多元化企业集团，涉及机械制造、纺织、电子、化学以及能源生产领域，甚至还从事生态技术开发。

十年前，埃尔维拉便透露要让位给年轻人。她搬进了“施托克里”，按照当时的新闻报道她已经把缰绳交给了时年五十三岁的继子托马斯，而实际上领导权仍然牢牢攥在她手中。她虽然没有保留管理机构的职位，但会议的决定常常在她的“施托克里”做出，而且比董事会做出的任何决定传递的范围更广，更具约束力。她想继续掌权，直到托马斯的儿子乌尔斯能够接替她的角色。托马斯曾打算跳过她，其原因跟他的性格有关。

她得到了科孚别墅全部烧毁的消息后表现出预期的镇静。她曾经去过那儿一次，这也是二十多年前的事了。

“倘若我把他投入监狱，会是什么样子？”

“您不必把他投入监狱，司法机构将对此负责。纵火在希腊也是一桩法院不等受害者申请仍然依照职权主动审讯的罪行。”

“康拉德·朗不是纵火犯，他只是上了年纪。”

“如果您想界定为失职造成的火灾，那么我们必须对他做出有利的陈述。”

“他们将如何处置他呢？”

“他会被处以罚款。如果他能付得起罚款，就不必蹲监狱。”

“我不必问您，您处在我的位置该怎么办”。

“不必问。”

埃尔维拉若有所思。想象着康拉德·朗在1 500公里之外的南方，安全能够得到保证，她并没有感觉不舒服。“希腊的监狱状况如何？”

“扬尼斯说，在那儿花些德拉克马[①]就能完全搞定。”

埃尔维拉微微一笑。她已经是一个老妪了，尽管表面上看不出来。她一辈子耗费了许多时间、金钱与能量保持着青春。

---

① 希腊曾经使用的货币单位，2002年1月1日起被欧元取代，1欧元等于340.75德拉克马。

大约四十岁开始，就定期做一些小型整容手术，尤其在面部。这赋予她有一段时间保养过好，现在七十八岁的她在心情舒畅时看上去还不到六十岁。不单单因为钱与外科手术，还有天性对她也有一番帮助。她长着一张圆圆的木偶脸，因此无需像其他女人那样，在脸与形体之间做出抉择。她完全能够保持苗条的身材。她身体健康，除了患有糖尿病（她的医生没有彬彬有礼地称之为“老年糖尿病”），因此她必须一天两次注射一针基础胰岛素。她有规律地保持饮食，天天游泳，做按摩和淋巴引流，每年两次到伊斯基亚[1]的一家诊所疗养三周，尝试对沉重的事情不生气。

舍勒没有停顿：“对于您为他做的一切，别人当然不会给予任何指责。经历了这次变故之后您已没地方可以安置他了。要么您现在就替他承担责任？”

“就是说我应该让他蹲监狱。”

“正相反。您没有控告他，要求赔偿损失，人们会对您做出高度评价。没人期望您把烧掉价值500万别墅的人从监狱里放出来。”

“500万？”

“保险额约400万。”

---

① 伊斯基亚是第勒尼安海中的一个火山岛，距离意大利南部城市那不勒斯约30公里，岛上的经济以旅游业为主，吸引欧洲（特别是德国）和亚洲游客来此进行温泉和火山灰泥疗养。

“别墅到底花了我们多少钱？”

“大约200万。加上约150万科赫先生最近几年的投资。”

“投给荷兰女室内装修设计师。”

舍勒点点头。

“那么便宜，我们还是别把它卖掉吧！”

“那我该怎么做？”

“合适的就是什么都不做。”

“那我就照办了。”

埃尔维拉戴上眼镜，朝斜面桌上一张摊在她眼前的纸转过身。舍勒站起来。

“托马斯，”她说，没有抬头，“不必向托马斯说明故事的细节。”

“科赫先生从我这里得不到任何信息。”

舍勒走到门口前，传来一阵敲门声，旋即，托马斯·科赫踏入房间。

“康尼[①] 把科赫别墅给烧掉了。”他没有注意到埃尔维拉与舍勒交换的目光。

“特里克丝·范·迪克已经打来电话：别墅看上去就像遭到了轰炸。”然后他冷笑道：“她与《室内世界》一伙人正在那里。他们想做一期封面故事，把它大肆吹捧一番。但那里再也

① 康拉德·朗的爱称。

没有什么‘室内’了。她说，她真想干掉康尼。就这样，听上去就这样。我相信她。”

托马斯·科赫的脑袋秃得只剩下一圈黑头发，太阳透过云隙，照进房间，他做出了某些不正常的反应。相对于他肉嘟嘟的脑袋，他的面孔显得过小，尽管如此还在咧嘴冷笑。

“我相信，舍勒，您应该在科孚检查一切是否妥当。办好手续，天呐，让我跟这个范·迪克保持一定距离。”科赫走到门边。

“啊，请您把康尼从监狱里提出来。告诉他们，他不是纵火犯，只是酒鬼。”

托马斯·科赫在身后关上门，他们还能听得到他在咯咯地笑：“《室内世界》！”

三周之后康拉德·朗和舍勒在此会面。阿波斯托洛斯·扬尼斯受瑞士总部的委托支付了一笔保证金，康拉德·朗带上临时文书，所有最必要的衣物，一些零花钱，二等座位的船票和火车票。

康拉德·朗在浪花翻滚的海上乘了八小时的渡船赶往布林迪西[①]，在火车站闲逛了三小时。当他次日五点一刻准时赶到扬尼斯与他会面的地点时，天色已暗。

---

① 布林迪西，意大利东南部城市，临亚得里亚海的奥特朗托海峡，城筑于一个小海湾内的半岛上，有东、西两个港口。

冷杉树大街134号是一处位于交通繁忙的马路边的居民区，其实那里并无一棵冷杉树。居民区处于工人居住区内。康拉德·朗在房屋门口犹豫不定地站了一会儿。在纸条上没有发现楼层，他研究了一下门牌号，它们全都干净地镶在铝框内，黑乎乎的一片。在三楼的铃铛旁刻着“康拉德·朗”几个字。他摁了一下门铃，过一会儿门禁传来了嗡嗡声。三级楼梯之上舍勒在房门口迎接他。“欢迎回家。”他冷笑道。

朗的旅行耗费了三十三个小时，外表狼狈不堪，跟他俩上次在克基拉市警察总局见面几乎差不多。

舍勒把他带进两居室房子内。房间里布置着简单的、廉价的家具，橱柜与抽屉里是最必需的餐具和刀叉，还有几只平底锅以及一些基本食品。在卧室的橱柜里放着床单和毛巾，起居室里摆着一台电视机。一切都是新置办的，地板铺上了地毯，房间刚刚粉刷过。康拉德·朗想，这里好像是从未使用过的度假屋。倘若没有电车发出的刺耳声和汽车的鸣笛声该多好啊！他坐到可调节的电视沙发椅上。

“下面的协定。”舍勒说，在旁边的小沙发上落座后，把一张纸放在小桌子上，“森夫人负责这套屋子。您若想添置家具，可在这份需求清单上填写。我受托在一个合理的范围内迁就您，承担保险、医疗和牙医，同时还有衣物的费用。我的一位女助理明天会到您这儿报到，将陪伴您购买外衣，提供咨询。咨询首先涉及经济状况，她能支配的活动余地有限。”

舍勒把这张纸翻过来："斜对面是海豚咖啡馆，一间非常舒适的茶室，您可以在此用早餐。其他时间吃饭定在蓝十字饭店，一家相当可靠的无酒水饭店。从这里乘电车四站路。您认识吗？"

康拉德·朗摇摇头。

"两家饭店您都有一份往来账户，森夫人承担费用。除了这些安排之外，您每周还有300瑞士法郎的零花钱，这笔钱您可在信贷银行的玫瑰广场分理处主管那儿提取。他有指令，不会给您预支。森夫人请我转告您，她并不期待与希望得到任何回报。另外，您要格外小心用火，这点是我个人特别加上去的。"

舍勒把小桌上的这张纸递给康拉德，从胸袋里取出一支圆珠笔："请您仔细阅读，然后在两份文书上签名。"

朗从他手中接过圆珠笔，签下自己的名字。他读起来太累了。舍勒拿起他那份复印件，起身，准备离开。来到房门口，他转过身，再次走回来，他实在忍不住了："照我的意见，您就得留在科孚，森夫人太宽宏大量了。"

他没有听到对方的回答。康拉德·朗已经在电视沙发椅上睡着了。

2

但愿乌尔斯不在家，康拉德·朗想到这儿，摁了一下门铃。以前无论在别墅什么地方铃声响起，他都能听见。更早的时候，当铸铁的钟索还能用时，在雨棚下面，房门之上的叮当作响他都能听到。而如今他快满六十五岁了，听力已大不如从前那么灵敏了。

所以他没有听见两人的脚步声，他们从一辆越野汽车上下来，正朝他走过来。两人都穿着马术服，溅满泥浆的马靴。男孩约莫二十岁，高大英俊，从下巴来看，有些向后倾斜。

女孩子更年轻，二十岁都不到，一头褐色的头发比她的美丽更讨人喜欢。她满腹狐疑地看了一眼同伴，男孩把食指放在唇边。

他俩蹑手蹑脚地靠近这位站在花园门口、等待之中的老人。他身穿雨衣，戴着绿色毡帽，从远处看这副打扮赋予他某些容克贵族的特征。

这幢别墅众多朋友中的一位，女孩子猜到，一起参与进来。

他们踮起脚尖慢慢地靠近。

康拉德·朗把耳朵靠在门上，尽力地倾听。这是脚步声吗？

两人走到他跟前，男孩子用摊开的手掌狠狠地敲了一下大门上的铁皮。

“喂，康尼，你需要钱吗？”他喊了一声。

康拉德·朗产生了一种脑袋上有什么东西炸开的感觉。他用两手捂住耳朵，板着面孔，似乎等待着下面的一击。现在他认出了眼前的年轻人。

“乌尔斯。”他轻声地说，“你吓了我一跳！”

他注意到女孩，正惊恐不安地站在乌尔斯·科赫身旁。他摘下帽子，抚了一下由高高的额头耷拉下来的灰色头发。他显得优雅得体，尽管显得有些潦倒。

“康拉德·朗。”他朝女孩伸过手。

她亲切地同他握握手：“西蒙妮·豪泽。”

“我和乌尔斯是老朋友，但他不这么认为。”

乌尔斯此刻关好门，对讲器里传来咔嚓声。“喂？”一个带地方口音的女声，“哪位啊？”

“没别人，堪德拉丽娅。”乌尔斯·科赫答道。他为西蒙妮挡着门，一边在马术裤的口袋里翻找什么。西蒙妮转过身时，正好看到乌尔斯在替老先生打开门之前，把一张皱巴巴的钞票偷偷塞给他。

与乌尔斯的碰面自有其好处，跳出来100法郎[1]。也许是乌尔斯为刚才的粗鲁拍打而致歉，也许是他要给新女友留下印象，也许只是因为他匆忙之中找不到其他小额的钞票。无论如何100法郎算得上不错的收获。往常他在乌尔斯·科赫这儿都是一无所获。

在托米[2]那儿也一样。除非托米怀着感伤的心情遇见他。但近来这类情况十分罕见。或者康拉德没有掌握好时机。康拉德出现时，托米大都气不打一处来。他假装不在家或者干脆让他滚蛋。通过对讲器，或者，或者更糟糕的情况，一个人待在门旁边。

一般来说，仆人之中会有人替他开门。如果幸运，堪德拉丽娅能不时借给他20或50法郎。他欠她的债总计有好几百法郎，为此，每周开始时，他偶尔会从零花钱中取出小额钞票还她，彰显其诚恳的姿态，出于策略的考虑，为了下一次还有机会借钱。

拿到100法郎可以去阿佩尔大酒店的酒吧，虽然不算远，但也可以像个人那样受到款待，康拉德·朗眼下需要这笔钱。下午上班的吧女叫夏洛特，像老朋友那样称他为康尼。她也想着若能有他这把年纪，就可以知道他过去住在酒店顶楼豪华套间的那个年代。那时，托米和他。托米住在顶楼套间，他直接

---

① 即瑞士法郎，以下简称“法郎”。
② 托马斯·科赫的爱称。

住在套间下面。但是那个时候，她告诉他，她还没有必要工作。因为她就像他，尽管不富有，但生活独立。

“干杯，康尼。”她给他端来内格罗尼酒[1]时，顺便说道。

“一杯内格罗尼，”他总这么说，“下午理想的饮料，看上去像开胃酒，但效果如同鸡尾酒。”

夏洛特现在给他端来第二杯酒。如果把夏洛特的香槟酒杯计算在内，三杯就足够了。她每次都按他的手势给斟上，放在吧台后面的烟灰缸旁边，这里升起了她的施特拉牌过滤嘴香烟的烟雾。

“Yamas[2]，”康拉德说道，把杯子举到唇边。他的右耳仍然回荡着乌尔斯敲击铁门的声音，右手比往常更剧烈地颤抖起来。

酒吧里空空荡荡，跟往常下午快结束时一样。夏洛特把盛着椒盐花生的镀银小碟分放在小桌上。昏暗的光线透过窗帘，吧台后面靠近收银台旁点着一盏灯，灯光下可见夏洛特忘掉掐灭的香烟冒出蓝色的烟雾。罗杰·惠特克[3]在唱《微笑，通过你心的渴望》，钢琴旁边的小桌上不时传来胡尼姐妹茶杯发出的叮当声响，两人一如既往地默默等候着这位钢琴家出场。

胡尼姐妹俩已经八十多岁了，几年前就搬进了阿佩尔大酒店，如同其他继承了啤酒厂不到12%股份的人那样，搬进了敬

---

① 一种由杜松子酒、苦艾酒等掺和而成的鸡尾酒。
② 梵文，意为“自我控制”。
③ 罗杰·惠特克（1936— ），欧洲著名男歌手。

老院。两人干瘦，柔弱，包括套在肉色连裤袜内变形的腿，像烤出来的香肠从她们大花连衣裙下面露出来。每当她们欢快地踏入酒吧，康拉德·朗都觉得想起了什么。那么遥远，没有图像浮现，只有一种早已遗忘的、聊以信赖的感觉，他无法描述；但一丝友好的微笑始终诱惑着他，胡尼姐妹俩每次都对此恼怒地不予理会。

康拉德·朗抿上一小口，再把杯子搁在小桌上。钢琴家到来之前，内格罗尼酒一定够喝。然后他还可能再点上一杯。还有夏洛特的酒杯以及钢琴旁的男人的一份啤酒。然后他得决定要不要用剩下的20法郎打的或者乘坐有轨电车，剩余的钱应该花在"玫瑰庭院"芭芭拉那里，买上几瓶普通的烈酒。

很少会发生乌尔斯向埃尔维拉·森介绍他的一名女友的情况。她们都属于同一种类型，他也经常换女友，埃尔维拉无法区分。但是最近她多次打听起西蒙妮。迹象表明，倘若乌尔斯接受了一种较为固定的关系，对她的计划有利。

介绍的范围埃尔维拉设定在别墅小沙龙摆出的下午茶上。暗中获取第一印象就足够了，不必像午餐那般随便，也不用像吃正餐那样受拘束。

乌尔斯和西蒙妮，没有穿马术服，手拉手坐在一把皮质布罗伊尔沙发上。托马斯·科赫正在往四只杯子里斟香槟酒。

"倘若说起'喝茶'，只说了范围，不是指这种饮料。"他说罢，笑起来，把瓶子放回冰桶，递给每位满满的一杯，自己也拿起一杯，举起来，“为什么干杯？”

“为我们的健康。”埃尔维拉说道，为了抢在正要说出鲁莽话的托马斯前面。显然这不是他今天喝掉的第一杯酒，在准儿媳面前，他感觉有些狂喜，就像面对所有漂亮女孩那样。

为了消除碰杯后的安静造成的尴尬，乌尔斯说：“我们骑马回来时，康尼站在门口。”

“他想要什么？”他父亲说。

“不知道。也许是西厢房或者一辆带司机的本特利，或者一块对外开放的封地。我已经给了他100法郎。”

“也许他不想要钱，也许他只想来拜访一下。”

“不管怎样他没有任何抱怨。”两个人都笑了。

埃尔维拉摇摇头，叹息道：“你们不应该给他钱，你们知道为什么。”

“不然西蒙妮会把我当成没人性的家伙。”乌尔斯微笑着说道。

西蒙妮感觉到在指她自己：“对人的一点点同情他还是有的。”

“康尼是一个悲剧人物。”托马斯·科赫断定，斟上香槟酒。

“乌尔斯跟您讲过朗先生的事了？”埃尔维拉想知道。

“您对我没有理解错。我钦佩您为这号人做的一切。出事之后，总那么做。”

“他是我奶奶的小饰品。”

托马斯·科赫差点呛了一口：“我想，小饰品是吉祥物。”

“她留下了一个倒霉鬼，她总有点偏心。”埃尔维拉上下打量着乌尔斯，促使他起身和解地在她额头上亲吻了一下。

托马斯·科赫朝西蒙妮弯下腰：“康尼人不错，就是酒灌得太多了。”

“他总记不住他并非家庭成员，这是他的问题。”乌尔斯补充道，“他不知道，他的界限在哪儿。他是那类不该对其伸出哪怕一点点援手的人，因此最好与他保持距离。”

“您今天看到的，西蒙妮，没有那么简单。”托马斯·科赫抓起一只银质小铃铛，摇了一下，“您还要喝一些茶吗？”

“我不知道。”她答道，犹豫不定地瞥了一眼乌尔斯。如果他点头，她也点头。

托马斯·科赫打开第二瓶香槟时，西蒙妮说道：“人要是失去最后一点点尊严，可真悲哀啊。”

托马斯的表现好像他理解错了：“甭担心，三杯香槟酒下肚，我不会失去我的尊严。”

父子俩笑了。西蒙妮羞红了脸。埃尔维拉·森想，这个女孩特别适合于以自我为中心的乌尔斯。也许当天下午有些东西得到了特别美化，但讨人喜欢，不任性而且顺从人意。

阿佩尔大酒店的酒吧里顾客盈门。小桌子上的灯此刻也亮起来。夏洛特开始接受点单，钢琴家在演奏他的鸡尾酒曲目，胡尼姐妹的思绪已经飘到了有着同样旋律的另一个年代，康拉德·朗想象着他也在演奏。

1946年夏天他打算成为钢琴演奏家。校长体谅地教育埃尔维拉，她的继子也许在高级小学能得到更好的照料，她就把托马斯从这所私立学校接出来，把他送往日内瓦湖畔一所昂贵的私立学校，托马斯坚持康拉德陪伴他去。文科中学并没有给康拉德造成麻烦，所以他不太情愿一同前往。

在圣·皮埃尔学校汇集了战争让他们暴富或者没有变穷的那个阶层的后代之中相当大一部分人。欧洲大陆剩余下来的新钱与旧钱把他的儿子们送入这座十七世纪的地主庄园，为了他们准备接受完全充当未来精英的使命。康拉德与男孩子们住在一起，他们的名字他迄今只是通过发动机、银行、康采恩、固体汤料、朝代等名称才认识的。

在“圣·皮埃尔”每四个男孩共住一个房间。托马斯和康拉德的室友叫让·卢克·德·里维埃，一名老银行王朝的后代，彼得·考特，英国人，他父亲在三十年代取得了考特防毒面具的专利权，实际上所有同盟国都获得了许可。

“从科赫企业来的？”当他俩把行李放到寝室里，握手之际，让·卢克问托马斯。

托马斯点点头，反问：“从银行来的？”

让·卢克点点头。然后他向康拉德伸出手，首先打量了他一下，当他犹豫之际，又满腹狐疑地望望托马斯。

只要托马斯与康拉德单独在一起，他就是忠实的朋友。一旦有人出现，为了给此人留下印象，他往往会舞动着旗帜换到另一方。

"他是我家过去一位女仆的儿子。"托马斯解释道，"我母亲资助他。"

那么问题当然清楚了，谁获得了门旁边的床。

此后康拉德得到了所有同学恩人般礼貌的对待。待在"圣·皮埃尔"的所有时间——他都没有卷入他们的众多诡计之中，也从来没有成为他们可怕恶作剧的牺牲品。他们不想让他了解更多，他们没把他当成同类。

康拉德使尽浑身解数。他超越了自命不凡之中的最自命不凡者，厚颜无耻之中的最厚颜无耻者，放肆无礼之中的最放肆无礼者。他惹人发笑，仅仅为了取悦他们。他故意遭到惩罚，也为了给他们留下印象。他爬到墙上，到村子里买葡萄酒。他弄来香烟和黄色杂志，替同学们与园丁的女儿热娜维耶芙约会时望风。

但在学校，对于富人的生活，康拉德始终无法满足最重要的前提：钱。

在1946年暑假前的告别聚会上——"圣·皮埃尔"在秋季学年开始成为国际学校——康拉德·朗决定成为钢琴演奏家。

那是一个闷热的六月天。被一堵围墙圈起的圣·皮埃尔学校大门敞开，在主楼前的砾石广场上密密麻麻地停满了各种豪华汽车。靠湖一侧的草地上搭建起了放着一台三角大钢琴的小舞台，摆好了音乐会座位。旁边，在一个华盖下面是自助餐。父母、姐妹、过去的友人、教师和学生成堆站立，手拿杯子与碟子，聊天，满怀忧虑地不时瞅着乌云堆积的天空。

康拉德站在托马斯·科赫与埃尔维拉·森旁边，他们正与让·卢克·德·里维埃的母亲用法语交谈。像所有其他学生一样，他身穿绣有花环、十字和主教权杖图案的金色徽章的运动夹克，系着金色条纹的绿蓝色领带。母亲们把头发高高绾起，穿着碎花丝绸夏裙。有些父亲可以利用这段时间把他们的儿子接走。他们穿着轻柔布料制成的深色西装、白衬衫，系着领带，有些方面颇有“圣·皮埃尔”的色彩。

在这个优雅自信的社交场合，一群人自行散去，又再度聚集，面带微笑的人们并没有注意到一位身穿糟糕的晨礼服、驼背、个头不高、面色苍白的男子，他抿着已喝干的酒杯。康拉德看到他，他俩目光交汇，这个男子冲他微笑。

康拉德差一点就笑着回应他，但他想到其他人拿这个小人物开刀多么符合逻辑，而为了不犯错误，他让自己的目光无所谓地继续移动。

第一阵雷声炸响在湖面上，硕大的雨点开始落在来宾夏日的外衣上，草地上瞬时变得空无一人，三角大钢琴也被罩上了罩子，社交的人群正欢笑着拥向体操馆，校方为了糟糕的天气在那儿预备了第二架三角大钢琴以及所有的设施。

在校长致辞和毕业生庄重的告别之际，康拉德徒劳地按照座位顺序寻找那位不起眼的、对其忧郁的微笑没有给予回应的小人物。当校长预告庆典的音乐单元，钢琴演奏家约瑟夫·沃伊切霍夫斯基的钢琴表演时，康拉德才见到他。他突然站到舞台上，鞠躬，坐在三角大钢琴旁边，面带微笑等待着，直到喧闹在观众之中消退，他们才愿意再次成为庆典惬意的一部分。

全场安静下来，沃伊切霍夫斯基的手触向键盘。

他在大钢琴上奏出肖邦的四首安静夜曲。没有咳嗽声，没有擤鼻涕声，只有从减弱的暴雨之中传来沉闷的雷声。二十分钟之后，他又再度起身，鞠躬，准备离去，但经久不息的掌声迫使他不得不加演两次。

之后，在大餐厅的告别酒会上，康拉德再次看到了这名小个子男人，被同样的人群环绕，拥戴与欢庆，一小时前他对这些人来说还是空气。一位波兰移民，一位被拘留者，战争期间有一位"圣·皮埃尔"的老师在瑞士东部军营里当门卫与他相识，一个微不足道的人。

康拉德·朗决定打的。他坐在汽车后座上，让汽车沿着弯曲的街道往下驶向渐渐躲入黄昏中的城市。他其实更想乘有轨电车，能够用区区20法郎在"玫瑰庭院"的芭芭拉那儿小憩。但他特别压抑。糟糕的氛围下钢琴音乐可能让他同样感到压抑，正如在欢快的气氛中音乐能让人倍感快乐那样。今天的音乐让他觉得压抑，因为他是在受到贬低之后听到它的。音乐让陈旧的、更糟糕的、早就遭到排斥的贬低又再度浮现出来。贬低——那时他非常确信——假如他能弹钢琴就会避免了。

1946年暑假他们在圣特罗佩[①]的科赫别墅里度过的，这期间他让托马斯相信弹钢琴的好处。他强调眼下姑娘们开始满怀兴趣地崇拜钢琴家。于是托马斯的意愿让他继母深感意外，他想在下学期学习钢琴课程，这自然也适合于康拉德。

与托马斯恰恰相反，康拉德是一位热情好学的学生。他的老师，雅克·拉图尔，充满了热情，他很快发现了他的天赋。康拉德只要听过一遍，就能再次演奏出这段旋律。雅克·拉图尔给他上私人课程阅读乐谱，没过多久他就可以按乐谱演奏。一开始他就拥有无可指责的手臂姿势与手势，很快显示出大有希望的弹奏。不出两个月康拉德就凭借流畅的演奏让托马斯丧失了勇气。

康拉德只要有时间就去他很快能自由出入的音乐教室内练习。主旋律和左右手单独的反向运动，接下来一起运动，然后是平行于左手，再平行于右手，拉图尔先生越来越少纠正他，

① 圣特罗佩是法国普罗旺斯-阿尔卑斯-蓝色海岸大区瓦尔省的一个镇，距离大区首府马赛约100公里。

他越来越频繁地听他演奏，被眼前这种确信，了不起的天赋，也许还有一点点天才所感动。

直到《蚊子的婚礼》。

《蚊子的婚礼》这首曲子两手能独立弹奏。右手演奏旋律，左手伴随右手，虽然没有像影子那么简单。它停留少许，歇了几拍，右手又再度降下，甚至从左手夺走旋律，它单独继续行进，又再度把旋律抛给左手，简单而言：行为如同一个带有自己意志的独立生物。

一直到《蚊子的婚礼》，康拉德才感觉到两只手如同两匹马戏团互相协调的完美赛马，倘若另一匹疾步小跑，它们就小跑，倘若另一匹腾跃而起，它们就腾跃而起，倘若另一匹晃动马鬃，它们就晃动马鬃。康拉德的手从他的大脑获得了一致性指令，它们的行动完全一致。有时平行，有时彼此相对，但始终步调一致。

“这已经出现了。”拉图尔先生说，“开始一切都那么顺利。”但康拉德还是坚忍不拔地练习，他手上有两只提线木偶，连在同一条线上。《蚊子的婚礼》，一首波希米亚的诙谐曲，这是他钢琴演奏事业的终结。

第一节钢琴课后，又过去了半年，拉图尔先生放弃了他最好的学生。他花了不少工夫劝说他学习另一种乐器。但是钢琴，只有钢琴是属于康拉德的乐器。他还在一种他在滚轴材料标记的键盘上偷偷练习了几个月。他可以闭着眼睛来回演奏最难的经过句。只要他命令一只手出列跳舞，另外一只手就如同小狗那样跟随其后。

康拉德·朗背得出所有华尔兹的总谱，肖邦的夜曲以及所有知名钢琴音乐会的钢琴声部。几个节拍之后他就能识别触动键盘的著名钢琴家。尽管他没有赢得他活动圈子内大范围的认可，他还是能够以几次技艺高超的单手或者平行经过句再度给他们留下印象，起码晚上在钢琴酒吧里，钢琴家还无法认出他。

相反托马斯·科赫变成了一个没有灵感、状态平平的钢琴演奏者。

出租车在“玫瑰庭院”前停下。康拉德判定他可没有心情独自在他房间里干坐着。他付了车钱，把最后几枚硬币塞给司机当小费。1.20法郎。这数目他自己都觉得害羞。像所有仰仗其他人的慷慨大方那样他也讨厌吝啬。

他往上走了几步来到“玫瑰庭院”门口。当他把沉重的、镶有塑料边的挡风门罩分开时，一股烟气、啤酒气味、油烟混合的气味与男人们从容不迫的嘈杂声朝他迎面扑来，他们在工作与业余时间偷得半小时空闲。他把外套挂在满是衣服的衣帽间，把帽子放在空荡荡的帽架上，走向固定餐桌。

男人们挤了挤，其中有人站起来，替他搬来一把椅子。康拉德·朗在“玫瑰庭院”是一名受到尊敬的人物。他是惟一系着领带，惟一能说五门语言（加上希腊语），当女士走到桌子跟前时，惟一站起来的人。诚如人们在“玫瑰庭院”所说，康尼举止优雅得体，颇有教养，风度翩翩，尽管如此他从来不梗着脖子。他与车工、调度员、马路清扫工、仓库保管员和失业者一起喝啤酒，吃冰冷的小肉丸，亦不失体面。

康拉德·朗头几次出现在“玫瑰庭院”，顾客们并不理睬他。但是随着他的生活史越来越多地公之于众，大家更多地把他视为同类。许多在此交往的人是附近的科赫企业三号装配车间的工人或者燃气轮机制造部的员工。

因此并非康尼在抱怨。他清醒时，差不多不会对科赫企业恶语相向。而他醉意浓浓时，每句话都是欲言又止，或把手指放在唇边——嘘！是否出于谨慎或者因为他不能多说，无法准确描述，然而在这两个阶段间也有道出真相的时刻。

康拉德·朗是科赫家族的女仆非婚生的孩子。老科赫去世之时，她负责照顾他年轻的寡妇——托马斯·科赫的继母。两人曾经是好朋友。她们在世界各地旅行，伦敦、开罗、纽约、尼斯、里斯本，直到战争爆发前。托马斯的继母返回瑞士，康尼的母亲则留在了伦敦。她爱上了一位德国外交官，这事情她瞒着康尼。

“为何瞒着？”康尼第一次讲起这段往事时，餐桌旁有人问起。

“她带我一道返回瑞士，把我寄存在埃门塔一个农民那里，再也不想看见我。”

“那时你几岁？”

“六岁！”

“真卑鄙。”

“我不得不在农民那儿干了五年农活。艰苦啊！你们知道，埃门塔的情况。”

几个人点了点头。

“当德国再也没有钱寄来时，这个农民从我这里拷问出埃尔维拉的名字。就带我一起去了她那儿，问她要钱。她一无所知，并且收留了我。”

“挺高尚的。”

“此后我实际上是作为托马斯·科赫的兄弟长大成人。”

“那你为何此刻坐在这里，在芭芭拉那儿记账？”

“这我要问自己。”

对于“玫瑰庭院”的老主顾来说，康拉德·朗是通往最上层社会惟一直接的入口。他讲述的这个世界证明了他的观点。

康拉德·朗在“玫瑰庭院”的特殊状况还有其他理由：他与女服务员芭芭拉的关系。他是惟一被允许在她那儿记账的客人。他正式欠她1 600法郎。如果她扣除她没有下注的数目，还有大约600法郎。星期一，他一拿到零花钱，有时会还她50或100法郎。但最近他喝多了，账就还得少多了。

芭芭拉对自己在他身上的慷慨大方也感到惊讶，她不属于那类乐善好施的人。她如今已经年届四十，从来没人送给她东西。她对镜自视时，感觉她身体过于单薄，嘴唇对她这年纪也过于狭窄，对于时来运转，她不抱希望。

康拉德·朗触动了她内心的敏感之处。他拥有某种高贵气质，她对此无话可说。正如他的穿着，举止，尽管他喝醉摔倒，他说话的方式，尤其是他对待她的态度。她意识中浮现出（她从来忍受不了的）艾迪特·皮雅芙[1]的歌曲《我的绅士》，当康拉德·朗第三次来到“玫瑰庭院”时，她眼睛突然湿润了。“我的绅士，你哭啦。”她想到，后来当他变得更加安静时，芭芭拉在他身旁落座。

芭芭拉是他所有事物的大律师。当“玫瑰庭院”有人认为，还有人比他的命运更悲惨，她就会发火。“托马斯要戏弄这位心地善良的同伴一辈子吗？他离开文科中学，康尼就得跟他去寄宿学校。他离开寄宿学校，康尼也得离开。如果他没有毕业，康尼也不许毕业。如果他不学职业，康尼也不能学。托马斯·科赫年满三十岁结婚了，被安排到公司里。而康尼只能站在那儿，尴尬地看着。”

她惟一的女友，助理警察多丽丝·马格评论道：“人到了三十岁依旧可以学习知识。”

芭芭拉替他辩护：“他尝试过。虽然什么都没有学到，但有风度。许多关系都来自与托马斯共度的时代。他在一家私人

① 艾迪特·皮雅芙（1915—1963），法国最著名也是最受爱戴的女歌手之一。

银行，一家不动产公司干过，但总在刚刚开始工作的时候，托米就站在了门口。婚姻危急、夏季滑雪、离婚、驾驶执照被吊销、在地中海上驾驶帆船。”

“那么他剩下的时光靠什么过活？”

“首先向托米的同伴举债。如果这些家伙太讨厌，他就再也不还给他们；从他替他们干的工作中获取酬劳。旅游旺季之外照看游艇，陪伴年迈的母亲，管理假期别墅等事务。”

回答为什么他全都喜欢这些工作时，她准备了一个答案：出于感谢。因为托马斯·科赫说服他继母收留他。因为没有托马斯·科赫，他今天一无是处。

多丽丝·马格问她：“他今天怎么样？”芭芭拉考虑了一会儿，说：“你应该听一听他弹钢琴。”

现在芭芭拉置身于嘈杂的人声之中，她端来斟得满满当当的啤酒杯，收走空酒杯，接受点单，擦净从她围裙下大钱包内数出来的钞票。她看见康拉德·朗，给他端去一杯啤酒，之前她用瓶子往里面倒了些透明的液体。

七点钟“玫瑰庭院”已经空下来，只剩下几位坚定的饮酒者，康拉德·朗跟前放着第三杯加料啤酒。

芭芭拉从冰箱里取出一瓶白葡萄酒，斟上一杯，放在康拉德跟前。

“成功了吗？”她问。

康拉德摇摇头："乌尔斯。"

"那么我给你记上？"

"能行吗？"

芭芭拉耸耸肩。

与乌尔斯·科赫发生冲突后的当晚，芭芭拉带康拉德回家。不是第一次，她过去有几次也曾带他回过家。在他让她感到抱歉或者她感到孤独时，或者她纯粹就想让库尔特，她已婚的临时情人嫉妒。

当她准备揭开床罩时，康拉德第一次做出了亲密之举，责任感多于情欲，因为这位绅士肯定不时会有一些难以启齿的事。她笑了笑，摇摇头，这是需要的全部，为了摆脱他。他们躺在床上，她穿着一件奇怪的鼓囊囊的全棉睡衣，他穿着内衣。康拉德跟她讲起了他的生活，美女与富豪的大千世界里发生的故事与轶闻，他一辈子都用它们来共同消遣他周围的人，取笑，随着时间的推移越来越无聊。

"图恩与塔克西家族[①] 的格劳丽亚[②] 为了庆祝侯爵六十岁生日让人定做了一只插着60根杏仁制成的生殖器的生日蛋糕。"当晚他再次缓过气来这么说道。芭芭拉住在五楼，一幢

---

① 图恩和塔克西是在上层贵族中晋升的贵族世家，1748年定居德国雷根斯堡，16至18世纪得到发展，建立了邮政企业王国。

② 格劳丽亚（1960— ），德国女企业家与经理人。

没有电梯的房子内。

“我知道。”芭芭拉回答，帮他脱下外套。

“这位侯爵真淫荡。”

“我知道。”芭芭拉答道，走入厨房。

“但只有知情者才知道这点。”他在她身后大声强调。

“我知道。”芭芭拉说道，拿着一杯矿泉水走出厨房。

“我跟你讲过这个吗？”

“常常讲起。”

芭芭拉好像揍了他一记耳光，因为康拉德的眼里马上充满了泪水。她知道这样他该有多伤心。但她累了，心里恼火。对他，让他虐待自己，对她自己，她带上了他。

“对不起。”康拉德说。她不知道他是否认为这是唠叨或者泪水。

“别总道歉，保护你自己。”她猛地一撞，把杯子递给他，康拉德接过杯子。

“这是什么？”

“饮料。”

康拉德顺从地喝干杯子。芭芭拉在一旁注视他，摇摇头。

“你为什么要执行别人下达给你的所有命令？说呀，说‘不’，我不想喝矿泉水。我要喝加克吕特[1]的啤酒。灌你的矿

---

① 克吕特，瑞士格劳宾登州产的一种由50多种药草、根茎和调料提取的、芳香的名贵蒸馏水。

泉水去吧。保护自己，天哪！”

康拉德耸耸肩，竭力微笑。芭芭拉抚摩着他的头发。

“对不起。”

“你是对的。”

“我不知道，上床吧。”

“我不想上床。我想喝加克吕特的啤酒。你自己上床吧。”康拉德说道。

“忘掉吧。”芭芭拉说。

这天晚上康拉德·朗做了一个梦：他在杜鹃花别墅的公园里玩槌球游戏。托米、埃尔维拉和他妈妈安娜·朗都在。这是一个美妙的夏日。女人们身穿白裙子，托米穿着短裤，非常小。康尼方才注意到他自己个头也不高。

他们兴高采烈，放声大笑。托米的槌球有蓝色的条纹，他的球是红色条纹。轮到他了，他击中了球，球滚进门洞里，滚啊，滚。康尼在后面追，直到球来到一处斜坡，不见踪影。他追着球来到灌木丛。他找到球时，却迷路了。他迷失在灌木丛中，越往深处，灌木就越茂密。最后灌木丛打开，他走进空地。别墅消失了，四处不见任何人迹。他开始哭泣，大声抽噎。有人把他揽在怀里，说道：“你必须改变生活，不然你就完蛋了！”这是芭芭拉，外面已经天色大亮。

在海豚咖啡馆用罢早餐，他回到自己房间，给埃尔维拉·森写了一封信：

亲爱的埃尔维拉：

昨天我做了一个梦。你，安娜，托米和我在阳台前的草地上玩槌球，园丁（他叫布赫利先生？）此前肯定修剪过草地。我们非常快乐，无忧无虑。托米像往常一样，玩蓝色球，我玩红色球。你穿着那条白亚麻布连衣裙，采樱桃时，托米把你的裙子弄脏了，但是在我梦中它还是雪白的。我醒来时，一切记忆都恢复了。我感觉，好像一切才是昨天。我自问："为何一切都又回来了？为什么你把我赶出了家门？我们曾经如同一家人。为什么不能再回来？为什么我晚年必须单独与我的记忆待在一起。为何我必须与那些不知道我在说什么的陌生人共同分享这些记忆呢？

请不要误解，我并非宣泄自己的不满。我高度欣赏你的慷慨大度。但是这样的生活，我忍受不了更久。我请求你，埃尔维拉：彻底摈弃我，要么原谅我，重新接受我回到你们中间。

你绝望的康尼·朗

这封信他读了几遍，但不能决定是否寄出。他把信放入一枚写好地址的信封中，没有封好就塞入胸袋里。在"蓝十字"喝咖啡时他又读了一遍，决定不寄了。太多的哭泣。他把信又插入口袋，来到"玫瑰庭院"的阿佩尔大酒店之前暂时忘了此事。到那里芭芭拉问他："有进展吗？你打算怎样改变你的生活？"

"我给埃尔维拉·森写了一封信。"他伸手在西装里摸，给她看看信封。

"为什么不寄出呢？"

"没有邮票。"

"要我把它寄出去吗？"

康拉德一时不知如何回答，听任信封被拿去。当下班的人群消退，芭芭拉把一张邮票贴到信封上，披上大衣，走了几步来到街角的邮箱旁。你今天可以获得的东西……

康拉德对此没有理会。喝啤酒时他想起了那封信，得出结论：这封信不算哭泣，而是崇高的。而且这不是信，是呼吁。呼吁必须是崇高的，否则就没有效果。

康拉德决定不去阻止芭芭拉寄信，信差早就把邮箱清空了。第二天早上，假如他还能再说到这个决定，他也忘记了此事。

埃尔维拉·森坐在"施托克里"早餐室内。时间尚早，被耀眼的晨光变成了讨人喜欢的乳白色织物的百叶窗也只关上了一半。森夫人喝了新压榨的橙汁，竭力想忘记放在电话机旁边一摞邮件最上方的那封拆开的信。

她喝尽了杯中的橙汁。这封信代表着厚颜无耻，她不想继续看下去。这是康拉德·朗第一次表现出厚颜无耻。那些详尽的回忆让她无法平静：园丁的确叫布赫利——更糟糕的是，康尼六岁时他就去世了。托米的确总是坚持玩蓝色球，康尼最喜欢的颜色同样是蓝色，但他总是一声不吭地选择了红色。她最困惑的是白亚麻连衣裙上的斑点。当她与安娜、托米、康尼玩槌球时，什么污点都没有。她不得不扔掉裙子，因为的确都是樱桃斑点。但这不是托米弄脏的。一想到这个老酒鬼的记忆能够返回如此遥远的过去，她觉得十分恐惧。

在埃尔维拉·森的记忆中没有更多值得她后悔的内容。但是那时，也就是1943年5月的一个温暖的星期天，她不想支付那个农夫的补偿费，让康拉德跟他返回埃门塔，对此，她时至今日都无法原谅自己。

这是能够在户外用餐的第一天。早杜鹃已经盛开。她与托马斯坐在从公园靠近大阳台的条形遮阳篷下，喝着咖啡，对埃尔维拉·森来说这在战争年代不是平常的事情。

一个女仆进来通报有人来访，有个男子带着一个小男孩——他自称是朋友，一个意外惊喜。埃尔维拉感到好奇，同意了请求。

她观察两人渐渐走近，一个农民带来一个拎着小行李箱的男孩。托马斯突然起身，朝两人跑去。因为她知道也许犯了一个错误。

"康尼！康尼！"托马斯喊道。

小男孩答道："萨莉，托米。"

埃尔维拉不知道康拉德在瑞士。她最后一次看见他，是在五年前的英国多佛。战争爆发前夕，那天她与托马斯返回家乡，而安娜与康拉德却留在了伦敦，为了那位德国外交官。她俩偶尔彼此通信，她曾收到一份伦敦寄来的结婚广告和一张巴黎寄来的明信片。之后她就没有收到任何音信。

现在这个农民用难懂的方言向她解释，不久之后安娜·朗带着康拉德回了一趟瑞士，把时年六岁的康尼安顿在他那儿。每月由一家瑞士银行汇来150法郎，直到三个月之前，再也收不到任何汇款了。

他称再也无法抚养这个孩子。他叫策尔魏格，不是裴斯泰洛奇①。如今他想过了，也许她可以提供帮助。她非常像康尼的姨妈。钱，他补充道，环顾四周，显然不少。

倘若托马斯没有催逼她："妈妈，让康尼留下来吧，求求，求求你啦？"她至少还能坚持考虑一下。但托马斯那么快乐，康拉德服从天命，农民令人讨厌，她很少会做出某种不够深思熟虑的决定，她竟然点头同意了。

她付给策尔魏格三个月的欠款450法郎，12法郎的路费，然后她与这名笨拙的男孩站在一起时，产生了一种模糊的预

---

① 裴斯泰洛齐（1746—1827），18世纪末、19世纪初瑞士著名的民主主义教育家。

感，也许一辈子都离不开他了。

开始没有什么问题，康拉德是一名绝不讨厌，没有需求的男孩，托马斯的好伙伴。她把两人送入同一所学校，他们一起玩耍，一道做作业。康拉德给托马斯造成了一种惬意的影响，使之不再孤独，但又喜欢支配他周边的人。康拉德充满耐心，一开始就接受了托马斯作为首要人物。

问题是后来产生的。托马斯变成了脾气变化无常的年轻人，没有地方能够长期忍受。埃尔维拉那段时间产生了另外的兴趣，因为懒惰也就容忍他过着花花公子的生活。她不仅听任他的疯狂行为，而且还慷慨地给予支持。康尼也参与他的疯狂之举，托米排斥与接受，完全取决于情绪。托马斯三十岁时，她决定结束他的甜美生活，于是在这个国际的交易场所留下若干经济支持的义务——康拉德·朗。

以后的三十五年里他一直都没有从她的生活中消失。

康拉德·朗第一次坐在蓝十字饭店，他想到奇怪的气味可能来自这些老太婆。当服务员给他端来盘子，他才发现这是白天的主食，就是这种味道：花椰菜、菠菜、胡萝卜、油煎土豆的味道。

"这里只提供素食吗？"他问道，得到却是尖刻的回答："您点了一盘素菜，有什么不对吗？"

这段时间他已经习惯了"蓝十字"。他有自己的小桌子，年过半百的女服务员就像对待家庭成员那样招呼他。“朗先生，‘蓝带’不错，但布鲁塞尔蒸莴苣，味道有点苦。我用球茎甘蓝给您代替。”

康拉德·朗坐在一处“金碗”前面，阅读夹在一只木报夹上的报纸，咖啡会自动给他端上来。他有些焦躁不安，昨天芭芭拉问他寄出的信有无得到回复。

“哪封信？”他问道。

“我帮你投寄给埃尔维拉·森的信。这封信将改变你的生活。”

“噢，原来是这封信。不，没有答复。”他结结巴巴地回答。此后他绞尽脑汁想弄清楚他到底写了什么。但是除了对有些急迫声音的模糊回忆之外，他想不起任何细节。

“这里空着吗？”

康拉德抬眼看去，面前站着一位五十开外的女子，完美的脸蛋，锈红色的开司米外套，珍珠双束腰带，法兰绒裤子。我们之中的一位，他想到这里，站起来。

“这里空着吗？”她再次问道。

“当然啦。”康拉德答道，从桌子下面拖出一把椅子。有点诧异，饭店里实际上空荡荡的。

她坐下时，门被推开了。一位年龄较轻的男子走进来，环顾四处，看见她，朝桌子走过来。当他几乎走到桌子跟前时，该女子抓住康拉德的手，拉到跟前，问道：“你肯定等了很长时间，宝贝？”

康拉德·朗觉察到该男子站在了桌边。康拉德深情注视着对面的女士，把他的左手放在她右手之上，答道：“差不多一辈子，宝贝！”

这名男子站在桌边，等待着。但见到康拉德与陌生女子都不抬头，便转身迅速离开了饭店。

“谢谢。”女士说道，然后轻声叹了一口气。

“您救了我一命。”

“我称之为善举。”康拉德·朗回答道。“我可以请你喝杯咖啡吗？”

这位女士叫罗丝玛丽·豪格，她婚前的名字，四年前离婚后又复用了此名。她接受了邀请，乐见康拉德·朗不再提起刚才的突发事件。她想这是一位老派情人。

彼得·施陶布利大夫是一位全科医生，不久前刚刚关闭了他位于杜鹃花别墅旁的诊所。现在他只照料几位长年的病人，此外他还是埃尔维拉·森的家庭与顾问医生。他每周两次早饭过后前来检测她的血糖。她虽然可以毫无顾虑地注射胰岛素，但哪怕放出一滴血，她都不会做，埃尔维拉·森见不得血。

这天早晨，埃尔维拉·森正在等血滴从测试纸上被擦掉，顺便问道：“大夫，您几岁啦？”

“六十六岁。”

“您能回忆起多久以前的往事?”

施陶布利擦拭好测试条,推回反射计内:“我能回忆起我们家的猎獾狗有一天早晨断气躺在花园的路上,当时我才六岁。”

“人类有无可能回忆起更早的事情?”

“中枢神经系统在出生时尚未发育完全,小孩子的记忆力最初两年无法存储任何信息。他必须逐步学会学习,查询学过的内容。”

“这就是说理论上是可行的,人可以回忆起三岁时的经历?”

“我小孙子现在才十岁。他四岁那年,我带他去一家正在举办俄国周的餐馆。饭后喝一杯伏特加的人,允许之后把这只杯子扔到一面预定的墙上。我必须喝掉五杯伏特加,这样小家伙就可以把这些杯子扔到墙上去。这给他留下了深刻的印象,每当他来做客时,都要提及此事,所以经年累月他把这种记忆保存下来。他如今已十岁了,仍然能够记得。他八十岁时能够记得此事的概率是很高的。”

施陶布利说话之际,记下了血糖值。现在他把血压计的套筒给她套上。

“所有别的记忆都会消失吗?”

“不会消失,只是通往这些记忆的入口不存在了。”

施陶布利把听诊器放在耳朵里,测量血压。“您会达到100的。”他记下两个血压值。

“再次找到这个入口是否完全不可能?”

"并非完全不可能。有一种催眠术，能够再度唤起早期童年的记忆。'恢复记忆'。在美国曾出现过受人尊敬的父亲们受到成年女儿们的指控，父亲们在孩子童年时强奸过她们。"

施陶布利医生收拾好他的医药箱。"有时候患早老性痴呆的人士，由于丧失了学习新事物的能力，便深深埋头于过去的记忆中，可以走近通往他们早期童年记忆的门槛边的这样或那样的事情。"他把手递给女病人。"人越老，就越接近过去，对不对，森夫人？礼拜五同一个时间？"

埃尔维拉·森点点头。

次日晚餐时他们见面了。这是康拉德·朗取零花钱的日子。他支付得起在一家虽然算不上时尚餐厅，但也并非那么冷冷清清的饭店用餐，邀请去那儿显得颇有吸引力。

康拉德来的时候十分清醒，整晚都表现良好。罗丝玛丽前所未有地讲述了她婚前的生活，她的第二段婚姻，她嫁给一位比她年轻十岁的外科医生。她用她早已去世的第一任丈夫的财产资助了他的学业。第一任丈夫把纺织企业的一半留给了她，在这家企业七十年代破产之前，适时地卖给了第一任丈夫的兄弟。

"勒比·弗里斯是您第一任丈夫？"康拉德出人意料地问道。"您知道，我跟他是圣·皮埃尔学校的校友？"

“啊，您也读过圣·皮埃尔学校？勒比讲述过许多‘圣·皮埃尔’的往事。”

他俩整晚都在交换他们共同朋友的姓名，以及他们见过面的地点。

“他对你重要吗？”

罗丝玛丽摇摇头。

“那么我们把他忘掉吧！”

罗丝玛丽在一幢坐落在小公园里、临湖的四层楼建筑中拥有一套顶层套房。康拉德让出租车等候他，陪她来到了房门口，互相告别。当他欲转身时，她再次打开门，说道：“您礼拜六有时间吗？我想烧几个菜。”

阿佩尔大酒店的饭店叫“卡雷姆”，取自十九世纪法国主厨的大名。它以其“古典美食”引以为豪。埃尔维拉·森喜欢这家饭店还有几个原因：这里临近别墅，尊贵的客人不会被人盯梢，她有固定的桌子，在其他客人听觉范围之外，餐饮团队擅长她喜爱的饮食。

每周四她都去“卡雷姆”就餐，晚餐大多属于非正式，但却是具有决定作用的商务会谈。

今晚她请孙子乌尔斯·科赫陪伴她。在饭桌上她向他表明，经过十分慎重的考虑她决定把科赫电子的领导权交给他。在用餐后甜食时（她吃苹果，乌尔斯吃焦糖冰淇淋），她谈到了西蒙妮，当她确定他明白了两个话题对他们而言是相互关联的时候，话题转到了康拉德·朗身上。

“他让我产生忧虑。”她向他吐露真情。

“你担心康尼？”

“不是担心康尼。而是由于康尼想起的往事。我不想叫他伤害我们。”

“康尼这种人如何能伤害到我们？”

“废话，往事。”

“有那么多往事吗？”

“他可以杜撰若干。”

乌尔斯耸耸肩：“走自己路，不管别人怎么说。”

埃尔维拉粲然一笑：“跟乌尔斯一道总能抵达最高处。”她举起她的这杯矿泉水，乌尔斯斟上剩下的勃艮第红酒。他们举杯碰了一下。

“这样来看他很快就会醉酒而死。”

“那么他的零花钱就不够用了。”埃尔维拉·森答道。

第二天她指示舍勒，提高康拉德·朗每周的零花钱。由300法郎升到2 000法郎。

像所有人开始的表现那样，康拉德与罗丝玛丽头天晚上都有所保留。他们都把自己最好的一面展示给对方，谈到了他们的成功，却省略了失败。

而第二天晚上情况便有所不同。罗丝玛丽非常轻松地接待他，安排他铺桌子，惊叹于他表现出来的艺术与经验。她倒了两杯默尔索干白葡萄酒，然后来到阳台上。这是一个温暖的夜晚，空气中充满着春天的气息，对岸村庄的灯光在湖面上摇曳，从他们下方的窗户里传来钢琴演奏的乐声。

“肖邦第1号夜曲，作品第9号，降b小调。”康拉德说。罗丝玛丽从侧面打量着他。

他们吃了松软的野生大米和三文鱼干。康拉德忘记控制喝白葡萄酒，越来越多地讲起他生活中没有粉饰的内容。

她一定程度明白了他所讲的内容，她曾经在她首任丈夫的圈子内长期忍受着充当附属品。

临近午夜，康拉德向罗丝玛丽讲到了一个他埋藏已久的秘密。他坐到起居室的钢琴旁，用右手演奏了那首他们几小时前在阳台上听到的夜曲。然后又用左手弹奏。

“现在一起弹。”罗丝玛丽笑了。

随后康拉德跟她讲起他想当钢琴家的失败经历。

一点钟之后她坐到他身旁，陪伴他用左手演奏《献给爱丽丝》。并不是没有错误，但足以诱导康拉德透露他最后的秘密，他真实的生活，依赖科赫家族的狗屎一般的生活。

第二天早上康拉德·朗在罗丝玛丽·豪格的床上醒来，什么都回想不起来了。

康拉德很想问罗丝玛丽，昨天晚上发生了什么，但他又不想听上去像中学生，第一次之后问道："我怎么啦？"

他就这样忐忑不安地离开了她，但又得到些许安慰，因为罗丝玛丽邀请他次日再到她那儿去。

他在自己房间里度过了一天，绞尽脑汁徒劳地寻找昨天夜晚任何记忆的碎片。

非常准时，他手握一束长柄玫瑰，在黄昏时分来到她那儿。她用一吻欢迎他，接过鲜花，走进厨房，在一只小花瓶里注满水。

"冰箱里有白葡萄酒，你还是喜欢红酒？"她在他背后说道。

"有水吗？"康拉德灵机一动问道。

"在冰箱里。"罗丝玛丽擦干花瓶，端入起居室。"你要喝水，我给你端些来。"她经过时说。她把玫瑰放在铺有桌布的桌子上。康拉德拿来一瓶矿泉水走过来，倒满两杯。

"祝你身体健康。"他说罢，递给她一杯。

"所以喝水。"

两人喝着。

"不，记忆，以前的记忆，"他鼓起劲来，"我想不起昨晚发生的事情啦。"

罗丝玛丽注视着他，面带微笑。

"真可惜。"

次日早晨康拉德·朗沿着湖岸步行回城。一个清新自然的早晨。栗树上亮绿的新枝，枝干周围汇集了藏红花。

康拉德整晚滴酒未饮。近几小时内他的记忆财富，根据他的判断，完好无损。他很少有这样梦幻般的感觉。也许只有惟一的一次，1960年，在意大利卡普里岛。但那时他还年轻，而且恋爱了。

他们乘坐“宝藏”号，这艘皮德里尼老式摩托游艇，航行在地中海上。一队年轻富人组成的国际团体，他们感觉堕落，实际上还是幸福。同一年费里尼[①]的电影《甜蜜的生活》问世，对他们所有人产生了一种持续的，并不吓人的效果。

他们在卡普里岛靠岸，因为他们要在相同的地点庆祝节日，罗马皇帝提庇留[②]曾经在狂欢期间把小孩从此撞下悬崖。野餐则在容易引起眩晕的吕西别墅花园里举行，青年时代的瑞典伯爵费尔森把它献给了情人。

托马斯在乡下逗留期间与别人住在奎西萨纳酒店。他建议康拉德照料游艇。对于可载十二位乘客的“宝藏”号这纯属多余之举。但是托马斯此刻正被极度的自命不凡所支配，康拉德再次妨碍了他。

而康拉德真不知道他是否受到侮辱或者离开这群闹哄哄

---

① 费德里科·费里尼（1920—1993），意大利演员、导演、编剧，其主演和导演的影片获得过各种电影节大奖，并五次获得奥斯卡金奖。《甜蜜的生活》是费里尼于1960年执导的影片，当年获戛纳电影节金棕榈奖。

② 提庇留·克劳狄乌斯·尼禄（公元前42年—公元37年），是罗马帝国的第二任皇帝，他晚年曾在意大利南部卡普里岛建有别墅。

的人群应当更快乐，他坐在甲板上，一个穿着白色制服、沉默寡言的乘务员精心服侍他。他向港口眺望着。在港口的酒馆里彩色的灯火闪烁，大海送来了忧伤的那不勒斯旋律。突然一种熟悉的感觉袭上他心头：再次来到错误的地方，那边情侣们旋转身体，觥筹交错，生活照旧，而他却坐在这儿。

他摆渡到港口，充满期待地踏上不长的林荫道。港口酒吧里充斥着德国游客。音乐从留声机上传过来，五彩斑斓的灯火原来是草率地涂了颜色的灯泡发出的。他继续走，经过酒吧，直到突码头的尽头。一位年轻女郎坐在那儿，双臂交叉在膝盖之上，眺望着大海。当她听到他走过来时，抬起了头。

"Mi Scusi." [①] 他说。

"Niente Italiano," [②] 她答道。"Tedesco." [③]

"对不起，我不想打扰您？"

"哦，瑞士人。"

"那您呢？"

"来自维也纳。"

康拉德坐在她身旁，她默默地凝望了一会儿大海。

"您瞧瞧那外面的游艇？"

康拉德点点头。

---

① 意大利语："对不起。"
② 意大利语："不是意大利人。"
③ 意大利语："德语。"

“都是灯光。”

“对。”

“有时候风会把笑声吹过来。”

“啊。”

“而我们坐在这儿。”

“而我们坐在这儿。”康拉德重复道。

假如他们此刻都为自己决定没有他们生活就没法过，他们就会互相亲吻。

她叫伊丽莎白。

他俩在她的膳宿公寓里过了三天。他只字未提他还要照看游艇，因为害怕摧毁这种魔力。

第四天他到奎西萨纳酒店去见托马斯，向他坦白他要独自继续旅行。

“为了这位金发女郎？”托马斯问。

“为了哪位金发女郎？”

“我看见你们在岩洞前面。你眼里只有她，显而易见。”

托马斯祝贺他一切顺利，他们彼此告别。

次日伊丽莎白激动地走入房间：“你还能想起那艘游艇吗？我们的第一夜。”

康拉德点点头。

“你不相信我们受到邀请上船吗？”

伊丽莎白成为托马斯第一任妻子。她给他生了一个儿子乌尔斯。没过多久她就怀着那颗不安的心去了罗马。这对康拉德是一个小小的安慰，而对托马斯无异于晴空霹雳，他变得不再忠诚，而且越来越虚荣，但没有忘记把他老朋友当成永远能支配的安慰者与聊天的伙伴。

从那时起，也就是在卡普里的三天以后，康拉德·朗再也没有产生过如今这般感觉。也许他再次恋爱了，人老了却恋爱了。

他决定戒酒，起码几天内滴酒不沾。

康拉德在家里发现了一封银行来信，信中告知他，他每周的零花钱即刻起变成2 000法郎，最近每个工作日都可以支取。

他给埃尔维拉·森写了一封热情洋溢的感谢信，并在查斯·斯塔沃丝饭店订了餐。他到银行取出1 200法郎，然后买了若干野生三文鱼、一个洋葱、烤面包片、柠檬、白花菜，还有四瓶“圣培露”[①]矿泉水。在敞开的起居室窗户旁享用了一顿精美的小点心，喝了许多加冰与柠檬的矿泉水。

饭后他清洗了餐具，之后为了庆祝这一天坐到了钢琴前。

大约两年前在科孚岛的一家饭店里，他越过众人的肩膀观察一位钢琴家，在他钢琴上放着一副小键盘，他明白这乐器可用左手单独弹奏。演奏听上去有些机械，但聊胜于无。

---

① 圣培露，一种产自意大利的著名矿泉水。

次日他立马撤掉了一副便宜的键盘，这玩意如同他所有不值钱的家当应该付之一炬，为此他在生活必需品清单上增添一副有点昂贵的多功能型号键盘，为他住所提出这些需求当然要得到科赫家族的同意。此后他不时为自己演奏，有时也为少有的几位客人，多半是芭芭拉演奏。

但是当他坐在键盘边上，却找不到开关啦。这太可笑了，他想到这玩意他打开，关上足有上千次，他不得不仔细地检视这架乐器，两三分钟过后才找到开关。

“爱情让人盲目。”他喃喃自语。

多丽丝·马格，女助理警察，神情疲倦，下班后身穿制服径直走入“玫瑰庭院”，在橱柜旁边的芭芭拉的小桌子旁坐下。

“说吧，哪儿着火了？”

“康尼失踪了。”

“怎么失踪了？”

“几天来他没在这儿露过脸。昨天我给他打电话，没人接。今天又没有人。”

“也许他更换了饭店。”多丽丝提醒道。

“我不相信，破产了。他怎么啦？”

“也许他找到了另一个傻瓜，给他提供信贷。”

芭芭拉站起来：“白葡萄酒？”

“金巴利。”

芭芭拉走到橱柜旁，取了一杯加冰与柠檬的金巴利和一瓶矿泉水走回来。

“你说‘停住’。”

“加满。”

芭芭拉把矿泉水加到玻璃杯最上端。“干杯。”她按习惯说道。

多丽丝喝了一口。“橙子，不是柠檬。在金巴利上应该加一片橙子而不是柠檬，全搞错了。”

“如果全搞错了，那就没错误。”

芭芭拉再次坐下：“他白天也没来验收账单。他也没去‘蓝十字’。”

多丽丝·马格要去当差：“大多数失踪者会再次出现的，几乎总有一个他们失踪的平庸声明。”

“但这不怎么适合他。”

“他们总这么说。”

“他欠了我1 645法郎。”

“某种程度上这就足以让他失踪。”

“他不会。”

芭芭拉站起来，去招呼一位她几乎忽视他手势的客人，此人正起劲地用一枚5法郎硬币敲桌子。她再次返回时说道：“最近他常常感到压抑。无缘无故就流泪。”

“喝醉之后的痛苦。”

“这也是一种痛苦,大多数自杀者都是喝醉了。”

“有时听到有些人死掉之后在住所躺了几个礼拜,没人发现。”

“不久前有一个人在浴缸里小中风。他无法出去,无法走到电话旁边,没有人能听到他。他只能等待,不时让热水流淌,希望有人惦记他。然后他有了一个主意,用抹布堵住了出水口,让浴缸里的水漫出来,直到楼下的房东报警。但保险公司不想支付水损。因为这是他蓄意造成的。”

“康尼的房间只有淋浴。”

“你看见了。”

从冷杉树大街134号出发步行到“玫瑰庭院”只需五分钟。芭芭拉劝说多丽丝一块儿去。要是她不得不向房东请求开门,穿制服的人威力更大。

“我是交通警,并非刑事侦查警察。”多丽丝抗议道,但她还是同意一道前往。

五分钟之前她们从“玫瑰庭院”再次给康拉德打电话,没人接听。位于四楼的康拉德房子里漆黑一团,只有一扇乳白色玻璃小窗户后面亮着灯光。

“浴室!”芭芭拉按下“O.布鲁因,房东”字样的门铃。

门铃响了三次,直到楼梯间亮起灯光。“你来说。”当一位情绪恶劣、头发凌乱、面目浮肿的男子推开门时,芭芭拉低声对多丽丝说。

“我们这号人必须早上五点半出门。”他低声吼道，一看到多丽丝的制服，马上变得和气了许多。他倾听她们说话，允许进去看看。他带她们来到四楼，让她们在那儿等待。过了一会儿他拿来一把万能钥匙，插入锁里。

“不行，门锁从里面别着呢。”

“那我们必须砸开门。”芭芭拉要求道。

房东转身面向女警察助理：“那么我要看看你的证件。”

多丽丝·马格正在寻找她的证件，这时房内侧锁上的钥匙旋转了一下。房门开出一条缝，露出康拉德·朗惊异的面孔。

“康尼，你怎么啦？”芭芭拉问。

“好极了。”他答道。

康拉德·朗挺过了滴酒未进的第一个周。瘙痒与难受慢慢消退。晚上没有出汗也能连续睡觉的时期开始了。他休息过之后，充满急迫感地起床。他想喝酒时，他称之为“撕裂”的时候也变得越来越少。

他做了很多戒酒练习。他熟悉直到第二个月为止的每一阶段。他回忆起每次从第三天起占有他的欣快感。但是他眼下所处的难以言状的心醉神迷还没有感觉到。这不可能只来源于几只缺失的小杯子，也不只源自出乎意料的财政资助的改善。这一定有另外的原因：罗丝玛丽·豪格。

自从那个“忘记之夜”开始，正如他俩如此的称呼，他俩每天都共度良宵。

他们乘坐这艘惟一在此季节开行的班轮，作为惟一的乘客直到大雾弥漫的翠湖尽头，再度返回。

他们去动物园，观看猴子，在一个老太婆的社交环境之中，她用名字称呼她的黑猩猩，黑猩猩认出了她。

他们提着旧式汽灯散步登上瞭望塔上，在老式郊游餐馆坐在退休者之中享用苹果蛋糕，喝咖啡。

“就像老人。”罗丝玛丽说。

“我也是一个老头了。”

“我可没有觉得。”她微笑了。

康拉德也没有这么觉得。

前天晚上他们去听音乐会——舒曼之夜。罗丝玛丽有一次从侧面观察康拉德，他眼睛湿润了。她抓住他的手，紧紧握住。

康拉德这天对镜自视时，确认发生了变化。他觉得好像身上的血管因为戒酒变窄了，面颊红点也少了下去，爆裂的小静脉也不太看得见了，还有眼袋也不再那么浮肿，整个面部绷得更紧了，这个男人变得更有进取心，而且正像他眼下所见显得更年轻了。

也许康拉德·朗在想：现在我一连串的好运开始了。

当芭芭拉带着警察助理和房东正要进入他房间时，他正处在这种情绪之中。他两天前就没有待在房间里，当他听到门外的声音时，正想取一些干净衣物和其他杂物。

房东与警察助理很快就告别了。芭芭拉留下来。她觉得，他欠她一个说明。

康拉德很愿意给她一个说明。他满怀激情地向渐渐安静的芭芭拉讲述了他生命中的伟大转折。当他讲完时，顺便问了一句："我欠你多少钱？"

"1 645。"她答道。

康拉德·朗掏出钱包，数了1 800法郎放在桌子上。

"我不要利息。"她说道，从她大号服务员钱包中找出零钱还他。

"你不为我高兴吗？"康拉德问道。

"当然了。"芭芭拉回答。听上去也是如此。她并不嫉妒。但她不想失去惟一的人，跟他在一起没有打扰她，而是利用了他。

康拉德·朗叫了一辆出租车，拎起他的小行李箱，芭芭拉在他房前准备离开。

在门旁边他给了芭芭拉父亲般的一吻："一切顺利，谢谢全力支持。"

"一切顺利。"芭芭拉答道。

3

在杜鹃花别墅前面的大街两侧停满了光鲜的汽车，没有一部价值低于10万法郎。城市警察给陆续抵达的来宾指路，引导车辆交通经过停车场之间的狭窄街道。“担任百万富翁的停车场管理员，我们可别做出什么不明智之举。”当差官员接到上司指令后，愤愤不平地说道。这位官员做着无助的举动，指指上方。

铁门前一家私人警卫公司的两名身穿制服的工作人员正在比对邀请函与客人的名字，并盯住那些想瞅着机会混进去的摄影记者。

“要是贵人举办婚庆典礼，老天也会暗中相助的。”一位马路报纸的记者对地方报纸的同行说，“我们那儿可在下大雨。”

的确，这是一个明丽的夏日，几块纯净的云彩飘浮在深蓝色天空之上，微风轻抚，使得耀眼的六月阳光并不太热，别墅围墙旁边的椴树花和犬蔷薇散发着一股香气。

别墅公园看上去如同拿破仑战争期间的兵营司令部。到处都是帐篷，三角旗、万国旗四处飘扬，这种景象只存在于大型活动策划者的想象之中。

客人们来到四处敞开的帐篷下方，在一张铺有白色桌布、摆满鲜花的长餐桌旁的靠背椅上落座，他们或坐到老树下前面摆着木餐桌的长板凳上，或者三五成群地坐在精心修整过的草地的野餐垫上。

在公园的不同地点弦乐四重奏、乡村乐队、伴舞乐队和小型乐队轮番表演。

科赫企业继承人恰如其分的婚礼庆典。

乌尔斯·科赫热情地招待来宾，与他甜美的新娘出现在各处，大家鼓掌，亲吻这对夫妇，祝愿两人成功的机会与好天气。

在阳台的胸墙前站立着托马斯·科赫的第三任妻子艾丽女士，她正注视着这番喧闹的景象。

七十年代初托马斯·科赫认识她时，卡尔·拉格菲尔德刚刚接过香奈尔的领导权。艾丽·弗雷德里克森是他最喜爱的模特之一。一年之后她与托马斯·科赫结婚。十年之后她独自生活，尽量远离托马斯。

伊娜·鲍尔，一位瑞典女人靠在她身旁，她比艾丽年轻许多，二十五岁时就与托马斯·科赫熟人圈内的一名企业家结婚。

两个女人很快就成了好友。艾丽对于伊娜是这个瑞士金融巨头圈子里起支配作用的诚实与颓废的罕见混合物中惟一的支柱。艾丽喜欢伊娜，她们从十年前开始就没有对鲍尔家族感到失望。她顺利保持着她的理想，用一种清新的方式，表达她对正确与错误的意见。

“倘若我知道康尼未被邀请，我就不会来。”

“为一个无聊的老家伙付出那么大的牺牲？”

伊娜指指这些参加婚礼的宾客：“你觉得这些人更有趣吗？”

艾丽向一对从阳台边经过，手挽手的夫妇报以香奈尔式的微笑。

“不，更有趣显然谈不上。但更重要的是大家在此必须充分忍受那些举足轻重的无聊之人。为何还要为那些无足轻重的人而烦恼呢？”

“你这么想？”

“托马斯这么想。”

“你觉得呢？”

艾丽举起香槟酒杯喝了一口：“我？我要申请离婚。”

这出乎意料。伊娜没有把艾丽的婚姻视为某些值得离婚花费的东西。

“实际上很久了。”

“将来我要将其理论化。”

“何以见得？”

艾丽微笑道：“有人需要这些。”

伊娜满面笑容地注视她：“停不下来了？”

“你得问问埃尔维拉。我才四十六岁。”

杉树下的小型乐队开始演奏《祝他们健康长寿》，那边的客人们开始合唱。他们站起来，举杯祝贺乌尔斯与新娘健康。

"可怜的姑娘。"

"如果这就是——"伊娜惊叹道，"他这段时间找的女人，那么他也许能与之前的所有女友结婚。"

艾丽向她投去嘲讽的目光："当埃尔维拉决定乌尔斯的时代应该来到时，西蒙妮非常般配。正如埃尔维拉决定托马斯时代来临时，乌尔斯的母亲也那么实际。"

"这听起来好像是上世纪的事。"伊娜笑道。

"你瞧瞧四周，"艾丽回答，"这里就是上世纪。"

埃尔维拉·森在新娘的帐篷里驻跸，并没有显得似乎有一位为了爱情的高龄老人的存在。她穿戴得珠光宝气，面带满意的笑容，应对自如，魅力依旧，在皮椅靠背和她笔直的背脊之间始终保持着一手宽的空隙。

托马斯坐在她对面，越来越觉得不自在。艾丽的态度激怒了他。通常他们在社交场合都扮演着幸福的一对，完美婚姻的成功秘诀在于：每人都有其自由空间。可今天他俩保持着距离。她甚至拒绝作为某种形式的新郎母亲与他共同在客人中间应酬。她与新娘的父母（一对早就承认穿得有些考究的夫妇，喜不自禁地乐见他们闺女攀上了高枝）只交谈了不过两句话，然后就毫不掩饰地避开了他们。

他可能无法习惯第二号人物的角色，迄今遇到这种事情他都是受关注的中心，或者也应该是他妻子或乌尔斯的中心，然后他想怎样就怎样。这次情况却有所不同，乌尔斯庆祝他成为继承人，托马斯从未有过这样的体验。

大多数情况让他从这种庆典中受益是康拉德·朗。过去他常常在此出现，受邀请或者没受邀请，康尼虽然可能在门口接受盘查耽搁一些时间，但他总能进来，起码能影响到安保人员前来请出托马斯："外面站着一位先生，他自称是您最老的朋友，把邀请函忘在家里了。"

但这次他不愿出现。他在意大利，给乌尔斯、西蒙妮寄来一张十分正式的贺卡，让城里最引起轰动的花店送来一束漂亮的鲜花，他给托马斯写了一封私人信函。

亲爱的托米：

几天之后对于你来说生活开始了新阶段：你儿子将建立家庭，因此也是交棒的最后一步。不久你就会怀着安静的心情退职，把你和埃尔维拉的企业交到可靠的人手里。

我的生活也发生了决定性的转折。你想想看，我认识了过去的我生活中的女人。我像一名中学生那样恋爱了，而且还戒了酒。最近生活捉弄了我（还有你们），好像突然之间垂青了我。

很少见吧，我们再度同时在不同地点面临着我们生活之中的一大转折？你有时没有这种感觉，我们的命运是紧密相连的，无论我们是愿意或者不愿意。

我们如今来意大利做一次感伤的小旅行。那天我们在威尼斯的圣·马克广场的彩虹购物中心下面用午餐。我突然看到我们小时候的情形，埃尔维拉和安娜轮番给我们拍照。你回忆得起来吗？你想抓一只鸽子，摔了一跤，膝盖蹭出了血。安娜在这家我们今天吃饭的餐馆给你洗干净，用一条锦缎餐巾包扎，埃尔维拉感觉很糟糕，因为流血的缘故。

这距现在多少年啦？六十六年或者六天？

下一周我们会再度回到瑞士。你见到罗丝玛丽后，会感到意外的。

我衷心地祝愿你万事如意！

老朋友　康尼

托马斯·科赫想不起小时候与康尼曾经去过威尼斯。

“我们走几步吧？”埃尔维拉问。桌子旁的先生们起身，托马斯向她递过手臂。他们在充满节日气氛的公园里溜达。

“什么让你感到压抑？”

“没有啊，为什么？”

“你在苦思冥想。”

“惟一的孩子结婚了。”

埃尔维拉笑道："第一次才是痛苦的。"

此刻托马斯也笑了。他们坐在一条长条椅上，离开了喧闹。

"我们小时候去过威尼斯吗？康尼，我，你和安娜？"

埃尔维拉开始感兴趣："你为何这样问？"

"康尼从威尼斯来信说，他回忆起我在圣·马克广场抓鸽子，摔破了膝盖，安娜用餐巾给我包扎，你当时感觉很不舒服。"

"胡说。"埃尔维拉答道。

婚礼庆典一直持续到夜晚。天色暗下来时，有人在花园里点燃了灯笼与火炬。"帕萨迪纳屋顶管弦乐队"演奏了英国的华尔兹狐步舞曲，成对的舞伴在宽敞的大露台上翩翩起舞。在杜鹃花别墅的小凉亭下有一位乐手伴着吉他在演唱，听上去像多诺万[1]，就是多诺万，在帐篷之下，乔治·贝利坐在三角大钢琴旁，演奏《美国歌谣集》中的曲目。

十一点开始燃放盛大的烟火，人们在下边城市里的林荫大道旁的咖啡店里惊奇地报以热烈的掌声，此后第一批客人离去。

乌尔斯招呼宾客直到午夜时分，显然有些醉了。西蒙妮竭力掩盖了她的失望，需要埃尔维拉机智的、强有力的介入，直到新婚夫妇最后登上等候中的豪华婚车。"结婚啦！"[2]

两点之前托马斯·科赫踉踉跄跄地坐到乔治·贝利的三

---

① 多诺万(1946—　)，苏格兰歌手，词作者和吉他手。
② 此处为英文。

角大钢琴旁边，开始演奏《噢，当圣徒……》，钢琴家好心地充当助手（其酬劳18 000法郎表明他委托人的出轨行为是正确的），而且得到了主要客人们的热烈鼓掌。

三点钟最后一批客人离去，精疲力竭的服务人员熄灭灯笼和吸烟的火炬。

托马斯·科赫拿起一瓶啤酒回到房间。他坐到床边时，发现一张便条，上面有他妻子的笔迹。

“我明天可以跟你谈谈吗？建议：午餐之后在图书馆。艾丽。”

次日下午埃尔维拉·森有点难以忍受，她一定得看一看康拉德·朗的来信。她沿着“施托克里”的小路散步向上来到别墅。帐篷拆除了，节庆的痕迹也消失了。

托马斯住在别墅的侧楼，艾丽住在另一侧，乌尔斯住在塔楼上。几间宽敞的客厅按需使用。

当埃尔维拉走入大厅时，艾丽刚好从图书馆出来，朝她招招手，然后踏上宽大的楼梯走向二楼。

托马斯出现在图书馆门口。“艾丽！”他听到他继母的声音后说，“她想离婚，你明白吗？”

埃尔维拉耸耸肩，她不明白如何才可以离婚，但这并不让她意外。她知道跟托马斯生活在一起不容易。一个女人，当她决定与他离婚时，无论如何都想在法庭讨个公道，然后只关系到损失的界限。埃尔维拉拥有处理这类事务的称职律师。她知道艾丽是讲究实际的理性女子，能够与之交谈。离婚本身应该容易处理，不过吃力的只是托马斯与他受伤的自尊。

她跟他一道走入他的“绅士之屋”，倾听他的长吁短叹，分担他的怒气，支持他对艾丽的看法，只要她马上就要耗尽的耐心允许这么做。然后提到了康拉德·朗的来信。托马斯想不起来他如何处理了这封来信，只知道午餐前还看过信，埃尔维拉最终在他晨服口袋里找到了揉成一团的信笺。

她把信展平，仔细地看了一遍，然后再把信揉作一团：“他在臆想。”

“他写道，他戒酒了。”

“你相信吗？”

“可惜他的这个转折是千真万确的。”

埃尔维拉把揉成团的信笺塞入一只摆在沙发椅旁边小桌上的大号舌状水晶杯内。“为什么你不和他一道去哪儿散散心，也许这会给你带来别的想法。”

“我现在无法把他与他最爱的人分开。”

“这几个礼拜内两人简直形影不离。”

“这点我倒不知道，看来他过得不错。”

“你却感觉不太好，我觉得他欠你。”

“你也这么认为？”

“仅仅科孚就够受了。”

埃尔维拉拿起桌上的打火机，烧掉了康尼的来信。

托马斯·科赫出现在冷杉树大街引起了不小的轰动。他的司机驾驶这辆深蓝色奔驰600SEL型轿车，两只轮子爬上了人行道，他搀扶着托马斯从汽车后座下来。这种帮助不仅仅是一种仪式，老板今天还没有完全确定动身，因为下午时间还早呢。

几位土耳其儿童肩背彩色书包站在那儿，打量着这辆汽车。有轨电车行驶得更慢了，窗户旁边的面孔转过来对着这辆与此地不般配的豪华汽车。“也许是一名地产大鳄，要把他们拆除的房子以非法的高价租给这些婊子。”一个年轻人向他女友解释道。

有个老太太靠在二楼的一扇窗户旁，把一只枕头放在外窗台上，支上自己沉重的前臂。

“您找谁？”当托马斯第二次揿响门铃时，她冲他喊道。

“朗。”

“这里几乎见不到他的踪影，他只是偶尔来取一下邮件。”

“您知道我到哪儿能找到他吗？”

“也许房东知道。”

托马斯揿下了门铃，等待着。

“您得揿得久一些，他上夜班。”

过了一会儿，三楼的窗帘动了动。接着开门器嗡的一声响，托马斯·科赫走了进去。

奥特马·布鲁因是科赫工厂总装车间的叉车司机，也是这处属于科赫工厂退休基金的不动产的房东，这故事总得一再地讲下去。他从床上直接起来，没有刮胡子，穿着运动服打开门，站在那儿。——“见阎王了，科赫亲自出马！”——需要租客的地址。“而且，当你们问我，这个人有酒臭味。”

托马斯·科赫再次被司机搀上车之际，房东告诉了他罗丝玛丽·豪格的地址。

门铃响起来的时候，康拉德与罗丝玛丽正坐在阳台上玩西洋双陆棋。他们去意大利旅游，他给她买了这副棋，此后他俩狂热地玩起来。部分是因为罗丝玛丽的虚荣心，因为她从来不可能打败他，部分是出于多愁善感，因为对他们第一次的共同旅行依旧念念不忘。

罗丝玛丽站起来，走到内部电话对讲器边。

她回来的时候，面露惊奇之色。

“托马斯·科赫问你在不在这儿。”

“你怎么说的？”

“啊，他上来了。”

几乎一辈子托马斯都属于康拉德生命中最重要的人物，但是最近他越来越退居幕后。在威尼斯康拉德虽然想起了他，但对乌尔斯的婚礼他有点意外，没有显露出太多兴趣。而如今托马斯随时随刻都会破门而入，这让他神经过敏。他意识到，就像他一再感觉到的，托马斯就在附近：如同新手面临学校指挥官的检查。

罗丝玛丽注意到这种变化："我能说你不在这儿吗？"她问道，一半是出于好笑。

"不，当然不能啦。"

他们走到房门前，听到了门外的电梯声，然后从走廊上传来杂沓的脚步声。

"他想干什么？"康拉德嘟囔着，表面是对罗丝玛丽，更多是对自己说的。

门铃响起，他猛地一惊，罗丝玛丽打开门。

托马斯·科赫的鼻子长得挺拔俊俏，安在胖乎乎的脸上显得有点不合适。他穿着一件运动夹克衫，一件葡萄酒色开司米高领毛衣，使他粗壮的脖子更显粗壮。他长着两只靠得非常近、闪闪发亮的眼睛，浑身散发着酒气。他仅仅朝罗丝玛丽点点头，转身直面康拉德。

"我可以跟你谈谈吗？"

"当然可以，请进。"

"我们俩私下谈。"

康拉德看了一眼罗丝玛丽。

"你们可以在起居室里交谈。"

"我更喜欢到别处交谈。"托马斯毫不怀疑，这不是愿望。

康拉德向罗丝玛丽投去一道求助的目光，她恼怒地皱皱眉。托马斯等待着。

“我只需马上穿一件夹克衫。”

康拉德走入卧室。罗丝玛丽朝托马斯伸出手：“我叫罗丝玛丽·豪格。”

“托马斯·科赫，认识你很高兴。”

然后他们默然无语地等待着，直到康拉德再次从卧室出来。他系了一条领带，穿上一件与裤子相配的亚麻布夹克衫。

“我们走吧。”他说着，跟托马斯走向电梯。

“再见。”罗丝玛丽在他身后喊道，声音也许有些尖。

“啊，再见！”康拉德站住，似乎又想返回做正式告别，但发现托马斯已站在电梯口，便急忙跟上他。

罗丝玛丽注视着康拉德替托马斯打开电梯门，让他先进去，殷勤地按下按钮。电梯门关闭，康拉德无法再回头看到她。

康拉德点了一杯加柠檬与冰的毕雷矿泉水[1]，托马斯开心地眉毛一扬，自己点了一杯双份的图拉多爱尔兰威士忌，没加冰和水——他的解闷酒。

夏洛特以一句略微责备的问候“你又来了！”迎接康拉德，但当他点了无酒精饮料时，马上就明白了。她见到过太多戒酒的人，但都是走过场。

阿佩尔大酒店的酒吧（为了旧日的时光，因为无论如何

① 法国南部产的一种冒泡的矿泉水。

它对托马斯是有利的）在胡尼姐妹到来之前都空空如也。罗杰·惠特克在唱《不要哭泣，年轻的爱人，无论你做什么》。在壁龛里的一张小桌子旁托马斯开始了他的独白，康尼则仔细倾听。

“你知道，倘若她另有男人，突然会变得好看起来。”

康尼点点头。

“我根本不反对她不时眼馋别的男人。你知道，我并不准备……”

康尼点头。

“就像这狗日的最近这样对待我，传唤我到图书馆，告诉我，她要离婚。”

康尼点点头。

“不，告诉我——告诉我。”

康尼点点头。

托马斯·科赫喝尽酒杯中的酒，高高地举起酒杯。“她叫什么名字？”他问。

“夏洛特。”康尼低声说。

“夏洛特！”托米大声喊道。

“我还没有从律师那里获得确认。——夏洛特！”

女服务员又端来一杯酒，托米没有抬眼看就把空杯子递给了她。

“你会容忍这件事吗？”

康尼摇摇头。

“你知道这个月她光买衣服就花了多少钱？光买衣服？”

康尼摇摇头。

托米喝了一口酒：“我也不知道，但我告诉你这点：他妈的不得了，你只需仔细看看她。”

康尼点点头。

“尤其现在。她们要是有其他男人，总是更光鲜，诱人。故意的，为了让你完蛋！”

康尼点点头。

“我也可以让她完蛋。这种生活的代价会让她大为吃惊！”

康拉德·朗，惟一的参与者知道这种生活的代价，他点点头。

“我要让她完蛋！”托米用喝干的杯子朝酒吧方向做了一个手势。

当夏洛特端来威士忌时，他问道：“你还去滑雪吗？”

“多半不去。我已经不去阿斯彭[①]了。”

1971年，托马斯遇到了第二次离婚危机，他把康拉德从地产处请出来，与他一道飞往阿斯彭，在那里给他新添了衣服和装备。两人过去在同一位滑雪教练处上课，有好几个冬天康拉德在圣·莫里茨练成了一位还过得去的滑雪者（俯式冰橇运动

① 美国科罗拉多州小城，系著名的滑雪胜地。

员)。当时他用了几天时间练就了好身材,但这距现在已经过去了二十五年。

“这不会荒废的,就像骑自行车。器材如今得到了发展,你能比过去滑得更快。”

托米把威士忌一饮而尽。“我们去德巴里洛切[1],”他决定了,“那里可以让我们产生另外的想法。”

康尼没点头。

“你需要什么,我在那里给你购置。瞧,你的护照仍然有效。我们礼拜天飞过去。”

康尼没点头。

托米把他喝尽的杯子高高举起。夏洛特走过来时,他说道:“给他也来一杯。”

“最好别这样。”康尼说,但声音不够响亮,夏洛特没有听到,已经走向酒柜。

“我觉得好像认识她。”

“夏洛特?”

“不,现在与你同居的那个女人。我应该认识她吧?”

“她是勒比·弗里斯的遗孀。”

“啊,勒比·弗里斯的遗孀?她肯定已经五十岁了,起码。”

“我没有问过她。”

① 阿根廷内格罗河省的一座城市,系南半球的滑雪胜地。

“但非常优秀。”

康尼点点头。

“你因此戒酒了。”

“也喝些。”

夏洛特端来两杯威士忌。托米举起酒杯。

“为了德巴里洛切干杯。”

康拉德·朗半夜都没有露脸，罗丝玛丽·豪格忘记了自负，拨打了他的电话，占线。

到深夜一点钟还占线，她拨打了电话故障服务，得到的答复却是对方没有把电话搁好。

倘若他不想让我打电话给他，肯定拔掉了插头，罗丝玛丽自言自语，叫了一辆出租车。

奥特马·布鲁因由于康拉德·朗的缘故第三次被从睡梦中叫醒。他这次是早班，闹钟本应在半小时内闹铃。他看了看表，知道起来太早，再次入睡又过迟。

他打开下边的门，正符合他的情绪。

站在他面前的女子，他父亲习惯称为“女士”，这点他在楼梯间微弱的光线下也看清了。她显得有些尴尬，但又不适合这种情况。她请求他带她到康拉德的房门前。

她揿了几次门铃，但康拉德没开门。

“也许他不在家。”布鲁因嘀咕道。

“可灯亮着。”

“也许他让灯亮着，也许他睡着了。”

“听筒可能没有搁好。”

“也许他不想受打扰，应该是这样。”布鲁因建议道，他的敷衍激怒了罗丝玛丽。

“您听清楚了，我担心出事了。您如果不替我开门，一旦出事，我要叫您负责。”

布鲁因只好让她进来，领她来到四楼。

他们揿响了门铃，敲门，大声叫喊，直到半幢房子里的人都聚拢在一起。康拉德·朗没有反应。假如不是钢琴音乐，布鲁因真想让大家再次回到床上。为了她，他最后只得说服自己取来万能钥匙。

房门内侧没有钥匙别着。布鲁因和罗丝玛丽走进房内，惊奇地发现：康拉德·朗半裸着上身躺在起居室的地板上，一条腿搁在靠背椅上，嘴和眼睛半张。在琴键旁的小桌上放着一瓶喝掉一半的威士忌，卧室里传来一首华尔兹曲子始终相同的伴奏音：姆塔塔，姆塔塔，姆塔塔……房间里充满着酒气与呕吐物的气味。

罗丝玛丽在他身旁跪下。“康尼，”她低声说，“康尼，”她感觉到了他的脉搏。

康拉德·朗呻吟起来，然后把食指放在嘴唇边：嘘！

“您要是问我，这位先生多半喝醉了。”布鲁因发现之后，转身离去。

他安慰了在房门前焦急等待的住户："一切正常，喝醉了。"

康拉德·朗醒来时，已躺在自己的床上。这点他知道，没有睁开眼睛。他再次辨认出了交通的噪声：汽车在红灯前刹车，等待再次启动；有轨电车到站发出丁零当啷的响声。

他有点头疼，眼睑疼痛，嘴巴干渴，胳膊摸上去也好像有点疼痛，被什么东西撞到过，他有一种不祥的感觉，好像要悔恨什么，却又想不起来。

他慢慢睁开眼睛。窗户敞开，但窗帘却是拉上的。就是那天。他酩酊大醉后情绪不佳，还有什么？

我什么也没喝！突然在他脑子中闪现。他再次闭上眼睛。还有什么？

托米？还有呢？

一阵噪声从厨房传来。然后他听到脚步声，随后一个声音说道：

"消食泡腾片能帮你吗？"

罗丝玛丽！

他张开眼睛。罗丝玛丽站在床边，手里拿着一只正在冒泡的杯子。

康拉德清清嗓子："三片，三片帮助不大。"

"这里只有三片。"罗丝玛丽把杯子递给他。他用胳膊肘撑起身子，一饮而尽。

德巴里洛切!

“我现在回家。如果你感觉好些，想来就来吧。”在门口她又停住，“不，只要你觉得好，马上就来。”

下午康拉德·朗从房间里走出来，布鲁因刚刚下了早班。“这位女士在您身上找到了什么。”他在楼梯间问道。

“您怎么看待这点？”

“烂醉，吐得一塌糊涂。她一直在照顾您。”

“吐得一塌糊涂？”康拉德什么痕迹都没有发现。

“从上到下，很不雅观。”

康拉德叫了一辆出租车，停在一家花店门口，买了一大捆色彩斑斓的露天花圃种的玫瑰，这些花对他老犯病的胃有些香过头了。

他捧着鲜花站到门口，罗丝玛丽面露微笑。

“我们俩不能忽略老一套。”

然后她为康拉德做了一份加蛋肉汤，坐在桌子旁，注视他小心翼翼地用颤抖的手舀汤。他喝完时，她端走了蛋汤杯，拿来一瓶波尔多和两只玻璃杯子：“你要么喝点啤酒？”

康拉德摇摇头。罗丝玛丽斟满两只杯子，碰了一下。

“扯淡。”他说。

“扯淡。”她答道，两人喝了一口。

然后康拉德讲起托马斯要他一道去德巴里洛切。

他们坐在那儿喝掉第三杯。

"现在只剩下十天时间。"他说。

"如果他随后要去阿卡普尔科[①]，你也说'不'吗？"

"当然啦。"

"但你没有那么做。他来的时候，我全看到了。你没有跟他说'不，绝不去'。"

康拉德没有回应。

"你得知道这点。"

康拉德转动杯子的细颈。

"这是你的生活。"

现在他抬头一望："我考虑过了，这是我们的生活。"

罗丝玛丽用手掌在桌子上一敲。他吓了一跳。"对，你相信这个，而我不！"她冲他大喊道。

康拉德的眼泪夺眶而出。罗丝玛丽双臂抱住他，他把脑袋枕在她肩头上，毫无顾忌地哭了起来。

"对不起，"他再度哽咽，"一个老头，像小孩一样哭起来。"

他再度平静下来时，她说道："跟他说'不'。"

"我靠他生活。"

罗丝玛丽再次给他斟上酒："那就靠我生活吧！"

---

① 阿卡普尔科位于太平洋沿岸，距离墨西哥城约300公里，是墨西哥格雷罗州重要的港口城市。

康拉德没有回答。

“钱是现成的。”

他又喝了一口。

“这肯定不能让你为难。”

“我没有为难，可惜。”

“一切都会恢复秩序的。”

“好，那我对他说什么呢？”

“别来烦我。”

在卧室里托马斯·科赫坐在收拾了一半的行李与手袋之间，一瓶冰啤酒翻落下来。小电话桌上摆着一只托盘，上面是两瓶没有开启的啤酒。托马斯大发雷霆。康尼之前跟他打来电话，告诉他去不了阿根廷。

“你不去是什么意思？”他开心地问。

康拉德·朗没有马上回答。托马斯听到他在吸气：“我没有兴趣到那儿去，别考虑我。”

“你受到了邀请。”

又停顿了一会儿：“我知道。但我拒绝邀请，非常感谢。”

托马斯慢慢有些不快：“告诉我，你在胡说八道？”

“我是自由人，我有权拒绝邀请。”康尼说道，但听上去不那么自信。

托米笑了：“好一个笑话。明天我派司机来。我们一块儿从这里出发去机场。”

安静了片刻，康尼随后说道：“别来烦我！”把电话挂掉了。

托马斯马上打回去。勒比·弗里斯的遗孀接了电话。

“请帮我叫一下康尼。”他命令道。

“朗。”康尼应声道。

“没人敢撂我的电话。”托马斯咆哮道。

“别来烦我。”康拉德回答，把电话给挂了。

托马斯·科赫又倒了一杯啤酒，再摔下来。然后他拨打了内线埃尔维拉的电话。

“他拒绝了。”

埃尔维拉马上知道他指的是谁：“他根本支付不起他的生活。”

“他当然不行，但有勒比·弗里斯的遗孀。他现在由她供养。”

“你能确定吗？”

“我去了她住所，他跟她住在一起。”

“他现在不喝酒了，对吗？”

“我去之前，的确如此。”托马斯笑了，“但我走开时，他又像过去那样烂醉如泥。”

“尽管这样他还是拒绝了你。”

“肯定是那个女人从中作梗。”

“那你现在怎么办？”

“我单飞。”

“在我们为他做了那么多事之后，如今他却撂下你不管了。”

“在他身上花了多少？”

“舍勒有数字，叫他告诉你吗？”

“最好不用，我只会生气。”

十分钟后舍勒打来电话：“您想知道详情还是总数？”

“总数。”

“一年大约150 600法郎。”

“到底多少？”

“您想知道每月的详情吗？”

“我想知道。”

“餐费：1 800，住房：1 100，保险与医疗保险：600，衣服：500，杂项：500，零花钱：2 000，凑成整数和平均数。”

“零花钱2 000？”托马斯大喊一声。

“三月份森夫人给加上去的，以前只有300。”

“她提过理由没有？”

“没有，她没有说起。”

托马斯把胳膊放在桌子上，倒了一杯啤酒。传来一阵敲门声。

“唉。”他生气地嚷嚷，乌尔斯走了进来。

“我听说，你要旅行。”

“你能想象吗，埃尔维拉三月份把康尼每周的零花钱从

300提到2 000？”

“她这样做了？”

“舍勒刚刚跟我讲过。”

“2 000！那可以买很多很多烈酒。”

“这样足以让人醉死。”

乌尔斯发现了一些迹象，会心地笑了。

“有什么值得笑的？”

“所以她把他的零花钱给提高了。”

托马斯需要一些时间：“你相信，所以……不，你相信她这点吗？”

“你不相信？”

托马斯考虑了一会儿，然后露出微笑：“当然了。”

父子俩在衣服与行李之间摇摇头，然后冷笑起来。

两小时以后托马斯·科赫站在罗丝玛丽·豪格的公寓门口。

“我们俩可以私下谈谈吗？”他问康拉德，连罗丝玛丽正眼瞧都不瞧。

“我在豪格女士面前没有秘密。”

“你确定？”

“绝对。”

“我可以进来吗？”

康拉德看看罗丝玛丽：“他可以进来吗？”

“如果他讲礼貌的话。”

康拉德带托马斯走进客厅。“要喝点什么，科赫先生？”罗丝玛丽问道。

“一杯啤酒。”

她端来一杯啤酒给科赫，矿泉水给他们俩。然后坐在康拉德旁边的沙发上。

托马斯朝她投去一道恼怒的目光，然后决定不理睬她。

“我认为你知道你欠了我许多。”

“为什么？”

“比如科孚。”

“科孚的事情对不起，但我不欠你什么。”

“一年15万。15万你觉得一钱不值？”

“对你们来说算不了什么。如果你要裁决，对我来说义务不足以忘记一切。”

“你还想过一文不名的生活。”

“我无法阻止你那么做。”

“那么你开始靠她生活了？你以为供养一个老酒鬼能让她产生快乐？”

康拉德·朗注视着罗丝玛丽，她拿起他的手。

“康拉德和我要结婚。”

托马斯·科赫一下子激动地说不出话来。“勒比·弗里斯在坟墓里也会翻转身来。”他终于想起了答案。

罗丝玛丽站起身来："我觉得，您最好还是出去吧！"

他怀疑地打量着她："您赶我走？"

"我请您离开。"

"我要是不走呢？"

"我就叫警察？"

托马斯·科赫抓起啤酒。"她要去叫警察。"他笑了，"你听着，康尼！你未来的媳妇要叫警察把你最铁的哥们赶走，你听到了吗？"

康拉德无语地站起来，走向正等候在敞开的大门旁的罗丝玛丽。

托米砰的一声把啤酒杯搁在小桌子上，冲向门口，站在康拉德的面前。

"你不跟我去，这是你最后的话？"他冲他大喊。

"对。"

"为了这个女人？"

"对。"

"没我你就是一个佃农，你忘掉了这点？"

康拉德突然显得十分镇静。他盯着托马斯："别再烦我。"

托马斯·科赫给了他一记响亮的耳光。

康拉德做了回击。

然后他走上屋顶露台，等待着。他看到科赫从下面的房门出来，手里拿着一块手帕，在擤鼻涕。

“托米。”康拉德喊。

托马斯站住，抬头望去。康拉德无助地耸耸肩。托马斯等待着，康拉德摇摇头。托马斯转身离去。

康拉德感觉到罗丝玛丽的手放在他的肩头上。他朝她一笑，用胳膊搂住她：“一次悲伤的告别。”

“不也是一种解脱吗？”

他考虑了一下：“如果被判终身监禁的人离开了监狱，也是一种告别。”

康拉德全天显得比以往更安静。晚上他毫无食欲地在罗丝玛丽端上桌的冷盘里啄食。之后他播放了肖邦的唱片，准备阅读。但他没有能收拢思绪。他一而再地朝托马斯·科赫以及这个讨厌的场景漫步，这造成他们变化无常的、单方面的友谊终结。十点钟罗丝玛丽亲吻了他额头，任由他去苦思冥想。他说：“我马上就来。”

可是他在房间里不安地踱步，来到露台上，观赏着平静的湖面，抬头眺望静谧的城市上空淡淡的月色。有几次他差一点想把罗丝玛丽酒柜里的烈酒给自己斟上一杯。

两点左右时，康拉德上了床，罗丝玛丽佯装睡着了。

次日清晨康拉德·朗睁开眼睛时，罗丝玛丽早已起床。他拉开窗帘，外面的太阳高高挂在深蓝色的正午空中。将近一点钟了，他心里觉得一阵轻松，不知道是为什么。

淋浴时，他与托马斯在一起的场景又浮现在眼前，但他昨天脸上留下的疼痛感已经消失了，除了莫名的轻松之外他没有感觉到什么。

他非常认真地穿戴完毕，从罗丝玛丽放在化妆镜前的那丛鲜花中折下一朵玫瑰，插在他夏日夹克的纽扣上。

罗丝玛丽坐在露台上看报纸。遮阳篷的玫瑰色让她肤色更显娇美。当她听到康拉德的脚步声时，抬起头，见到他多么幸福和富有进取心，粲然一笑："你睡觉时像个婴儿。"

"我也这么觉得。"

他吃了一顿清淡的早餐，他们不再提托马斯·科赫。康拉德说："今天我要替咱俩做一顿传奇般的俄式牛柳丝。"他又补充道："为了庆祝这天。"

康拉德去了村子中央的购物中心，步行只需十分钟。他购买的东西跟往常一样多。

回家的途中他迷路了，他正欲向一位行人打听，却忘记了罗丝玛丽的地址。

他拎着满满的购物袋，无助地站在这个完全陌生之地的人行道上。这时有人帮他拎起两只袋子。有个男声说道："天哪，您真是满载而归。朗先生，等一等，我替您拿到您的住所。"

这个男人叫赛文·科勒，律师，住在罗丝玛丽·豪格家下面。

此处离家还不足百米。

4

康拉德·朗再次戒了酒。

对于好酒者这是一项工作。另外他还开始打网球。网球属于托米的教育，但康拉德也学会了。

罗丝玛丽是一家俱乐部的成员，她每隔两天便带上康拉德作为来宾去该俱乐部。“网球是一项终身体育运动，”俱乐部的教练说，“如果人老了，数数也可以很好地训练记忆力。”

岂不是笑话。他不知道，康拉德的记忆力多么有必要训练。

自从发生了找不到罗丝玛丽住房那件事以来，尽管他实际上已经站在楼房前面，类似的情况还在他身上出现过好几次。最糟糕的是：他在电梯里按了地下室的按钮，走出了电梯，只是碰巧才找到返回电梯的路。

最危险的是：他把茶水放在炉子上（在他不停地寻找替代饮料时，偶然发现了茶叶，所有种类的茶叶），打开了另外一块电炉板。糟糕的是上面还搁着木质的沙拉碗。等他半小时后回到厨房（把茶水搁在炉子上），沙拉碗烧了起来，电炉边的家用纸也燃烧起来了。

他灭掉火，消除了证据，至今尚未跟罗丝玛丽提起他造成的损失。他不想让她毫无必要地感到不安，他不相信即将面临的严峻现实。当时在科孚暂时的昏厥他归因于酗酒。最近几周内记忆力的中断以及小小的精神恍惚他觉得也许是戒断综合征，此外他感觉还不错。

罗丝玛丽是他六十五岁时遇到的最好的女伴。她支持他自我规定的戒除疗法，但不充当护士的角色。她是一位忠实的听众，一位轻松愉快的叙述者。她可以含情脉脉，温存体贴，当她情绪高涨时，也会非常激动。

康拉德·朗和罗丝玛丽·豪格是一对引人注目的情侣。一位仪表非凡的成熟男人与他的保养良好、优雅的女伴。他们一块儿去网球俱乐部，有时还去听音乐会，偶尔去他们最喜爱的饭店。要不然他们就低调生活，康拉德很快证明他还是一位不错的厨师，他常常烹制丰盛的晚餐，为此他们有时还高兴地穿上晚礼服，偶尔一块儿坐在钢琴旁，几乎每晚都玩上几局西洋双陆棋。

康拉德·朗也许度过了他最快乐的夏日。秋天来临之际，他既不感到孤单亦不觉得悲哀。这也许是他生命中第一次。

埃尔维拉·森没有对此感到不舒服。当托马斯一无所获地从康拉德那儿回来时，他只说了一句话：“从现在起一个子儿都不要给他啦。”其他并没有多言，然后就飞往了阿根廷。

她想立刻指示舍勒，但之后又犹豫了。只要她不清楚两位伙伴最近一次见面发生的事情，她就不想冒这个险。她不愿毫无必要地把康拉德逼入绝路，谁知道他会如何反应呢。

相反她委托舍勒去了解朗目前的生活状况。舍勒雇用了一家不时与其合作处理这些事务的公司。

在他向埃尔维拉·森递交报告之前，埃尔维拉收到了康拉德·朗的一封来信，在信中他非常感谢埃尔维拉的支持，请求她停止资助。“我的生活已经发生了重要转折。”他写道，“我现在无需依靠你物质上的资助了，我希望这样可以把我们的关系和长期的友谊带到一个无忧无虑的新层面。”

正如随后她从舍勒处了解到的，这种转折正确无疑。他与罗丝玛丽·豪格如今过着一种低调的市民生活。他好像真的戒掉了酒，舍勒给她审阅的观测照片也显示他的样子比过去更健康。

她命令舍勒，关注康尼，停止资助。然后她从舍勒不知情的账户中捐赠了10万法郎给一家儿童辅助机构。捐赠者她署名康拉德·朗。她给康拉德写了一封热情洋溢的信，祝愿他新生活万事如意，并附上捐赠证明。

康拉德·朗给她写了一封感人至深的回信，在信中他重申他永远不会忘记这份崇高的表示。

这正合她的用意。

可“永远不忘记”对康拉德却是一件难办的事情。

在一个寒冷阴雨的十一月天，他决定做奶酪火锅给罗丝玛丽带来惊喜。他打的去他认为惟一提供各种混合奶酪的商店。在那里购买了三人份略带酸味的奶酪（他厌恶太少的食物放在桌子上），在附近一家面包店挑选了合适的半白面包、玉米淀粉、大蒜、樱桃烧酒、白葡萄酒。

在家里他发现罗丝玛丽居然与他如出一辙。在冰箱里放着一袋同一家奶酪商店的混合奶酪，旁边是一瓶白葡萄酒，同样出自“雷贝格酒庄”。在厨房的货架上放着同一家面包房的半白面包，旁边是一盒玉米淀粉，同样牌子的樱桃烧酒。

当他看到罗丝玛丽走进客厅时，笑道：“不谋而合啊。”

“什么？”

“我也发现当下是吃火锅的季节。”

“为什么用‘也’呢？”

朗的记忆还不能达到这个高度。但他的条件反射，一个足以应付一辈子的男人的条件反射还能恰如其分地，毫无障碍地发挥作用。

“你就说你对奶酪火锅没有兴趣，我可买了三人份的。”

“我当然对奶酪火锅有兴趣了。”罗丝玛丽微笑道。

“正好，如果这不算不谋而合。”

他返回厨房，把一袋混合奶酪、一瓶樱桃烧酒、一只半白面包和一盒玉米淀粉扔到了垃圾筒里。

尽管还没有像罗丝玛丽·豪格这样的人赢得了康拉德

毫无保留的信任，但他还是不忍心向她透露任何信息。首先他不想因为他某些异常的表现给她带来不安，也许会再次消失。第二，这些征兆与敏感的迹象相同。六十五岁的男人不愿对小他十三岁，而且要与之结婚的女子承认，他正在开始衰老。

康拉德·朗想出了解决问题的办法。他画了一张他居住房屋以及常去购物的商店位置的草图，还编制了一份清单，上面列有他通常需要与熟悉的人的姓名。他在钱包、皮夹和钥匙包里都保存着他们共同的地址。为了应对他在较远的地方迷路，他还带着一张市区地图，可以借此冒充迷路的游客。

十一月底发生了康拉德没有料到的事情，他在超市里无法找到出口。他像经过一座迷宫那样在货架中迷了路，找不到出口。没有任何标志引导他，没有一个地方看上去好像他曾经来过，而且还是在一家小型超市里。

最终他跟在一名年轻女子身后，她的购物车里放着采购的物品与一名哭闹的孩子。她很快就发现有个老头在跟踪她——她一走，老人就移动，她停下来，老人也停下来。每当她越过肩头投来不信任的目光时，康拉德就毫无选择地从货架上拿起物品放入购物车。最后他幸运地来到收银台前，心情轻松地替一位不会被任何事情触动的女收银员把无公害蔬菜与肉制品旁边一排奇怪商品搬到传送带上，最让人丢面子的是覆盆子气味的避孕套。

有时候康拉德·朗忍受着间歇停顿，尤其是他如此无助地听任记忆停顿的摆布。有时他真想抓起他的大脑，帮助它，就像他的膝盖，有时游手好闲，或者他的腰骶部，有时会疼。但是正如他经历的生活，如果从小到大就学会了排解，那也只能忍受。

因此他除了购买银杏制剂并没有采取更得当的措施。他曾听说银杏制剂有助于改善记忆力。“适用于年轻女子陪伴的所有老人。”当罗丝玛丽问起这只小瓶子时，他当面跟她这样开玩笑。罗丝玛丽在他钢琴乐谱旁发现了这只小瓶子，康拉德把它藏在那儿，而且忘记了。

罗丝玛丽若有所思地微微一笑。

罗丝玛丽与勒比·弗里斯第一段婚姻时，在蓬特雷西纳①拥有一套漂亮的恩嘎丁式②老宅。自从她发现这套住房成为她第二任丈夫的爱巢，就再也不去住了。六年前他们离婚之后她常寻思着把这套房子卖掉，但是现在她突然又有兴趣与康拉德·朗到那儿过节。她觉得时间与男人都适合那儿。

---

① 蓬特雷西纳地处瑞士格劳宾登州伯尔尼纳山谷的西南方入口，为一著名旅游胜地，深受登山爱好者、冬季运动爱好者青睐。

② 为当地一种造型独特精美的房屋，它的墙壁上装有五彩拉毛陶瓷，散发着17至18世纪浓郁的艺术气息。

他们坐火车去，因为康拉德觉得假期是在旅行中开始的。罗丝玛丽本来想乘奥迪4，这辆车停在车库里几乎没有使用过，马上又后悔被人说服。康拉德在旅行之中流露出的一面，她从没在他身上见到过。他在出发前那么紧张，弄得他们几乎提前四十五分钟就来到了火车站。他总在寻找车票，不停地数着行李，全程旅行待在舒适的一等车厢和怀旧的餐车里显得如此紧张或者走神，最后抵达时，她彻底累瘫了。

照料这幢房子的堪德拉丽娅女士费了很大的劲，给房间通风，擦拭，铺床，在冰箱里放满食物。在门口货架上摆好基督降临节枞树枝花环，从石松客房内温暖的瓷砖壁炉中散发出干燥的苹果皮香味。

罗丝玛丽几乎无法指望向康拉德展示这个曾对她具有重要意义的地方，与他在一起又一次显得意义深远。但当她带他经过这幢老屋时，他以一种几乎不太礼貌的方式表现出心不在焉，魂不守舍。

他们很早就上了床。自他们认识以来，他们俩睡觉时第一次没有说话。

次日罗丝玛丽发现了康拉德记忆的支柱。

康拉德睡觉，最近常常一直睡到临近晌午。罗丝玛丽做早餐时，在冰箱里发现了他的钱夹。

她把钱夹放在厨房餐桌上，飘落下一张纸条。康拉德在两面都写了字。一面画着石松肉铺、面包房、售报亭、购物中心和她住房位置的草图，旁边标注"我们"字样。另一面则写着一些热心的熟人、邻居以及女清洁工的名字。最下面，粗粗的下划线："她：罗丝玛丽。"

罗丝玛丽把纸条塞入钱夹内。康拉德起床时，她建议他到施塔策湖畔散步。

圣诞节的喧闹尚未开始，在这条刚刚清扫过积雪的森林之路上只能遇到几位散步者。大多数人跟他们相同：属于富有的一对，无需顾及学校假期或利用公共的假日。当他们走近时，沉默不语，而当他们交会时，便说"Grüezi①"或"Grüβ Gott②"，然后在安静之中能听到四位散步者的昂贵雪靴在坚实的雪地上嘎嘎作响，远远地这声音再次记录下这些不间断的谈话。

"这点你知道：你走进厨房，因为你忘记了长柄勺。然后你站在厨房，不知道想干什么。"

罗丝玛丽用胳膊挽住康拉德。她点头示意。

"是这样。"康拉德继续前行，"不过更极端。你手拿长柄勺站在卧室里，不知道为何走到里面。然后你走入客厅、浴室、厨房、餐饮室，你想不起来，你拿长柄勺要做什么。"

---

① 瑞士德语，意为"你好"。
② 同上。

“最后你把它藏在了衣柜里。”罗丝玛丽补充道。

“这事你也知道？”

“我在那儿发现了它。”

他们继续默默地走着。罗丝玛丽半小时之前谈到这个问题，经过很久的犹豫——她编造了一个她越来越觉得厌烦的宽容的切入点，最后她选择了正确的途径：“我看到了你可用来找到我们住处的，想起我名字的纸条。”

“在哪儿？”他问。

“在冰箱里。”

他笑了，然后好像冰块彻底破裂了。他向她坦白了一切，所有能想起来的内容。

一对男女朝他们迎面走来，沉默，问候，从他们的视线中消失。过了一会儿罗丝玛丽轻声地说：

“我在奇怪的地方找到物品不是第一次。”

“比如呢？”

“短袜在烤炉里。”

“在烤炉里？为什么你只字未提呢？”

“我觉得它不重要。一点点心不在焉。”

“还有呢？”

“啊，没什么。”

“你说的‘物品’？”

罗丝玛丽按了一下他的胳膊：“避孕套放在低温冷冻冰

柜里。”

“避孕套？”康拉德尴尬地笑了。

“覆盆子香味的。”

他站住了：“你确定？”

“它就放在里面。”

“我是说，你确认放在低温冷冻抽屉内。”康拉德听起来有些被激怒了，罗丝玛丽点点头。

“为什么你只字未提呢？”

“我不想……嗨，我也不知道。”

他们慢慢走着，康拉德放松了。

他忽然笑起来：“覆盆子香味的。”

罗丝玛丽也笑了：“也许你应该去看医生。”

“你真以为那么严重吗？”

“仅仅为了安全起见。”

他们身后有一辆马拉雪橇发出丁零当啷的响声。他们站到路边，让雪橇过去。两张硕大的毛皮帽子下苍老而娇小的面孔从羔羊皮顶篷下朝外看。

在马呼出的热气中他们继续前进。当丁零当啷的声音消失后，康拉德说道：“太妙了，我可以与任何人开诚布公地交谈，但与罗丝玛丽我不能这样。”

罗丝玛丽站住了：“可我就是罗丝玛丽啊。”

她猛然想起来他可能失去自制力。他随后冷笑道：“你上当了。”

去看医生的决定令康拉德感到鼓舞。似乎探究他问题的决心同样也可展现其解决方案。他的记忆再也不会捉弄他，罗丝玛丽也不会感觉他混淆了她。

他俩欢度了一个和谐的、感伤的圣诞之夜。圣诞树、烟花和子夜弥撒。一个精心布置的除夕夜，太多的奥赛佳鲟鱼鱼子酱[①]，没有香槟酒，站在敞开的窗户前聆听远处的钟声足足有半小时。

他们满怀信心地开始迎接新年的到来。

三圣节早晨康拉德·朗四点钟悄悄起床，轻轻走出卧室，每只脚套了两双袜子，睡衣外面套上一件雨衣。他戴好罗丝玛丽的皮帽，打开沉重的房门，走入月朗星稀的冬夜，沿着主街快速地朝村庄出口方向走去。到了那儿他拐了一个弯，小心翼翼地跨过铁路线，朝施塔策森林方向大步前行。

一个寒冷的夜晚。康拉德高兴地在大衣口袋里找到了一双猪皮手套，戴上它，没有放慢脚步。他继续前行，想要在一个小时内赶到那里。时间太早了，他甚至不会被拦住。他起来得太及时了。

---

① 为一世界著名品牌鱼子酱。

森林里积雪非常厚，高高的雪墙点缀着这条路，吞噬了任何的声音，他不需要穿上柔软的鞋。

他不时地从铲干净的休息长椅旁经过。每把椅子旁都放着一只纸篮，上面一个黄底黑线条小人朝一只线条纸篮里扔东西。但康拉德没有上当，他什么都没有扔。

一切按计划进行，直到他来到一个岔路口。那里竖着一个指路牌，上面镶有两块黄色路牌。一块牌子上写着："蓬特雷西纳，1小时30分钟"，另一块牌子上写着："圣·莫里茨，1小时45分钟"。这点他没有估计到。

他站在那儿，试图弄明白这一诡计。他需要一些时间弄明白，有人想引诱他走错路。这让他笑起来。他站在那儿，摇摇头，再次笑起来，引诱他走错路！

罗丝玛丽醒来时，天色还非常暗。她感觉到不大对头，床上康拉德的位置空空如也。

"康拉德？"

她起床，打开灯，套上晨服，走出卧室。

"康拉德？"

前厅亮着灯。康拉德的骆驼毛大衣还挂在衣帽间，他的雪靴放在控水板上，他肯定在屋子里。

挡风门是关闭的，但当她从一旁经过时，感觉到一股寒气。她打开门，夜间冰冷的空气迎面吹来，房门完全敞开着。

她返回，穿上羊毛皮靴，披上衬了里子的粗呢雨衣，本来应该放着她皮帽的位置却空着。

她走到门前。

“康拉德?”

然后声音更响亮:“康拉德。”

一切都很安静。她从房前来到花园门口。门也敞开着,村道静静横在面前。村里的房屋还处于黑暗之中。

教堂的钟敲了五下。

罗丝玛丽返回房子,打开房间的每扇门,呼喊着康拉德的名字。

然后她走向电话机,拨打了警察局的报警电话。

海奇利·卡普雷茨是上恩加登的老警察。他习惯了正值壮年的富裕男士在深夜里走失。他当然知道应该如何认真处理这些事。这一季节当地汇集了不少吵吵嚷嚷的人,可能会影响到他工作岗位的稳定。他年轻的同事虽然不具备这种涵养,但当有人向他提问时,为了表示足够的尊敬,他还是开口应答。

卡普雷茨当着罗丝玛丽面马上用电话传达了康拉德·朗的外貌特征:“按照目前了解的状况,失踪者身穿雨衣和睡服,没穿鞋,戴一顶海狸鼠女帽。”

另一头的警察笑着说:“此人应该不难找。”卡普雷茨用一句机智的“谢谢”作答。

他放下电话,盯着罗丝玛丽,说道:“搜索令已经下达,豪格夫人。”

浮士多·贝蒂尼驾驶一辆马拉雪橇在灰蒙蒙的晨曦中前往搬运站的车间，他冬天在那儿上班。滑板铁皮磨破了，出发前一定要修理好。在旅游旺季，每辆雪橇都要派用场。

这辆受损的雪橇每走几米就左右摇晃，猛地一撞，拉雪橇的牡马就不走了，贝蒂尼咒骂着。

在前往蓬特雷西纳的岔路口，牡马彻底停了下来。

“吁！”贝蒂尼喊，“吁！”这样喊也无济于事，他咒骂着“Porca miseria！[①]”和“Vaffanculo[②]！”

牡马一动不动。贝蒂尼正欲从架子上抄起马鞭，大多数情况下马鞭都插在那儿——尽管如此他仍然是一位温和的马车夫，可突然看到路标前的雪堆里有一块皮毛在活动。“吁，吁！”贝蒂尼吆喝道。牡马终于安静下来的时候，他小心翼翼地从支架上跳下来，蹑手蹑脚地接近这只毛皮兽。

这不是动物，而是一顶皮帽子。皮帽戴在一位深陷雪洞子里老头子露出来的脑袋上。

“我觉得我的脚冻僵了。”他说。

康拉德·朗的脚没有冻僵，但左脚两个脚趾和右脚一个脚

---

① 意大利语：“该死的！”
② 意大利语：“别妨碍我！”

趾必须截去。此外他并未受伤也让人惊奇不已。医生认为，他把自己埋入了雪中，从而救了他的命。

他回忆不起听到马拉雪橇丁零当啷响声之前的任何事情。当贝蒂尼把他拖到雪橇上时，他还在胡说八道。在萨梅丹[①]的医院里，他被送达之后不久曾两次失去知觉。但是现在这一偶然事件给他造成的负担好像比罗丝玛丽更低。他的主要问题是想出院。

因为罗丝玛丽·豪格既非亲戚也非妻子，她无权干涉康拉德。幸亏她与医院领导关系良好，请求主治医生在康拉德接受神经科医生的检查之后才能出院。

两天之后菲利克斯·威尔特飞抵萨梅丹。

菲利克斯·威尔特是罗丝玛丽第二次婚姻的朋友圈子内少有的与她仍然保持联系的朋友。他与她前夫一起求学，两人彼此没有失去联系，尽管分属完全不同的领域，她丈夫的专业是外科，菲利克斯·威尔特是神经科。

在她那场不怎么美妙的婚姻战中，菲利克斯意外地站在她一方，甚至在法庭上作证对付她丈夫。

当她需要他时，菲利克斯·威尔特总会前来。她没有提早请教过他，她只能如此解释，她跟康拉德一样不想看见现实。他马上同意对康拉德·朗实施体检，当着康拉德的面，不说他

---

① 瑞士格劳宾登州一城市。

这么做是为了罗丝玛丽。

她到机场去接菲利克斯·威尔特。在乘出租车前往医院的途中，威尔特医生问罗丝玛丽：他能单独刮胡子吗？他关心周边发生的事情吗？他会不会独自产生小小的忧虑？当谈话被打断时，他能正确继续下去吗？

“他没有衰老，只是暂时失去知觉，这在电话里我已经跟你说过了。”

“对不起，我不得不提这些问题。”

直到出租车在医院前面停下来，他们都保持沉默。威尔特医生下车时，罗丝玛丽说道：“我担心这是阿尔茨海默病。”

威尔特医生把她紧紧搂在怀里。

“您是脑科专家吗？”当威尔特医生询问完既往病史之后，康拉德问道。

“可以这么说吧。”

“您承担医生的保密义务？”

“当然。”

“我现在跟您说的就属于这些范围：我不想让人不安，我担心我患了阿尔茨海默病。”

“您跟我说，朗先生，事实上与诊断相抵触，暂时失去知觉可能有许多原因。”

“无论怎样我还是想让您按阿尔茨海默病检查我，豪格夫人与我正打算结婚。”

这消息威尔特医生没有料到。待到他掌握实际情况还得费些工夫。“可惜迄今还无法可靠地诊断为阿尔茨海默病。我们惟一的努力是排除其他原因。即使我们排除所有原因，我们也无法确知您有没有患阿尔茨海默病，还没有最后的把握。”

“但有很大的可能性吧？”

“是的。”

“但是请您让我们先开始排除吧。”

威尔特坐在床沿上，打开小箱子，取出几张纸片：“我想让您回答三十个问题。”

“一次测试？”

“一次鉴定。”

“您开始吧！”

“今天是礼拜几？”

“不知道，礼拜二？”

“礼拜四。”威尔特在试卷上打了一个叉，“一九几几年？”

“七三年？”

威尔特打了一个叉。“什么季节？”

“我想说，九三。”

“我们现在所处的季节。”

“九六？我知道我们要写哪一年。”

“是春季，夏季，秋季还是冬季？”

“请您看看窗外！冬季。”

“哪个月？”

“十二月。不，一月。我们现在是一月份。”

“那是几号呢？”

“下一个问题。”

“我们在哪儿呢？”

“在医院里。”

“哪一层楼？”

“我被送到这里来时就丧失了知觉。”

“在哪里？”

“如果我听明白，我也知道这个楼层。”

“哪一个州？”

“格劳宾登州。”

“哪个国家？”

“希腊。”

“请您跟我说：柠檬。”

“柠檬。”

“钥匙。”

“钥匙。”

“球。”

“球。”

“现在请您用一百减去七。”

康拉德重复道："现在请您用一百减去七。"

"不，现在是一个计算题，您做啊！"

康拉德计算的同时，威尔特医生耐心等待着。

"变化如此突然。"

"这就是意图。"

康拉德·朗算出来："九十三。"

"再减去七。"

康拉德·朗从每次得出的数字中减了四次"七"，他没有发现他成功了。

"这非常好。"威尔特医生说。

"刚才您跟着我说过的三个单词是什么？"

"三个单词？"

"我刚才请您跟我说过的三个单词，您还能想起来吗？"

"倘若我知道，我必须记住它们，我现在也许还能记起来。"

威尔特医生打了三个叉，然后举起铅笔："这是什么？"

"测试不公平。如果事先不熟悉游戏规则，那就没有机会。"

威尔特医生依旧高高举着铅笔："朗先生，请说说，这是什么？"

"写字用的。"

威尔特医生又打了个叉。然后他指指他的手表："这是什么？"

"柠檬。其中一个是柠檬。"

"三个单词？"

"其中一个是柠檬。或球？"

"球或者柠檬？"

"我想不起来了。"

威尔特医生指指手表。

"十一？"康拉德猜测道。

医生打了一个叉："请您跟我说说这句话：Bitte keine Wenn und Aber。[①]"

"Bitte kein Wenn und Aber，这里是kein，而不是keine[②]。"

威尔特医生递给他一张纸："请你用右手拿起这张纸。"

康拉德·朗接过那张纸。

"从中间折好。"

康拉德折好了它。

"把它扔到地上。"

康拉德·朗惊奇地打量着威尔特医生，耸耸肩，然后把这张纸从床边扔出去。纸片飞出两米开外，然后落在打蜡的地板上。

医生给他另外一张纸，上面写着："请您读一读。闭上双眼！然后这么做。"

---

① 德语："请不要疑虑和异议。"

② "kein"，"keine"均是德语的不定代词，意思都是"没有，无"等，区别仅仅在于不定代词因所修饰的名词的性，数，格不同，而不定代词的词尾不同，因此康拉德容易在词尾上犯错。

康拉德耸耸肩，不解地注视着威尔特医生。

“您应当闭上双眼！读出来，然后那么做。”

康拉德不明白：“下一个问题。”

威尔特医生再递给他一张纸：“请在这张纸上随意写个句子。”

康拉德·朗写道：“我们俩谁在说谎？”然后把纸还给他。威尔特医生读罢，不快地笑了一下。递给他一张纸，上面画有两只五角星，一只藏在另一只五角星的折页上：“请描出来。”

康拉德费了很长时间才完成这最后一道题目。但他最后发现，他干得不赖。

但威尔特医生还是给了他零分。

康拉德·朗在这次测试中得了大约30分中的18分，这是一个灾难性的结果。即使威尔特医生原谅他，考虑到实际状况，涉及地点与时间的问题难以回答；即使他承认出于个人原因没有绝对公平的提问，病人还是没有获得26分，即一位健康人必须达到的最差状态。

医生焦急地建议罗丝玛丽·豪格安排康拉德·朗到大学医院做进一步检查。

“但愿这样可以安慰你。”当罗丝玛丽向康拉德提出这项建议时，他这么回应。

三天之后康拉德·朗躺在大学医院一间单人病房内，他没注意到收治他的部门是老年病科。

根据血液和脑—脊髓液的实验室检测结果可以排除大脑受到传染病的侵袭。

核磁共振脑部影像也没有揭示痴呆症的其他原因。

大脑供血的测量排除了动脉硬化的供血障碍。

大脑物质代谢中氧和葡萄糖利用的调查显示在大脑的特定区域代谢活动减少。

康拉德·朗冻伤了脚趾，一个维特利纳的马车夫在施塔策森林的一个雪窝子发现了他，两星期过后，他穿着医院病服躺在一张用塑料布包裹的床上，感觉寒冷。

一位女助理给他盖上被子，把床推入计算机造影设备的圆形入口。滚筒开始旋转，慢慢地加速，越来越快。

康拉德·朗再次躺在一个蓝色的洞穴中，他周围的一切都下沉了。

很远的地方有个声音说道："朗先生？"

又说了一遍："朗先生？"

朗先生被找到了。

一只手轻轻放在他额头上。他把它推开，坐了起来。他想从床上爬起来，这才注意到他的脚被捆住了。

"我要离开这里。"罗丝玛丽走进病房时，他对她说，"他们在这儿截掉了我的脚趾。"

她想，他要开一个玩笑，所以笑了。但康拉德掀开被子，解开绷带，以胜利者的姿态展示了他脚上几乎没有完全愈合的伤疤。

“昨天还是两根。”他说，“今天已经是三根了。”

同一天康拉德·朗出院了，医院检查结果排除了其他的大部分原因。

在罗丝玛丽的催促下，威尔特医生同意实施门诊心理学测试。

舍勒报告的内容让埃尔维拉·森感到意外。“到老年病科？”她再次问道。

“他们在那儿检查了他的大脑。他患了记忆力障碍，痴呆症。”

“痴呆症？多少岁？才六十五岁？”

“他刚刚得到了一点点鼓励。”舍勒仿佛倒翻了一只看不见的杯子。

“有什么办法对付这种毛病吗？”

“要是真患上阿尔茨海默病，就没有办法了。”

“估计是结果了吗？”

“应该是。去那里接受诊断的人多半患上了阿尔茨海默病。”

埃尔维拉·森若有所思地摇摇头：“随时向我报告情况。”然后把话题转向另一个要点。

舍勒离开办公室时，她起身走到书架旁，上面摆着几张让人产生回忆的照片。其中有一张是她年轻时与威廉·科赫——企业的缔造者，一位拘谨的老人的合影。另外一张可以看到她手挽埃德加·森，她第二任丈夫，他们之间站着的是十岁左右的托马斯·科赫。

埃尔维拉从书架上取下一本照相簿，翻看着。在一张显示她与托马斯和康拉德小时候站在圣·马可广场上的照片上，她停留了一会儿。不久前康拉德突然准确地回忆起威尼斯的那段时光，这让她感到震惊。已经开始的好运能够一劳永逸地消除这些回忆吗?

她把相册放回书架。天色已暗，她打开灯，走到窗户边。她拉上窗帘，在镜中端详了一下自己，露出了微笑。

“狮子被老虎吃掉，哪只动物死了？”威尔特医生问他。康拉德知道，他要遭到取笑了。

“老虎。”他回答道。威尔特医生做了记录。

“上当了。”康拉德笑道。

“这不是游戏，朗先生。”威尔特医生严肃地提醒。

“到底怎么啦？一个非常无聊的游戏。‘一根香蕉与一件东西共同拥有什么，这块布下面到底是什么，请您画出一只钟表。’我又不是小孩。你父母还没有来到这个世上，我就能读懂钟表了。”

“我们做这项测试相当重要，这会有助于我们做出诊断。”

威尔特医生高高举起一只小塑料锤。“怎么称呼这把锤子？”

“您不要更换话题。”

“您不知道？”

“我为什么要知道？”

“因为几分钟前我已经跟您说过了。”

“不知道。”

“反应锤。”威尔特医生说完，做了记录。康拉德好像显得津津有味。

“您原以为我没有注意这里发生的一切？您想当着她的面把我当成糟老头子，因为您对她心存不轨。”

“对谁？”

“当然是对伊丽莎白啦。”

威尔特医生记下来：“您认为，罗丝玛丽。”

“我说的是对的。”

“不，您说的是伊丽莎白。”

康拉德没有回答。他深深吸了一口气，竭力让自己保持安静。他再次打算让威尔特医生心烦意乱。他一再达到了目的。他知道如何让他不安。“画出来，我们今天是什么日子，这是什么，为何用它，您认出照片上的人吗？”威尔特医生是心理学家，受过培训，能够打乱像康拉德这样人的思路。如果这次威尔特达到了目的，就能用小孩子也能回答的简单问题捉弄他。这些问题，康拉德在正常情况下也许不假思索就知道正确的答案。但眼下不是正常的状态。

只是因为康拉德向罗丝玛丽承诺通过测试，他最后才说："我们继续吧。"

"我们几乎快通过了。"威尔特医生说，"我现在请您给我解释一个俗语。它叫：给别人挖井的人，自己掉了下去。"

康拉德·朗思考了一会儿。然后站起来。"我不是五岁的小孩。"说罢，他走出会诊室，穿过前厅，来到走廊上。

威尔特医生跟在他身后。"您起码要叫一辆出租车。"他在他身后喊道。

但康拉德·朗已走入电梯，按下了按钮。自动门关闭，电梯运行起来。

到了最高层，康拉德·朗走出电梯，但找不到大楼的出口。

威尔特医生过一会儿上来了，把他带到电梯旁，跟他一道乘电梯往下来到出口。

房子面前停着一辆出租车，威尔特医生告诉司机一个地址。

出租车到达目的地时，罗丝玛丽正等候在门口。

春天，罗丝玛丽与康拉德一道驱车前往卡普里岛。她知道旅途会非常费劲，康拉德显然越来越难以伺候了。但他最近总是提到卡普里岛，他们一道在那儿的情形。她便有了一个主意，实现对卡普里岛的共同回忆。

他们在一家豪华汽车服务公司租了一辆大型奔驰汽车与司机。她虽然显得有些傲慢，但是与康拉德乘电车也足够让人神经紧张了，火车与飞机，她考虑还是放弃了。

康拉德在豪华汽车里享受着旅行，好像他一生只与司机同行。只有当他们在那不勒斯登上气垫船，他看不到行李的时候，才陷入了短暂的恐慌。

当气垫船在港口入口处减速，水翼再次出现时，康拉德用胳膊抱住她的肩膀，一再紧紧地把她揽在怀里，好像在说："你也知道吗？"

康拉德认识卡普里岛上的每条小路与港湾。他带着罗丝玛丽来到提庇略别墅的废墟，在柠檬树下的一家饭店花园里与她共享嫩蚕豆。他带她经过别墅，无助地谈起了其突然的垮塌。

"你也知道？""你想起来啦？"他总在问她。如果她向他解释："我们从来没有去过那儿。"他会恼怒地看着她，咕哝道："当然了，对不起。"不久之后他又再次问她："你也知道？""你也想起来了吗？"

最后罗丝玛丽放弃纠正他。她学会了沉浸在并非属于他们的共同记忆之中。两人在他们第一次相爱的岛上再次度过了一段幸福的时光。

5

罗丝玛丽·豪格坐在客厅看报纸:“乌尔斯·科赫,32岁,进入了科赫企业的行政管理委员会,担任了电子事业部的领导。托马斯·科赫,66岁,已经从运营机构退休。”

这则报道的评论员称此举为这家企业权力交接的第一步。而且不像外界认为的那样从父亲到儿子,而是由继祖母到孙子的交接。埃尔维拉·森先是担任管理委员会主席,然后用可靠的手段扮演着企业幕后操纵者的角色。在过去这些年热爱享受生活的托马斯·科赫对运营领导的影响保持在由埃尔维拉·森划定的有限范围内。但是在不算最大、而具有很高声望的电子事业部启用雄心勃勃、充满天赋的乌尔斯,在企业内部被视为一种信号,接替调整已经进入其决定性阶段。

罗丝玛丽把报纸搁在一旁,她不知道科赫家的新闻此刻能否引起康拉德的兴趣。自从他们从卡普里岛回来后,她就定期地,有时与他一道,有时单独去造访一家阿尔茨海默病病人及其亲属的咨询机构。在所有站立的夫妇中,她显得那么不相称。她是惟一被她的伴侣一再搞混的人，尽管其他大多数病人的症状更严重。她觉得悲哀，但她还是那么做，因为她必须要有所作为。

康拉德到那儿做记忆力训练，罗丝玛丽与他在家中继续这样的训练。她顺从地遵守其他的建议，一再地跟他提起日期和工作日，跟他讨论过去几日发生的事情，督促他打扫他的房间，与他一道欣赏音乐，给他读报纸，努力寻找某种手段唤起他的兴趣，使他依然保持与现实之间的关系。

但是她觉得越来越难以评价他。有时候让他感兴趣的东西，是她认识他半年来从提不起兴趣的：足球比赛的结果、地方政治、狗的展览。然后他又会独自出神几小时，当她谈及他最喜爱的题目：肖邦、卡普里岛、科赫时，他只是心不在焉地摇摇头。有时候他会突然说："图恩和塔克西家族的格劳丽亚为庆祝侯爵六十岁大寿让人定做了一只插有60根杏仁制成的生殖器的蛋糕。他就是同性恋，但这点只有内情人知道。"

从卡普里岛回来不久康拉德与罗丝玛丽下西洋双陆棋，第一次输掉了。没过多久他表示难以理解这种游戏。如今他们再也不玩了。

烹调他也放弃了。他越来越频繁无助地站在厨房里，无法决定按照哪些顺序做事。罗丝玛丽不得不更多地来帮忙，从准备了一半的混乱原料之中临时凑合一顿饭。

有一段时间他们不时去餐馆吃饭，但康拉德越来越难以选定菜谱。他慢慢吞吞的吃饭打乱了厨房与餐厅服务的节拍，他们也只好放弃下馆子。

钢琴也不再能够打动他们。“钢琴不再跟我说话了。”当罗丝玛丽建议，共同弹奏他们双手弹奏的一支曲子时，康拉德这么说。这些曲子出自他们第一次相识时的保留曲目。

有一天她购物回到家中，偷听他如何绝望地尝试演奏他的一段技艺超群的单手演奏经过。听上去如同小孩子在钢琴上乱弹。此后她再也不跟他谈及钢琴演奏。

临近夏末，康拉德·朗逐步变成一个需要护理的病人。他们相识时，康拉德是那么优雅；他戒酒之后穿着也还得体。可如今却开始不在乎了，他穿同样的衣服，直到她把衣服送去洗涤与清洁。他胡子也刮不干净，而且刮的次数越来越少。手指甲也不修理，当她提请他注意时，不理。她面带一丝不快（某些，她经常遇到的事情）请他剪指甲，这才证实他已不会剪指甲了：他手里握着指甲钳，不知道该怎么办。

几天来她在房子里最不可能的地方发现了内裤，有时还是湿漉漉的。也就是最近菲利克斯·威尔特让她要准备的事。“最迟等他开始尿裤子，你就需要请家庭护理了。”他说。

开始她断然否定这个主意。设想一个陌生人在家里多么让她讨厌。康拉德这段时间变得多么难以伺候，她知道必须习惯某个人以及新事物。最近她总有这样的印象，他不知道她是谁。他不但搞混了她的名字（他把她称为伊丽莎白或者埃尔维拉)，而且还会发生这种情况：他目瞪口呆地看着她，形同路人。

这些状况他习惯用准备好的空洞语言弥补：“尊敬的夫人，吻一下手。”或者“我们不是在比亚里茨认识的吗？”或者“小世界！”他希望，她能继续帮助他。大多数情况下她都照办了。只是有时候，她感到腻烦，就不去理睬他。

最近她偶尔也在想，既然他把我当作陌生人，那么其他陌生人也能清理他的污秽。

罗丝玛丽·豪格起身寻找康拉德藏在何处。他离开房间有很长一段时间了，最近经常发生他在房子里也找不到路。

当她走入自己的卧室(他们不久前有各自分开的卧室，一个康拉德非常难以理解的举措)，听到他在推浴室的门。浴室从这里和过道都可以进去。她开始锁住通往她卧室的门，因为康拉德深夜里有时会在房子里鬼怪般地出没，有几次突然站在了她的床前。

“这扇门已经锁上了，康拉德。”她喊道，“用另一扇门。”

替代回答的是康拉德疯狂地接连捶打这扇门。罗丝玛丽转动钥匙，打开门。康拉德站在浴室里满脸通红，高举着拳头。他看到她时，突然扑向她，把她扔到床上。

“可恶的女巫。”他结结巴巴地说，“我知道你是谁。”

然后他往她脸上揍了一拳。

“假如他是你丈夫，也不可能指望你这么做。”菲利克斯·威尔特说。事后她马上打电话给他。他立马赶到，给心烦意乱的康拉德打了一针镇静剂，打发他上床睡觉。现在他俩坐在客厅里。

“他差一点成为我丈夫，夏天我们本来要结婚的。但是他连这点也给忘记了。”

“高兴些吧。”

“不过在某种程度上我是他妻子。我觉得，我们好像永远认识。”

“他打了你，罗丝玛丽。他还会这么干的。”

“他把我与某个人混淆了。他曾是我遇到的最温顺的男人。”

“他还会把你与别人混淆。你在他的生活中是新的。对你的回忆存储在他大脑那块已经损坏的地方。他可能不知道春夏秋冬，寒来暑往。他甚至连穿衣和洗涤也不会。他将穿上纸尿裤，必须由他人喂饭。他可能认不出任何人，也不知道自己在哪儿，最后都不知道自己是谁。让我在疗养院找一个床位，帮他和你一个大忙吧。”

“凭什么？我既不是他亲戚也没有与他结婚。我不能简单地把一个成年人藏到疗养院里。”

“我给他开一份疾病证明，依此能够在最短的时间内剥夺他的行为能力。”

他们默默地注视着灯火通明的屋顶平台。一阵风吹过来，摇动着栏杆上装饰的葡萄藤。

“我遇到过一些妇女，已婚妇女，跟她们的丈夫结婚三四十年了，没有丈夫她们的生活简直无法想象。她们对我说：如果我无法马上把他从房子里赶出去，我就开始恨他。”

罗丝玛丽一言不发。

“你爱他吗？”

罗丝玛丽考虑了一会儿：“我们相爱了一年。”

“但是这不足以成为给他擦五年屁股的理由。”

风现在把硕大的雨点打在露台的窗户上。

“你脸色不佳。”

“谢谢。”

“我告诉你这点，是因为我无所谓你脸色怎样。”

罗丝玛丽抬头一看，微笑道：“也许我得请家庭护理，至少晚上吧。”

康拉德·朗醒来时，周边已漆黑一团。他躺在一张陌生的床上。床又窄又高，伊丽莎白没有躺在他身旁。他想起来，但是不行，床两边都是栅栏。

“救命！”他喊道。然后声音更响了：“救救，救命！”

没人前来，周围仍是漆黑一片。

他摇晃着栅栏，发出阵阵的响声。“救救。”他在叮当作响的节奏中喊道。最后叫道：“救命啊！”

“救命！”——“救救！”——“救命！”

门开了，在照得通明的四边形铁框内站着一个庞大的身影。屋子里的灯点亮了。“朗先生，怎么啦？”

康拉德跪在床上，抱着栅栏上最低的铁栏杆。

“我被关起来了。”他气喘吁吁地说道。

女护理员来到床边，她裹着白色围裙，系在一条带子上的老花镜在硕大的乳房之间晃动。她卸下栅栏。

“您没有被关着。只是不想让您从床上掉下来。您任何时候都可以出来。”她指了指医疗床边的手柄按钮，“您只需在这里按铃，就不会吵醒豪格夫人了。”

康拉德不认识豪格夫人。他开始从床上爬下来。

“您要上厕所。”

康拉德没有回答。他现在要去找伊丽莎白，但与这个女人毫不相关。

他站在床边，朝陌生的房间四下打量。他的衣服也被他们拿走了。他们没有拦他。

他走向门口，那个女子拉住了他的手臂。他竭力挣脱她，但她紧紧抓住他。

“松开。”他非常平静地说道。

“您要到哪儿去。朗先生。现在是凌晨两点钟。”

“松手。”

“听话，朗先生，现在您只要再睡一两个小时，然后就天亮了，您就可以去散步了。”

康拉德挣脱开来，跑向门边。女护理员跟着他，抓住他的袖子，伴随着大声地撕扯。康拉德被激怒了，挥舞着手臂，打中了女护理员的脸。她回击了，打了他两下。

门此刻打开了。罗丝玛丽站在两人跟前。

“伊丽莎白。”康拉德说，他开始哭泣。

这是罗丝玛丽解雇的第二位家政护理员。第一个，她虽然没有逮住她殴打康拉德，但有一天早上他上臂出现了乌青，眼睛也是青紫色的。这个女护理员解释他在浴缸里滑了一跤，康拉德什么也想不起来了。

家政服务主管拒绝了再给罗丝玛丽派替代人员的请求。“因为朗先生是一位有进攻性的病人，可能会再把人揍回来。”她认为。

又是菲利克斯·威尔特帮了她。他认识一名过去的护士，抚养过两个孩子，目前正在考虑再度工作。一份收入可观的、私人的夜间护理工作非常适合她。

她叫索菲·贝格尔，准备在同一天晚上开始试工。

她是一个高大，苗条，四十五岁左右的红发女子。她值班的时候，康拉德展示了他最佳的一面。“小世界！”他呼喊道，激动地与她聊天，如同一位曾来过这儿的机灵主人。

他上床时，索菲·贝格尔向他解释，她晚上留在这里，倘若他需要什么，他可以毫无拘束地按铃。他眨眨眼，说道：“你尽管相信。”

“讥讽与亲密根本不是他的风格。”康拉德走出去后，罗丝玛丽表示抱歉。

“但愿这是第一次。”索菲·贝格尔笑道。

傍晚虽然和谐地过去，但是深夜无异于一场噩梦。罗丝玛丽一再听到敲门声，钢管床的晃动声与康拉德的声音。

最后她受不了了，起床，走进他房间。康拉德蹲在一个床角，两只手捂着脑袋。夜班护士站在床脚，眼里含着泪花。“我对付不了他。”当罗丝玛丽走进房间，她说道，“未伤一根毫毛。”

康拉德总在说：“安娜妈妈该走啦，安娜妈妈该走啦！”

次日康拉德·朗又失踪了。早餐时他胃口特好。他一点都没有提到夜班护士不好。罗丝玛丽帮他穿上衣服，做些有人教他的事，营造他与现实的联系。

“真正的秋天，十月底那么温暖。”她说，“今天是什么日子？星期二还是星期三？”

他最近总这么回答：“与你在一起每天都是星期天。”

她给他读报纸，每次到了最后，都要测试一下他的现状，打开股票交易这页。“科赫企业，加4。”

这天早上，康拉德没有茫然地打量她，再次摆出一副百万富翁的表情，命令道：“购买。”

他俩都笑了。罗丝玛丽这个晚上没有多睡，现在感觉好多了。

无眠之夜致使她在圈椅里一直睡到午后。她醒来时，已是下午三点时分，又不见康拉德的踪影了。

他的大衣不见了，拖鞋摆在走廊上。她给警察打完电话时，方才发现他的枕头也少了一只。

菲利克斯·威尔特下班后，立刻赶了过来，他待在她那儿，并无半句责备。

傍晚时分，仍然没有康拉德的任何消息。她在电视新闻前安排插播了寻人启事。当罗丝玛丽看到康拉德的笑脸浮现在屏幕上（她在卡普里给他拍摄的这张照片），听到有一个声音说："康拉德迷路了，请求大家小心拦住"时，泪流满面。

"有一点我答应你。"她说，"如果他没有遇到意外，我同意送往疗养院。"

康尼躺在园丁的工具棚内，非常安静。里面很暗，但不冷。他在泥炭上铺了一张床，用麻袋盖在身上保暖。麻袋里曾装满郁金香球茎。他把球茎全部倒入板条箱内。而且他还有枕头。

没有人能够在这里找到他。他可以待在这里，直到冬天来临。工具棚前面有李子和胡桃。在门旁边有一只水龙头，有时可以往铁皮花箱里洒点水。

这里弥漫着一股泥炭、鲜花球茎和化肥的味道。有时候会传来远处的狗吠声。有时门前的树叶里会簌簌作响，出现一只老鼠，也许一只刺猬，不然就非常安静。

康尼闭上眼睛。

她在这儿找不到他。

罗丝玛丽整夜都在徒劳地等待消息。“请您别再给我们打电话啦。”大约深夜两点钟一名激动的警察请求她，“一有消息，我们会马上通知您的。”

菲利克斯·威尔特大约三点左右劝她服用了小剂量的安眠药。她睡着时，他躺倒在沙发上，把他手表上的闹铃设定在六点钟。

七点整他把橙汁与咖啡端到了罗丝玛丽的床边。新闻，没有什么新鲜内容。然后他去了诊所。

八点钟不到，两名警察在门口摁响了门铃。罗丝玛丽给他们打开门，见他们神情严肃，她惊呆了：“出什么事啦？”

“我们只是想问问您有无新消息。”

“我能有什么新消息？”

“有时候失踪者会再次出现。家庭成员如释重负，就会忘记通知我们。”

“一旦他出现，我也会立刻告诉你们的。”

“没有不好的消息，什么都经历过了。”

“肯定出事了。”

“多数情况他们会再度找回来。这些糊涂蛋。”

年长的警官安慰她。

“如果没出事，肯定能在这期间找到他。”

“也许他们去了陌生的房子，直到有人在那里找到他们，给我们打电话。总要过一段时间。”

年轻警官问：“地窖、车库、防空洞，全都检查过了？”

罗丝玛丽点点头。

“邻居呢？”

罗丝玛丽点点头。

两位警察挥手告辞。“只要您听到什么，就拨电话117。”年轻警官在电梯里说。

“您尽管放心。”罗丝玛丽回答道。

“甭担心，他会再次出现的。”年长的警官在关上电梯门时，大声说道。

当电梯启动时，他冷笑着说道：“也许从湖里来。”

杜鹃花丛下面黑乎乎的，透过茂密的叶子康尼看到了十月阴沉沉的天空碎片。泥沼花坛潮湿且冰冷，有一股秋天烂泥的气息。在点缀着花岗岩石板路的石头下生活着灰色的土鳖。他用指头碰到它们，这些小动物就滚动其甲胄变成了小球，他可用来玩弹子。

一小时前，园丁离他只有半步之遥，康尼一动不动，园丁又慢慢离去了。

随后有几个老太太从旁边经过，接下来是年轻人。现在又安静了。

一只乌鸫一路小跑地经过这条路，沿着花坛镶边迅速经过泥炭。一条蚯蚓的尾巴出现了，乌鸫跑过去，突然停住。乌鸫毫无表情的眼睛发现了他，他屏住呼吸。

乌鸫把蚯蚓从泥土里拽出来，转身离去。

风吹来一股树叶焚烧的味道。

要是他们叫喊，我就不回答，康尼打算这么做。

罗丝玛丽中午踏上露台，看到一艘警用汽艇沿着湖岸突突地缓慢前行。她还在湖边认出了穿蓝色罩衫的警察，他们正顺着反方向沿湖岸行进。

之后她做出了自己从来都不敢奢望的举动：给托马斯·科赫打电话。

托马斯·科赫没那么容易找到。“这是私人电话。”不能接入。“事关紧急”也没有用。当她说道：“家庭遇上了不幸事件。”过了一会儿她才与托马斯·科赫通上电话。

“康拉德·朗不是我们家的成员。”她向他解释事情的来龙去脉时，他说。

“我不知道谁还能帮我。”

“您希望我干什么？难道要我去找他吗？”

“我希望您能施加影响。我觉得警察没把他的失踪当回事。”

“谁说的，我可以影响警察？”

“康拉德。”

“那他肯定搞糊涂了。”

罗丝玛丽挂掉电话。

西蒙妮·科赫对她的婚姻有不同的设想。迄今为止她与乌尔斯·科赫结婚一年零四个月，眼下她正处在第六次婚姻危机中。因此她不能把期望值定得过高。她明白乌尔斯是一个具有极端主宰力的人物，也打算大多数情况按照他的意志行事。她准备好了他承担的许多商务活动和若干社交义务，她不太想一直相伴。西蒙妮没有太多自己的兴趣，把别人的爱好变成她自己的爱好，她觉得并不难。她对电子高温监控装置、驾驶长距离赛车、东京股市、去下奥地利州狩猎野鸡、军事骑术、高尔夫球以及一位年轻的女纺织品设计师的工作感兴趣，直到西蒙妮在一家小饭店逮住乌尔斯与此女手拉着手。西蒙妮凑巧与一位女友到那儿约会，乌尔斯则谎称由于商务宴请来不了。

她吃惊自己竟然笑了。然后跑出小饭店，遇到了正在付出租车车费的女友。

“来，我们到别的地方去，这里太挤了。”

她们走进另一家饭店，西蒙妮向尤迪特隐瞒了这次变故，尽管她是她最要好的朋友。不得不承认她丈夫六周之后就在婚姻上欺骗她，她感觉难为情。

到了家里她才哭了。乌尔斯整晚都没有回家。事后乌尔斯跟她说起，假如她当时没有笑，他就会回家。

这是西蒙妮·科赫的第一次婚姻危机。

有时候她真想大吵大闹，起码第一次。那么也许以后就不会相继出现多次的危机。

乌尔斯·科赫毫不怀疑，对于他来说，婚姻并不意味着丧失个人自由，正如他对小自由的权利，把他们的关系誉为完全没有结果的纠纷。

西蒙妮被她母亲教育成了多方面非常务实的女子。但这里却是一种新经验。她现在终于弄明白了男人们如何不把忠诚当回事。然而她当时总是扮演这样的女孩，他们一道在僻静的饭店里，握着小手。

一个男人那么短时间就对她失去了兴趣，不仅伤害了她，也让她产生恐惧。她妈妈一再叮嘱她："你就像我：讨人喜欢，但不漂亮。像我们这样至少二十五岁时就必须嫁出去。"

她现在二十三岁了，学会了不轻信她妈妈的话。但她在镜中自视，想象着她含有皱纹的童颜，她仔细寻思着，为了全新的开始，时间上够不够。

她只能无力地抵抗，计算着婚姻危机的次数，变得相当压抑。有些事情的确伤害了她的外表。

她栖身的“杜鹃花别墅”周边的环境日趋恶化。乌尔斯正在附近开建一幢“沉思之屋”，此外这幢房子的窗户面向太阳运行方向，能源按照天气与消耗情况自行确定，里面的住户自动识别与关闭。没有与西蒙妮商议，他就接受了埃尔维拉的提议，在这幢梦想别墅与科赫电子的广告噱头组成的混合建筑完工之前，搬进了托马斯·科赫第三任妻子空置的侧翼建筑之中。

在这幢包含诸多回忆的宽敞老房子里，西蒙妮仍然感觉是个外人。她无法分享这些记忆，也不了解许多其中的礼俗。她有一种感觉，大家都在观察她对乌尔斯越轨行为的反应，这些行为既不能瞒过家庭成员也不能瞒住全体服务人员，而且他们最初对她的起码的尊敬也在逐渐消退。

埃尔维拉、托马斯和乌尔斯都在各自忙碌着，只有当社交需要时，他们才关注西蒙妮的出席。

其他情况下她听任她的伤感；现在，秋天让她想起时光流逝，皱纹来袭，再也不能轻松地忍受。

正如所有感伤者不断地寻找其忧伤的背景那样，西蒙妮听到某些噼啪作响的声音，便蹑手蹑脚地经过公园那块偏远的地方。从点缀在平板路两侧的茂密的杜鹃花中冒出一个老头，显然他正在撒尿。

当他看到她，尴尬地系上裤子。西蒙妮连忙害羞地转过身。待她再次转过身时，此人已经不见踪影。

“喂！”她喊道。没有回答，他刚才站过的地方叶子稍稍动了一动。

“请您出来吧。”西蒙妮用不确定的声音说道。

没有一丝动静。

“有什么不对吗？科赫夫人！”身后传来一个声音，这是花匠，胡戈里先生，正朝这儿走来。

“那儿有一个人。”她答道。“在那儿，在杜鹃花丛里，有一个老头。”

“您确定？”

“我看到他了。他现在又躲起来了，大概就在那儿。”

“嗨，出来，快！”胡戈里先生喊道。

一阵寂静，他向西蒙妮投去怀疑的一瞥。

“我看到他了。他撒了尿，然后就消失了，肯定在那儿下面。”

胡戈里先生小心翼翼地踏上花坛，踩过伸到他胳膊下方的杜鹃花，西蒙妮指挥着他。

“再往右边一点。对，现在，您马上就到了。小心啊！”

胡戈里站住，消失在植物中，片刻之后与这个老头子再度出现。“朗先生！”他意外地发出喊声。

现在西蒙妮再次认出了此人。康拉德·朗，科乎别墅的纵火者。

快到中午时一个出租车司机来警察局报案：昨天罗丝玛

丽·豪格的地址有人向他预订过车，后来一个老年男子抱着枕头，要求去费希腾大街12号。他没有提及该乘客为这趟路支付了100法郎，而不是实际车费32法郎。

费希腾大街12号是德国经济繁荣年代①的一幢别墅，已经改建成了一幢办公大楼。那里没有人看见康拉德·朗或者抱着枕头的老年男子。但是出租车司机认定把乘客送到了该地址，看见他走进去，出租车司机请求警察局警长施陶普先生去花园里查看一下，还要求派一条警犬。

别墅后面的花园昏暗、荒芜。向上延伸了两个平台直抵斜坡。在最上方平台上有一个长满苔藓、被巨大的冷杉树阴影笼罩的洗衣作坊，有道生锈的金属栅栏门。后面有一道侧柏树篱与邻居的地皮隔开。

牧羊犬森塔带着主人来到树篱边，警犬被放开后，马上消失在矮树丛中。过了一会儿警察们听到警犬在邻居的地皮上嗅到了气味。

他们穿过灌木丛，碰到一道铁条篱笆，沿篱笆顺着森塔消失的方向，过几米之后来到了一扇狭小的门边，门半开着。后面还有若干长满各种植物的台阶，通往邻居地皮的树丛。

“杜鹃花别墅”。

警察们揿响杜鹃花别墅的铁门时，一脸惊异的胡戈里先生

① 德国经济繁荣年代：1871—1873年。

给他们打开门。

“这么快就来了？”他说道。他刚刚按照托马斯·科赫的指令报告了警察局，才过了一分钟。

警长施陶普先生清清嗓子说：“我们正在寻找一名失踪人员，有证据显示，就在这里。”他解释道。

“当然。”胡戈里先生答道，带他们走向房子。

在别墅的大厅里埃尔维拉、托马斯·科赫站在一把让人觉得像中世纪、有王座大小的雕花椅前面，上面蜷缩着康拉德·朗悲苦的身躯，凌乱的头发，胡子拉碴，套着沾满泥巴的皱皱的西装无动于衷。西蒙妮·科赫站在一旁，尝试着给他斟上热茶。

警察走进来时，托马斯·科赫朝他们迎面走去。

“啊，先生们，真快啊！请你们照料他一下。他在此地被发现。康拉德·朗，他精神上出了问题。”

施陶普警长走到康拉德·朗的椅子前面：“朗先生？”他尽量轻声地问，“您没有事吧？”

康拉德点点头。

施陶普更轻声地跟埃尔维拉和托马斯说：“他昨天就失踪了。”

然后再次大声地对康拉德说：“真没想到！”

“不知道，他怎么来到了这里。”托马斯·科赫对警长说。

“我们经过下方邻居家的一道小门。”

“一道门？”托马斯·科赫问道。

“那下面有一道生锈的格栅门，几乎无法通过，也许好久好久都没有人用过了。您不知道吗？”

埃尔维拉替他答道：“我忘记了，在别墅的下方住过我第一任丈夫的朋友，但他在威廉在世的时候就搬走了，此后这道门就不再使用了。”

“这离现在有多少年啦？”

“六十年了。”埃尔维拉答道，更多的是对自己说的。

托马斯摇摇头：“我对此一无所知。”

“我想采取一些措施，因为人人都可以进来。”施陶普向他建议，然后他转身大声对康拉德说道：

“起来吧，我们带您回家。”

康拉德不解地望着警察：“这不就是我的家嘛！”

科赫全家与警察们交换了微笑。

“对，对！我们现在带你去另一个家。”

康拉德考虑了一会儿。“原来如此。”他最后咕哝着，站起来然后打量着托马斯·科赫，“那道门你想不起来了？”

托马斯摇摇头。

康拉德用手遮住他半边嘴，悄声对他耳语：“海盗门。”然后他拉起西蒙妮的手，“谢谢！”

“不必谢。”西蒙妮回答道。

他审视了她一会儿：“我们不是在比亚里茨认识的吗？”

“可能吧。”西蒙妮说。警察们把康拉德·朗带出去，西蒙妮跟在后面。

托马斯·科赫摇摇头：“海盗门。海盗门。有什么东西发出咔嚓声。没人说过他什么都想不起来了吗？”

埃尔维拉没有答话。

托马斯·科赫目送着警察、康拉德·朗和西蒙妮：“比亚里茨！他们不是在比亚里茨认识的吗？”

十天之后舍勒通知他的老板：康拉德·朗被安置到了太阳花园养老院。

“我认为，‘康拉德·朗’这个话题对于我们来说已经结束了。”他露出一丝微笑。

埃尔维拉·森近乎没有回答：“但愿。”

当晚舍勒很迟才离开。

6

“太阳花园”是一幢位于森林近旁的六层建筑，距离杜鹃花别墅和阿佩尔大酒店不远。康拉德曾经常常在这家大饭店的酒吧里喝内格罗尼鸡尾酒——一种理想的午后饮料。

现在他坐在养老院顶层的公共房间里，不明白他在这里丢了什么。

最高层是养老院的封闭管理部，里面安置的都是晚期患者，或者要逃跑的病人。

康拉德·朗不属于病入膏肓的患者，医生们更喜欢在其他部门看到他，在那里有更多的机会寻找攀谈伙伴。然而，首先封闭管理部内空着一间房，其次康拉德逃跑的危险已得到证明，第三基于他的疾病迅速发展只需几个月，他最后不得不被送入封闭管理部。但眼下康拉德·朗在新环境中的表现，与其说是病人，倒不如说是一位来访者。

当罗丝玛丽把康拉德带入养老院，帮助他把他那些不值钱的家当，连带医用床搬进病房时，她忍不住流下了热泪。

他把她揽入怀中，安慰道："不用那么悲伤，不会永远如此。"

罗丝玛丽感到内疚。经过一个不眠之夜，她决定把他从里面接出来，一大早她就来到了六楼，康拉德好像一位刚从酒店被接回来的好友。他俩在周边秋日的森林里长时间散步，有时候在阿佩尔大酒店的酒吧里喝饮料，在那儿他有时会向夏洛特——做下午班的酒吧女郎——打招呼，有时候却对她完全置之不理。

她再次把他带到"太阳花园"，丢下他不管，让他置身于迷失方向的、无助而需要照料的白发苍苍的老人中之际，却是他在鼓励她，说道："你现在得回去了，不然你就让我感觉太晚了。"

他带她到电梯旁，电梯用值班护士的钥匙才能打开，就像人人告别那样，他希望理解，讨厌的义务阻止了他单独陪她回家。

刚开始她尝试让他更能忍受周边的环境，他们乘车回到她房子里，共同过上一天。但很快就显现出他对她的房子也感到陌生。他们置身于她家中的时候，他每次都显得局促不安。她准备午餐时，这种不安一再迫使他离开就座的圈椅。然后她发现他披上大衣，头戴帽子站在走廊上，摇晃着锁闭的大门。

这些日子让罗丝玛丽精疲力竭，有时候她听到他在隔壁房间说话。她去查看时，却发现他在跟她交谈。当她坐到他身边，想继续跟他谈话时，他思想又开了小差，他脸上露出心不在焉的神情，然后突然站起来说："时间十分紧迫。"

他整天都在忙忙碌碌，但是倘若时间就这么流逝，他可能会不知所措地注视她，并说道："我不想再出去啦。"

这些天的傍晚，当她终于把他从房间里诱骗出来，打开"太阳花园"六层楼的电梯，来到公共房间时，所有人都朝他们投来充满期待的目光，他拒绝离开电梯。需要各种劝说技巧与强壮有力的男护士协助，才能把他带入他的房间。

她稍后离开之时，他满眼泪光。

女住院医生次日告诉她，倘若她不再坚持带他回家情况可能会好些。他糊涂了，再度理清头绪他都倍感吃力。他必须慢慢地认识到这儿才是他的家。

就这样太阳花园养老院成为了康拉德·朗的新家。

施珀丽女士，一位蓝头发、干净整洁的小个子女人，过去是一家制衣厂的生产经理，总穿着西装上衣连衣裙，一顶小帽子，戴白色手套。她随身始终拎着手袋，有时候——人们不知道，按照什么标准——拿着一把雨伞。她姿态端庄地坐在沙发上或者椅子上，手袋放在膝盖上，面带梦幻般的、耐心的微笑，等待被人接走。

施托勒先生，一位身穿男士轻便上装、弓着身子的高大男人，过去是一家大报驻外记者，习惯于纹丝不动地坐在桌旁，突然起身，走到另一位病友跟前，用英语、意大利语、西班牙语、法语和斯瓦希里语的混合语与他攀谈。

克特雷尔夫人，一位粗壮、笨重的前家政教师叉开双腿坐在座位上，等待机会叫施珀丽夫人：“您没有瞧见，这家伙又一次愚蠢地呆视？”或者：“您没瞧见这家伙？穿着睡衣在饭店里！”

施瓦布女士，家庭主妇、母亲、祖母，头发稀疏，下巴消瘦，早就放弃了她全副假牙，总爱穿一件玫瑰红、黄色或者鹅黄绿的缝合睡衣，视哪件衣服不再需要清洗而定。她用一种宛如儿童高音的婴儿语言不停地与一只赤裸的玩具说话。

科恩先生，前列车长，看不出把他送到此地的理由，他只负责公共房间的安静与秩序。“闭上你们的臭嘴。”他定期训斥施瓦布夫人与她的玩具，“说德语！”当施托勒先生再次滔滔不绝地与某人讲话时，他就开始发号施令。

阿佩利先生，前城市档案馆管理员，总爱穿着从别的病友衣服当中弄来的一套装束，从一个房间跑到另一个房间，进行盘货登记和橱柜检查。

胡伯先生，前市文科中学的希腊语、拉丁语教师，咧着嘴，躺在轮椅上，呆呆地注视着天花板。

克莱因先生，曾经是许多前景黯淡的郊区居民区的艺术收集者和建筑师，除了痴呆症外，还要忍受帕金森综合征以及猛烈震颤的折磨，完全仰仗其他人的帮助。

在“太阳花园”的六楼一共居住着三十四位痴呆程度不同、病期各异的男女病人。他们独自坐着，或者置身于不知所措的病人组成的群体中，或者不安地在走廊里走来走去，每次都向与他们交汇的陌生人打招呼。

他们在医疗与诊断上由瑞士专业人士负责。照顾、清洗、喂食和穿衣由来自东欧、巴尔干半岛以及亚洲的女护士或男护士完成。

康拉德·朗似乎没有意识到他如今置身于这么一座养老院中。他与病友及护理人员保持着礼貌的距离，在一张独立餐桌边用餐，旁边放着一本好心来访者在公共房间留下的旧杂志。他举止如同一家没落的膳宿公寓里的绅士，罗丝玛丽希望他感觉如此。

她有时从康拉德那儿听到的惟一批评意见是："这里臭气熏天！"

因此他的情况与其他病友完全不同。

与别墅下方邻居相邻的铁板篱笆已经用一种符合时代要求的安全篱笆替代。当篱笆安装得当之后，乌尔斯·科赫请人维修了全部地基的边界。电子监控装置得以完善，处于最新技术状态，与保安服务公司的合同也增加了若干额外的服务。

这一点以及确信康拉德·朗将待在养老院六楼的封闭管理部中，一般无法活着出来，本来应该让埃尔维拉·森在往事引起的后续灾祸面前感到安全。但是她一再意识到，她还在想康拉德·朗。她一直忘不了施陶布利医生的话，人患了老年痴呆症有时会沉入对往事的回忆中，陷入他们早期的童年记忆中能够触摸到的地方。

尽管她对自己说，没人会关注一个精神迷乱者的喋喋不休，然而她并没有完全保持镇静。康拉德恰好在此刻，似乎失去了控制，摆脱了她的影响，这让她感到心烦意乱。她是一个习惯于不许听任任何偶然事件发生的女人。

所以她邀请正在默默承受与乌尔斯婚姻煎熬的西蒙妮到“施托克里”喝茶，话题涉及这个老年男子，事实证明并不是非常困难。

“康尼所做的一切。”她若有所思地说道。

西蒙妮感到意外：“康拉德·朗？”

“对，他现在像一尊地神那样蹲着，也许让人觉得十分惋惜。”

“我对他感到惋惜。”

“一种可怕的疾病。”

西蒙妮沉默了。

“因为一切对他来说都前途光明：一个富有的女人，也许能与他共度余生。纯粹什么也不做：这是他最喜欢做的。如今却被送进了养老院。”

“他被送进了养老院？”

“爱情在某一点终止了，这个女人还年轻。”

“我觉得这非常自私。”

“并非每个人都愿意照料患了痴呆症的老人。”

“但把他送到养老院真卑鄙。”

“也许他在那儿会过得更好,待在跟他相同的人之中。”

“我无法想象这些。”

埃尔维拉叹息道:“我自个其实也无法想象。”她斟上茶,“也许你可以去看望他一下?”

“我?”

“去瞧瞧看,他情况怎样啦?他有没有做他需要的事情。能否为他做些事,这样会让我宽心。”

西蒙妮犹豫了片刻:“我不太喜欢去医院。”

“这不是医院。是一家养老院,没有那么糟糕。”

“你自己为什么不去呢?”

“这不可能。”

“要么起码我们一道去。”

“也许你是对的。我们忘掉这件事吧,我们忘掉康拉德吧。”

西蒙妮的第一印象是,电梯里有刺鼻的气味,当电梯门在六楼打开时,气味更为浓烈。

她走出电梯,接待室里透着一股安静的气息。除了克莱因先生的震颤之外,任何动作都凝固了。

她环顾四周,发现康拉德坐在窗户旁边一张小桌子旁,独自凝神。她走到他跟前。

“您好，朗先生。”

康拉德·朗惊奇地抬起头。然后他起身，向西蒙妮伸出手，说道：“我们不是在比亚里茨认识的吗？”

西蒙妮笑了：“当然啦，比亚里茨。”

当她在他身旁落座时，接待室里再度让人意识到充斥着喋喋不休、结巴、痴笑与破口大骂的噪声。

西蒙妮报告了康拉德·朗的最新情况，这让埃尔维拉感到不安。

“得把他接出来，而且要快。”她访问“太阳花园”回来后激动地说。“不然的话，他真要病了。”

他给她留下的印象不像阿尔茨海默病患者。他马上认出了她，尽管他们只见过两次面。马上就隐射到他那个“比亚里茨”的笑话上。他向她详尽讲述了战后比亚里茨的一切，好像就发生在昨天。

他置身于一帮完全痴呆的老人当中，与他们根本无法理性地交谈。最好的情况是：他压根想不起罗丝玛丽·豪格每次的探望。

“这老头也许有时糊涂，但谁不这样呢？如果他不属于那儿，那么肯定有一大堆其他的人会去那儿，仅仅在我的熟人圈子内就是如此。他必须出来，不然就要完蛋了。”

埃尔维拉自西蒙妮结婚以来还从没见到过她如此振奋。

西蒙妮疯狂地决定把康拉德从养老院接出来。

“最可怜的家伙。”埃尔维拉如此评论道，“你可以跟医生谈谈吗？”

“我尝试过了。但没人理我，因为我不是亲属。”

“也许可以联系豪格夫人？”

“我想到过，但我不知道我能否掌控。”

“你可以把我的全力支持计算在内：”埃尔维拉允诺道。

西蒙妮离开“施托克里”时，想到埃尔维拉也许算不上一个冷漠的老太婆。

接下来为了把康拉德·朗从“太阳花园”的养老院里解救出来，一场短促的斗争开始了。

西蒙妮与罗丝玛丽·豪格的会面没有结果，最后她的门房告诉她，她出去旅行了。

太典型啦，西蒙妮想。

她通过养老院管理部找到了指定医生的名字。她跟他解释事关康拉德·朗，立即获得了见面的安排。

这位医生名叫威尔特，没有表现出不讨人喜欢。他在自己诊所办公室接待了她，耐心聆听她的讲述，根据她的印象康拉德·朗不适于这种环境，她有一种感觉，如果他现在没有生病，将来肯定也要到那儿去。

“您跟康拉德·朗熟吗？”她讲完之后，他提出第一个问题。

“不熟，但我婆家跟他很熟，实际上他是与我公公一道长大的。”

“他也有这种印象吗？”

西蒙妮有些尴尬：“他没去看过康拉德，他非常忙。”

威尔特医生意味深长地点点头。

“两人关系并不非常好，因为以前的某些过节。”

“科孚别墅的火灾。”

“对，此外。我不清除更详细的原因。我来这个家的时间不长。”

“您看，科赫夫人，我非常理解您的感受。但我可以向您保证，您的印象是错误的。朗先生给您造成了一种到场的印象，之所以如此，是因为他可以凭借空洞的言辞以及教育的形式掩盖许多东西，因为您也许在恰当的时刻遇见了他。高处与低处对于这种疾病而言是典型的。但是我们必须对低处做出安排。”

“我对此持有不同看法，应该让他的生活面向高处。”

“那您有何建议？”

“您把他从里面接出来。”

“然后呢，谁照料他？”

“豪格夫人就不用考虑了吧？”西蒙妮犀利地问。

威尔特医生十分激动地回应道：“豪格夫人为康拉德·朗先生付出的远远多于他对刚刚认识没多久的女人的苛求，是我劝说她迈出这一步的。”

“我希望她正在享受着她再次获得的自由。”

“豪格夫人因为精疲力竭，患抑郁症正在博登湖畔的一家诊所休养。我希望她很快就能恢复健康。如果有人忽视她对朗先生承担的义务，那就是科赫家族的科赫夫人。”

西蒙妮害臊地一语不发。过了一会儿她有些不够自信地说道：“也许对某些事情做出补偿并不算迟。”

“那您是如何设想的？”

“私人照料。我只能设想相应地建造一处私人住宅，雇用私人陪护人员。”

“二十四小时，科赫夫人，这意味着连续一整天，三到四位受过培训的专业人员参与陪护，再加上治疗、营养、清洁，医疗照看人员。为一位病人开设一家小型诊所。”

“我获得了森夫人的全力支持。”

西蒙妮·科赫离开时，威尔特医生答应她考虑这件事，向同事以及负责机构解释。他不怀疑官方机构和养老院管理部门会尊敬地接受这一方案。他只不过无法肯定，罗丝玛丽对此的反应。他无论如何要尽力让她相信这样是可行的。

西蒙妮计划把一幢小客房改造成迷你养老院，埃尔维拉觉得有些过头了。她虽然想控制康拉德，但又不想那么密切。

“你不相信，一家私人诊所是更合理的方案吗？”

“他不需要诊所。”

西蒙妮坚持："当他处于低处时，他需要悉心照料。"

"我在这儿见过他，他完全迷糊了。"

"因为他刚刚处于低处。"

"如果你把康尼带到这里来，你丈夫也会晕头转向的，托马斯会完全保持沉默。一定得想出一个让我们所有人都感觉压力更轻的办法。"

"大家有时候不能摆脱责任。"

"我们无需对康拉德·朗负责。"

"不管怎样他属于这个家庭。"

埃尔维拉不动声色地回答道："你对这个家庭有多少了解。"这是她全部的反驳。

"没问题。"菲利克斯·威尔特跟罗丝玛丽·豪格讲起西蒙妮·科赫的造访，她答道。他们坐在博登湖畔康复诊所的冬季花园内，喝着咖啡，观赏着笼罩在湖岸边的雾气。

"现在她感到内疚了。他们现在想花钱补偿他们六十年给他造成的损失。他们想最后一次利用他。这次是为了让他们能够心安理得。"

"另一方面。"菲利克斯·威尔特请求考虑一下，"这对他是最后一次机会，起码能在他受过教育的生活方式里度过余生。"

"但是我建议对他进行私人看护，你却劝阻我放弃这种幻想。"

“我们是说每年四十，五十万法郎的费用。为了一个你不太熟悉的、几乎都想不起你的人。”

“你知道，他对托马斯·科赫最后说的话吗？‘别烦我！’我认为，仅这点就值得我们尊敬。”

雾气弥散在湖岸光秃秃的果树之中。

“我必须离开这里，菲利克斯。”

康拉德·朗坐在一个许多人聚集的地方，这时有趣的事情发生了：吉恩·凯利跳着舞从电视机里出来。开始他在报纸上跳舞，他把报纸撕成两半，然后他在半张报纸上跳舞，之后他又将其撕成两半。随后他在另半张报纸上跳舞，他再次把那半张报纸撕成两半。最后他突然出现在房间里，继续跳着舞。

康拉德·朗对一位坐在他身旁、正与一个婴儿说话的老太太讲：“您看见他了吗？现在他在里面。”但是该女人继续说着。然后发生了有趣的事：她突然出现在电视机里面。人们看见，婴儿是一个玩偶，老太太是长着尖鼻子与尖下巴的女巫。

这让他感到害怕，他尖叫起来：“当心，当心，女巫，女巫！”然后一个男人跑向他，说道：“闭嘴，不然就揍你！”

因为他知道他必须赶快从这里出去。

他站起来，来到电梯前，但电梯没有按钮。他沿着走廊往下来到一扇通往防火梯的大门前。

门始终上着锁，但是钥匙挂在旁边一只小玻璃盒内。盒子虽然锁着，但旁边有一把小锤子，放在一只小玻璃盒内。他用胳膊肘把小玻璃盒撞成了碎片，取出小锤子。他敲碎了钥匙盒外面的玻璃，取出钥匙，打开门。在身后他听到女巫的破口大骂。他踏上六楼的防火梯的最上层平台，慢慢地开始爬下去。

当他抵达五楼平台时，听到吉恩·凯利喊道："朗先生！"

女巫的诡计。他没有回头看她，继续往下走。

在第三层平台上他看到他们走过来：身着冬季制服的山区轻步兵，他们缓慢地走上楼梯，他们想他也许没看见他们。他还听到头顶上踩在铁皮楼梯上的脚步声。他抬头一看，发现白色的裤腿，更多的山区轻步兵。

他坐到了栏杆上，等待着，这些人甭想活着逮住他。

罗丝玛丽·豪格远远地看见"太阳花园"里面有些不对劲。防火梯从六层楼建筑的西立面一直延伸到一楼，在防火梯的所有平台上都站立着男女护士、消防队员和警察。除了三楼。那里有一个孤独的男子坐在栏杆上。

大楼外面停满了警车、救护车和救火车。她靠近时，发现防火梯下面摆着一只三米高的充气垫枕。她停好汽车，马上明白了孤独的男子是何许人，她跑了过去。

在警戒线前她被警察拦住了。

"我一定要过去。"她气喘吁吁地说道。

"您是他亲戚吗？"

“不是。是的。我是他女友。让我上去，我要跟他谈谈。”

十分钟之后，值班医生向警察证明，豪格夫人是病人惟一的亲人，罗丝玛丽·豪格才得以慢慢地走上楼梯。

“康拉德，你现在把我吓坏了。”她尽量温和地说，“你倘若知道，在下面看到的情形，有生命的危险，大家都焦躁不安，他们不明白你的幽默。”

她已经抵达了二楼平台，接近三楼平台，通过了救援人员的最后前哨。

“我现在上来了，康拉德，随后我们去阿佩尔大酒店。那儿我需要一个人，你不去吗？”

康拉德没有回答，罗丝玛丽已经抵达三楼平台之前最后一级楼梯，继续往上走。

“康拉德，不想接受我吗，我快不行了。要是有人想，房子里有一台电梯，同样凉爽，我现在来了，康拉德，好吗？”

现在她可以看清他，他坐在栏杆上，背朝着深渊，显得无所谓。她走完最后两级楼梯，站到平台之上，距离他不过三米。“唔，我在这儿，你不想跟我打声招呼吗？这样子我压根儿认不出你，坐着别动。”

没有认出来的迹象，康拉德·朗背朝下从栏杆上掉了下去。

他是惟一没有尖叫的人。

康拉德·朗软绵绵地跌落下来，只是在跟解救他的消防队员的扭打中受了一点轻伤。

需要四个人才能把他牢牢抓住，以便医生能够注射镇静剂，由男护士把他送入病房。

罗丝玛丽也需要一针镇静剂。

“太阳花园”的主管同样需要一针镇静剂。“这肯定还会再次发生。”她对突击指挥官说，“这么愚蠢的条例，防火门的应急钥匙锁在封闭的盒子里！立刻安装踏板！”

罗丝玛丽坐在康拉德床边。入睡前，他对她说道：“晚安，护士小姐。”

她当天晚上打电话向菲利克斯·威尔特讲起这件事，他只是问道，她是不是还在反对科赫家族继续关注康拉德的后续命运。

“我应该强迫一个男人吗？此人在我与跳下三楼之间选择了跳楼。”

西蒙妮自她头次探视开始，几乎天天都来看康拉德·朗。她感觉有某种方式把他联系起来。科赫家族决定了他的生活，尽管他们从来没有接受过他。他们为了自己的目的利用他。当他们不再需要他时，就把他赶走。一方面她已经经历过了，另一方面她可以慢慢准备。

跳楼之后的次日，她见到他似乎好久没那么愉快与高兴。昨天的事情丝毫没有毁坏他的心情。

“尊敬的女士，吻吻手。”他对这位美丽的陌生女子说道，这次看望显然适合他。当他弯腰吻她手时，她看见他后脖子上的乌青，他的左耳划破了。

她与值班护士交谈，该护士跟她讲起了昨天的事故。西蒙妮明白：企图自杀。

她与他一道长久地散步，希望他会跟她更多地谈及这次意外的事故。

康拉德像一个小孩子那样享受着散步的快乐。他在厚厚的树叶上漫步，在路边的每条长椅上落座，着迷地注视着一伙森林工人用巨大的链锯把一棵伐倒的山毛榉分割开来。

他面带不解的微笑略过了跳楼问题。

当他们经过阿佩尔大酒店时，天色已暗。康拉德径直走到门口，像对待一位老熟人那样朝门童点了点头，引导着惊讶不已的西蒙妮直接来到酒吧。

“小世界。”他对接过他们大衣的吧女说道。吧女称他康尼，像往常那样给他端来了一杯内格罗尼酒。

西蒙妮点了一杯香槟，现在终于明白康拉德不应该待在养老院。

“图恩和塔克西家族的格劳丽亚让人给侯爵六十岁生日定做了一只由杏仁做成的60根阴茎的生日蛋糕。他就是同性恋。但只有知情者才了解，你知道吗？”

“不，这个我不知道。”西蒙妮·科赫咯咯地笑了，并高兴地见到，他用“你”称呼她。

钢琴家开始演奏的时候，他们又点了一轮酒。康拉德起身，走到坐在钢琴旁边的小桌旁、身穿大花演出服的两位老太太跟前。他们交谈了几句，他回来时，眼睛湿润了。

“您伤心了，朗先生？”西蒙妮问。

“没有，高兴的。”他答道，“我高兴能见到索菲阿姨和克拉拉阿姨还活着。”

“啊哟，我在想，她们也许没有亲友。”

“您怎么能得出这样的结论？”他答道。

西蒙妮向埃尔维拉·森报告康拉德的自杀企图，她并不怎么感兴趣。

而西蒙妮问她，谁是索菲阿姨和克拉拉阿姨时，这才引起埃尔维拉的注意。

“他跟你讲到索菲阿姨和克拉拉阿姨吗？”

“什么意思，他见到了她们。”

“可是两人六十年前就去世了。”埃尔维拉气呼呼地说。

西蒙妮一刻钟后离开时，埃尔维拉答应她再好好考虑一下客房的事。

养老院主管马上就被说服了，对她来说这意味着一个空缺的疗养床位。此外她还可以摆脱一个近来制造了许多混乱的病人。在他从防火梯上跳下来的次日，他醉醺醺地被一个新来的女访客带回家，还辱骂了小妇人施珀丽。

行政机关欢迎科赫家族的私人倡议，是鉴于眼下看护的紧急状态以及由此可以减轻经济负担这一事实。康拉德·朗一无所有，没有亲属与城市监护人。

托马斯·科赫首先对埃尔维拉改变看法感到意外。“你的意图我不明白。”他说，“现在，你终于可以摆脱他啦，却又要把他接回来。”

“对不起。”

“这点你也可以用其他方式证明。”

“我快八十岁了，我不需要证明任何东西。”

托马斯设想他过去的童年玩伴患病可能会让人不断地想起往事，感到不快。

“我建议把他安顿到一家私人诊所，而不是这里。”

“你知道，我不会忘记你当时怎么祈求的：妈妈，求求你了，让他留下。”

“那时我还是小孩。”

“他也是。”

托马斯摇摇他肥嘟嘟的脑袋：“你从来没这么说过。”

“也许这样圆才可以闭合。”埃尔维拉从沙发椅上站起来，这表明她认为讨论可以结束了。

“但是我不会管他。”托马斯说。

在乌尔斯那儿需要更多的解释。

“这事你别当真吧！”他笑了。

“我知道，你一定会觉得有些奇怪。”

“奇怪也是好的。你为何要这么做？”

“也许是为了他母亲。安娜·朗。当我境遇艰难时，她是我的一位老友。”

“在她与一名纳粹分子逃走，抛弃她孩子之前。”

埃尔维拉耸耸肩：“我现在也可以把这孩子丢下不管吗？”

“康尼不是小孩。他是一个讨厌的老头，一辈子靠我们生活，现在老糊涂了，人们不得不把他交出去。”

“他并不总是那么讨厌，他是一个好玩伴，你父亲忠实的朋友。”

“他为此得到了丰厚的补偿。他一生什么事不干都可以。”

埃尔维拉沉默了。乌尔斯插话道：“我请求你，别做傻事了。国家会负责，从我们单独交给国家的税款中就可以抚养一打康尼这样的人，这家养老院不错。”

“不错，却导致封闭管理部的病人从防火梯上摔下来。”

“惟一我要指责的是，他们在下面放了一只跳跃枕。”

“我为什么要支持这项计划还有另一个理由，西蒙妮需要完成一项任务。”

“啊，是这样！”

“你观察一下她。但这事你不会做。”

“西蒙妮对婚姻有不同的设想，因此她无需像特蕾莎嬷嬷那样做。”

“自打她开始关心起康尼，感觉好多了。”埃尔维拉有些含沙射影地补充道：“也许他谈到了她的母亲般感觉。”

乌尔斯还想提出些反对意见，但又想到了别的事，突然站起来。

“但是你也许摆脱不了此事。”

“我不这么想。”

7

杜鹃花别墅的客舍原先是洗衣房，顶层曾是女仆的住房。就像别墅一样，外墙由红砖砌成，设有一间形如塔状的鸽棚，它坐落在别墅背面，可以望到公园阴影下的厨房与后勤业务房。

五十年代该建筑被改建成客舍，含一间客厅，里面有耳形沙发椅、烟几、胡桃木书架、嵌入式酒吧、一架小钢琴，配有黄铜门把手的坚实胡桃木门，双层玻璃窗上贴着徽章图案。在客厅旁是一间卧室、一间浴室和一间厕所。在楼上设有四间卧室，也有一间浴室，但没有厨房。

永远算不上特殊的成就。倘若人们与别墅内通透明亮的、可以看到湖景的大客房相比，客舍的位置有些受到歧视。自六十年代扩建顶层起，服务人员住房就够用了。

这间客舍大多数时间都空置在那儿。只是在婚姻危机期间才简短地终止空闲状态，被托马斯·科赫或者他的妻子们用作绷着脸的角落。

西蒙妮·科赫意识到她组织方面的天赋。她曾经在一家电影制作公司干过女秘书，在短促的职业生涯中凭借这种能力让她的委托人惊叹不已。他们仅仅为了讨好她父亲，没抱多大期望雇用了她，因为她父亲担任该国一家重要的广告商的举足轻重的职位。

仅仅两个月之内，按照康拉德·朗与护理人员的功能需求，她就让客舍得以彻底的脱胎换骨。浴室现在更小了，但按照医院的标准设置，获得的空间改造出一间紧凑的现代化厨房，厕所安装了支架与把手，卧室里安装了多功能医用床，一种市场上提供的最新产品。客厅装修得温馨可人：老式家具整修一新，清除了固定地毯，铺装了镶木地板，墙面刷成白色，沉重的散发着霉味的窗帘换成了浅色的通气窗帘，房间里的酒吧根据神经病学家的建议清空了。

二楼设置了两间宜人的辅助人员卧室，一间浴室，一间健康治疗室，一间带小灶间、电视机和两台监控器的辅助人员房间，由此可以秘密监控楼下的房间。

所有窗户与房门只能用密码开启。

一家私人家政公司的女负责人在装修时向西蒙妮提出陪护人员的人选：

白天陪护：伊尔玛·卡提里克女士，46岁，南斯拉夫人，持证护士，老人陪护，在瑞士工作了22年。

夜间陪护：兰雅·巴拉拉尼克女士，38岁，斯里兰卡泰米尔人，在瑞士9年，其中5年在一家养老院做辅助护士，护士和婴儿护士证书在瑞士未获承认，因为证书来自科伦坡。

作为白班夜班的替换人员雅克·施耐德，33岁，瑞士人，持证男护士，眼下正在接受第二次教育，学习医学，上夜班资助其学业。

还考虑到了一位后备人员。针对有人从固定的陪护人员一次性退出的情况：索菲·贝格尔女士，33岁，瑞士人，持证护士，老人陪护，两位孩子的母亲，从今年开始再度从业。

病人饮食：卢奇亚娜·多蒂，53岁，意大利人，在瑞士待了33年。

理疗：彼得·沙勒，32岁，瑞士人，持证理疗师，专长为老年医学和神经病学。

劳作疗法：约瑟琳·约伯特，28岁，瑞士人，中断了心理学学业，在多家养老院担任劳作疗法师。

菲利克斯·威尔特医生，47岁，负责神经病学治疗。全科治疗由彼得·施陶布利医生负责，66岁，他只照料少数几位长期的患者。其中就包括埃尔维拉·森夫人。

清洁工作由两位来自罗马尼亚和阿尔巴尼亚的年轻女子负责，两人几乎不会说德语，但具有医院工作的经验。

在寒冷的十一月下旬的一天，康拉德·朗搬进了杜鹃花别墅的客舍。

当他走进客厅时，讲的第一句话就是："小世界！"

倘若西蒙妮还需要证明康拉德·朗不适于待在“太阳花园”的六楼，那么从第一天起他身上发生的变化就足够了。他脸色红润起来，胃口颇佳，用意大利语恭维女厨师，睡觉无需服用安眠药，自己刮胡子，不用别人帮助他穿衣，尽管有些夸张。

他占有的这间小房子，好像他始终住在里面。第二天他就提出改进计划。比起“这个”他更喜欢音乐。“这个”他是指放在书架上的电视机。

“哪些音乐？”西蒙妮问。

他惊讶地打量着她：“当然是钢琴。”

西蒙妮当日买了一套音响设备，以及所有能搞到的钢琴音乐。当她晚上播放第一张CD时，他说：“你的唱碟当中没有霍罗威茨[①]的？”

“什么？”西蒙妮问道。

“肖邦的夜曲作品15，编号12，升F大调。”他宽厚地答道，“这是施马尔富斯[②]弹奏的。”

威尔特医生在第一次巡诊之后向西蒙妮·科赫证明，康拉德·朗健康有所好转。他显示出在场的时间更长，注意力也得

① 弗拉基米尔·萨莫伊洛维奇·霍罗威茨（1903—1989），俄罗斯帝国—美国男钢琴家，一生曾获得24个格莱美奖。

② 彼得·施马尔富斯（1937—2008），德国古典钢琴演奏家。

到了改善，还有交际能力和胜任复杂生活的过程——起床——刮胡子——穿衣的能力。

“但是您别抱太大的指望。”他补充道，“这些波动与短暂的突变都属于病象。”随后这种改善往往会骤然恶化，他却隐瞒不说。

但西蒙妮还是满怀希望，之所以如此，是因为没有人能够最后确证，康拉德·朗的确患了阿尔茨海默病，这点威尔特医生也承认。

康拉德最喜欢在公园里散步，对于西蒙妮而言这可没有那么简单，因为让他避开家庭成员属于协议的内容。为此托马斯和乌尔斯肯定得不在家，如果不属于这种情况，她就得向穿好衣服准备外出的康拉德说明为何现在不可以出门。

大多数时间埃尔维拉逗留的“施托克里”压根都引不起康拉德·朗的兴趣，他把这幢房子当成了公园之外的建筑，拐弯走开。

不单单是这幢别墅。每次经历了短时间后他都把它当作起点和他们散步的目标。“会着凉的，我们进去吧。”每当他们走到别墅附近，他就说道；或者：“我们应该返回了，托米还等着呢。”

大多数情况下西蒙妮都成功地借用工具棚引开了他。这是他最喜欢的地方，他这次认出了门框上边的地方，园丁把钥匙藏在那儿。他打开门时，总是神秘兮兮地说："现在你一定得闻一闻。"

他俩吸入充斥在工具棚内的泥炭、化肥和鲜花球茎混合的香气。然后西蒙妮不得不在康拉德旁边的一只板条箱旁边坐下。几秒钟之后他就沉浸在另外一段——按照他面部表情可以推断出——更愉快的时光里。

过了一会儿，当她下决心再次把他拉回现实之中时，他才勉强地被带回客舍。但是只要他一走进客厅，就好像感觉完全回到了家里。他坐在沙发椅上，一直等到西蒙妮播放音乐。然后他闭上眼睛，仔细倾听。

之后西蒙妮悄悄地走出去。她很想知道，当他再度睁开眼睛时是否注意到她已经不在场了。

音乐沉寂下来时，康拉德再度睁开眼睛，这时兰雅护士多半在跟前。

养老院里晚餐大多属于日班护士的工作。一到五点半，就像小孩子那样，病人必须吃饭或者被喂食。但在客舍里吃饭时间合乎人的尊严。在七点和七点半之间卢奇亚娜·多蒂端来了晚餐，晚班护士也能轮到，或者在一旁陪伴康拉德或者按照身体状况协助他。

兰雅护士总是用印度教的方式，略微鞠躬，双手并拢在下巴之下问候康拉德。康拉德总以相同的方式回礼。他们彼此用英语交谈，她的语音把他带到了斯里兰卡，这个海岛以前叫锡兰，佳乐菲斯酒店矗立的地方是一座高尔夫球场。

五十年代他与托马斯·科赫应英国总督之邀去锡兰旅行过一次，总督的儿子是他们在圣·皮埃尔学校认识的。

兰雅与吵闹的、热心果敢的护士伊尔玛截然不同，后者以其慈母般的热情把他吓坏了。而兰雅却显得温和与拘谨，拥有一种自然的体贴，斯里兰卡人借此关怀着他们的老人与病人。

康拉德·朗尊重伊尔玛护士，但他爱兰雅护士。当她不上夜班，由雅克·施耐德，那个后期医科大学生带班时，康拉德就觉得若有所失，尽管无法说出到底是什么原因。

康拉德·朗搬入杜鹃花别墅似乎对罗丝玛丽·豪格来说是一个快乐的决定。

直到客舍可以搬进去之前尚需要两周的时间。她这期间前往“太阳花园”看望过他几次。他根本没有把她认出来。

最后一次看望后，她乘坐下行电梯，忽然充满了非同寻常的轻松感，她再也不必去闻刺鼻的气味了。

菲利克斯·威尔特告诉她，康拉德·朗出现了好转的迹象，他感到满意，得到很好的照料，她的内疚感完全烟消云散了。

第一周的周末，经过与西蒙妮·科赫协商，在菲利克斯·威尔特的陪伴下，她看望了康拉德。客舍里笼罩着的效果和惬意的氛围令她欢喜。

在客厅前面她听到了康拉德的笑声（她最后一次听到他笑声是什么时候？），当护士把她带进去，他正与一位年轻女子坐在床前的小桌前作画。他收起笑容，恼怒地注视她，问道："是的，怎么啦？"

"我是罗丝玛丽，"她说，"只想来看一看，你好不好？"

康拉德看了一眼年轻女子，耸耸肩，继续画画。罗丝玛丽犹豫不决地站在那儿。当她来到室外时，再次听到了他无忧无虑的笑声。

她感到如释重负，未曾知道这种压力竟然压得她喘不过气来。

同一天晚上她首次与菲利克斯·威尔特同床共寝。康拉德·朗没有发现罗丝玛丽·豪格已经完全从他生活中消失了。

西蒙妮·科赫重新振奋起来。诚如埃尔维拉所认为的，不是因为她眼下担负了一项任务，而是由于她自打成为科赫家族的成员以来首次强调的，而且并不是像选择室内窗帘的颜色或者三王来朝节日聚餐菜谱那种鸡毛蒜皮的小事。她在一个棘手的问题上贯彻了她个人与家庭意见不一致的观点。

因此她的影响远远多于他们做梦也没有想到的内容。受家庭讥讽与排挤的小媳妇的反抗不但帮助了康拉德，而且在家庭与全体成员中她也提升了自身的威望。所有人，即使乌尔斯本人也对她给予更多的尊敬。

康拉德·朗成为人们能够想象的受到最佳照料的阿尔茨海默病患者。他始终被专业护理人员所环绕，而且所做的一切，就是让他的环境保持着私人的特性，他感到舒适惬意，如同在自己家里一样。

每天上午理疗师都过来，与他一道协调与训练，促进他的循环。

每天下午，女劳作疗法师来与他一道解简单的思维与记忆题目。他顺从地替她画水彩画，宽厚地与她一道唱歌，她则笨拙地在钢琴上伴奏。他不时做些她喜欢的事，在键盘上乱弹。

他的饮食得到了平衡，富含维生素A，C，E，缓和了损害细胞的原子。他的脑供血也得到了银杏萃取液的促进。他的维生素B_4和B_{12}的水平得到了监控，如若有必要，就加以平衡。

他的生活充实而有规律，当他再次讲起相同的故事时，没有人会充耳不闻。人们赋予他喜欢他的感觉。在客舍中没人感觉这样做会觉得吃力。康拉德·朗是一个招人喜欢的男人。

在圣诞节前倒数第二个星期天，西蒙妮来到客舍，康拉德·朗穿着大衣，戴着皮帽子站在门斗里。

“一小时前康拉德就想出去，他急于去看雪。”伊尔玛护士解释道。

只要他们从房间出来，康拉德总会显露出一种从容不迫的速度，说道："跟上！"便走到了前面。西蒙妮不得不竭尽全力跟上他。他们赶到目的地——工具棚时，都有点上气不接下气了。

他靠在工具棚的木墙壁上，等待着。

"我们在等什么，康拉德？"西蒙妮问道。

他注视着她，好像现在才发现了她的存在。

"你闻到什么没有？"他又眺望到了乌云密布的天空以及湖后方远处变得模糊不清的丘陵。

忽然，硕大的、密实的雪花飘下来，落在雨水桶边，落在废料堆的盖子、石板小路和玫瑰花丛上的冷杉树枝以及李子树的黑色树杈上。

"Es schneit Fazonetli①."康拉德说。

"Fazonetli？"西蒙妮问。

"小手帕，来源于'fazzoletti②'。"

小手帕从灰蒙蒙的天空中落下，冰凉了草木与石板，直到它们接踵而至，再也无法融化。马上一切都被一层浅灰色的云气所笼罩，很快变白了，而且越来越厚。

"下小手帕了。"康拉德喊起来，开始展开双臂在暴风雪中

---

① 此处为德语和意大利语混在一起的语言，意为"下小手帕大小的雪了"。
② 意大利语："手帕，头巾"。

跳舞，面孔转向苍穹，尽其所能地张大嘴，睁大眼睛。

“下小手帕了。”他唱着，把他的皮帽子抛向空中。

“下小手帕了。”西蒙妮唱道。

两人在若明若暗之中舞蹈，直到他们因为哭笑和快乐不再跳得动。

康拉德与西蒙妮头发湿漉漉的，大衣上落满了白色雪花回到客舍。伊尔玛护士搀着康拉德消失了。西蒙妮回到客厅，在基督降临节冷杉树枝花环上点燃两支蜡烛，放上舒曼的钢琴音乐会的光碟，坐在沙发上，等待着。

当护士与康拉德返回时，他穿上干燥的衣服，头发也吹干了，面颊发红，如同一个快乐的儿童。他坐到沙发上，吃了烟几上的一些圣诞糕饼，闭上眼睛，仔细聆听着音乐。

没过多久他便睡着了。

西蒙妮吹灭蜡烛，蹑手蹑脚地走出房间。

外面站着一位身材单薄的高挑的红发女子，穿着白色护士服，四十五岁左右。

“我的名字是索菲·贝格尔，我是替补。兰雅下班了，施耐德先生因为下雪遇到了车祸。”

“他受伤了吗？”西蒙妮问。

“没有。他和一辆有轨电车刮擦了一下，这意味着有更多的笔墨官司。”

“现在。您没有太多的工作要做。我相信，朗先生会睡得很好。”

西蒙妮按了房门的密码。

“您认识朗先生？”

“对，我经历过这种享乐。”

西蒙妮把她湿漉漉的大衣披在肩头，满意地返回别墅。黑色的花岗岩路面再次出现。

康尼睁开眼睛，马上又闭上。

过了一会儿他又再次睁开眼睛，但是非常缓慢，以免让别人从外边发现。一道微光透过眼睑，然后他认出了家具的轮廓，然后他看到了“安娜妈妈”。

她像护士那样穿着一件白色工作围裙，正在铺桌子。

他等待着，直到她走出去。他听到她在厨房里说话，便立刻从沙发椅上站起来，藏在了放在墙壁旁边的沙发后面。

他听到安娜妈妈走进来，然后他看到了她的鞋子与大腿。

她喊道：“朗先生？”然后再次走出房间。

他听到她打开了卧室的门：“朗先生？”

然后是浴室的门：“朗先生？”

她跟厨房里的人说话。然后他听到了楼梯上的脚步声。

过了一会儿她再次下来：“朗先生？”她打开挡风门和房门。片刻的沉寂。然后他听到窗户前面安娜妈妈的声音，压低声音喊道：“朗先生？”

康拉德站起来，蹑手蹑脚地来到了走廊上。噪声从厨房里传出来。挡风门敞开着。他走向房门，房门只是虚掩着。他面带微笑溜进了夜色。天空现在变得明朗了，一轮半月悬挂在惨淡的连绵山丘之上。

科赫家来了一批客人，在基督降临节的星期日向来如此。这个传统要追溯到埃德加·森。他在基督降临节的第一天总得邀请科赫企业的高级员工共进晚餐，作为特殊的表彰。随着企业的繁荣，高级员工的数量也在增长，这样基督降临节星期日逐渐变成了企业高管的聚餐时间。

当晚纺织部、能源部的企业领导代表，年轻时髦的经理（纺织部）和年纪较大的忠诚主管（能源部）组成的混合体引人注目，每位来宾都带上了他们的妻子。二十八人围坐在餐厅的大桌子旁，包括埃尔维拉、西蒙妮、托马斯和乌尔斯在内。

当西蒙妮被人从桌子旁叫去处理一件紧急事情时，第一道菜刚端上来。她表示抱歉，乌尔斯从椅子上站起来，所有先生都跟着他。

外面的大厅里临时夜班护士正等在那儿。

“朗先生不见了。”

“不见了？这怎么可能呢？”西蒙妮披上大衣，急匆匆地向门口走的同时急迫地问道。

索菲·贝格尔跟在她身后。“他不在房间，”当西蒙妮正欲往客舍赶去时，她喊道，“我全都查看过了。”

西蒙妮马上改变方向。两个女人默然无语地穿过公园，公园树木上的雪水滴落下来。

花园工具棚前有些地方还有积雪，月光下可以看到通往工具棚的脚印。工具棚的门没有锁。西蒙妮打开门喊道：“康拉德？”

没有回音，又长又宽的月光透过敞开的门洒进来。他们喜欢坐的板条箱仍旧在那儿，泥炭、花卉球茎和化肥袋，但康拉德不在。当她正想离开时，忽然发现地上有什么东西。她拾起来，原来是康拉德的便鞋。她又仔细寻找了一下，发现了另外一只，旁边是他的袜子。

“科赫夫人，”索菲·贝格尔喊道，“您瞧。”

西蒙妮走出去。护士指着瘪下去的雪地中两个光着脚丫留下的脚印。右边缺了一根脚趾，左边缺了两根脚趾。

“我相信，我们不必等我妻子了。”乌尔斯·科赫满怀难以抑制的愤怒对特伦蒂尼说道，此公大多数情况下负责别墅的服务。

“但愿没什么严重的问题。”“汽轮机”代表，慈爱的古伯勒女士说道。

“这么大的宅子如同一艘远洋轮船，某些地方总需要头号人物。”她丈夫补充道。

“美好的印象。”托马斯·科赫点点头。

埃尔维拉打算与西蒙妮谈谈女主人的基本原则。

当走廊大门的玻璃窗上传来敲击声时，全体人员正在接受第二道菜。

托马斯瞥了特伦蒂尼一眼。此人走到门边，把窗帘往两边一拨，向外探望，然后走到托马斯跟前，与他低声耳语了几句。

正当两人还在讨论如何应对时，门帘旁边的门慢慢开启了，向内侧打开了。在门帘后面有什么东西在运动。门帘突然打开了。

康拉德·朗现身了。只见他湿漉漉，脏兮兮的，裤腿高高卷到赤裸的双脚之上。他环顾了坐在桌子旁边默然无语的客人一眼，朝埃尔维拉·森走去。

他走到她椅子前站住，低声说："维拉妈妈，让安娜妈妈走开，求求你了！"

托马斯·科赫多半在想埃尔维拉如何做出反应。他坐在她左侧，除她之外，他是惟一明白康拉德说话的人。她脸色变得苍白，托马斯不得不陪伴她回到"施托克里"，到那儿她立刻躺在沙发上，闭上眼睛。他在她身上盖上一条毯子。"我可以叫一下施陶布利医生吗？"

她没有回答。

"他的电话号码在哪儿？"

"在工作室的斜面桌上。"

托马斯回来时，有些激动。"医生的妻子说，他被叫到康尼那里去了。我在客舍里追上他，让他明白谁有优先权。"

在等待医生的同时，托马斯问："什么事情把你吓成这个样子？"

埃尔维拉沉默了。

"维拉妈妈，安娜妈妈该走了吗？"

她摇摇头。

"他说了这句话？"

"我没有听到这句话。"

一阵电话铃响。托马斯·科赫起身，让施陶布利医生走进来。

糖尿病患者突然感到乏力通常表明其代谢状况发生了改变。施陶布利先生测量完埃尔维拉的血压与脉搏之后，检测了她的血糖，确定为一种轻微的低血糖，一种并发症，多半应追溯到饮食错误或者胰岛素剂量的差错。但埃尔维拉是一位非常守秩序、精明的病人，当他在巡诊康拉德·朗时获悉他闯入了"施托克里"别墅，便预测到了另一种原因。

"我们的病人到您跟前来过？"

"可以这么说。"

"假如您向我咨询康拉德的问题，我想坚决地劝阻您。"

"我如何才能知道他们让他晚上到处乱跑？"

"这仅仅是意外。他也是一种负担。作为您的医生我不得不禁止您情绪激动。"

"我应该把他撵出去吗？前景到底怎样？"

"您起码得努力忘记他。我们这样做，好像他压根儿就不存在。”

埃尔维拉微笑着：“他情况怎么样？”

施陶布利医生摇摇头：“他激动过头，被冻得够呛。我给他注射了镇静剂。我想他现在已经睡了。我们感到幸运的是他没有得肺炎。”

他给她递上一块葡萄糖糖果：“您尝尝这个，一小时后再吃一块。明天一大早我会再来，然后我们瞧瞧看要不要调整胰岛素剂量。”

埃尔维拉把糖果从玻璃糖纸中剥出来：“人如果患了阿尔茨海默病能活多久？”

“一到六年吧，取决于病情与看护。康拉德·朗可以活到七十岁，但也有可能活不过下一个圣诞节。到那时他或许到了生命的最后阶段。”

施陶布利医生站起来：“如果他在这儿还能存活下来的话。我现在再去看看他，之后您整晚都可以联系到我。”

埃尔维拉在无靠背的沙发上坐起来。

“您留步，我能找到路。”施陶布利医生向她伸出手，“明天九点见。”

埃尔维拉·森起身，把他送到门口，然后她走向电话机，拨打了舍勒的电话。

假若舍勒不得不描述他对埃尔维拉·森的感觉，那么“爱情”这个字眼是不会出现的。但是与尊敬，好感，顺从可以扯上些关系。而且——他为什么要独自隐瞒呢——还有情欲。他是一个年近五十的单身男子，总感觉对具有统治欲的老女人有吸引力。一种个性，为其多层的关系——尽管不是非常重要——增添了一个侧面。埃尔维拉大概八十岁了，但依然是一位激情四溢、充满魅力的强势女人。

舍勒是埃尔维拉·森少有的——按照他通常可靠的信息——惟一的情人，在某种程度上也让他成为她可以信赖的人。只有这个精于算计的独立女人完全有能力取得这样的信任。他知道她告诉他那么多东西，只为了好像对她有益处，为了达到她的目的而利用他。涉及最后一点，他与她周边大多数人的区别只在于他觉得令人激动。

尽管舍勒在这种奇特的关系中算不上主导的当事人，埃尔维拉相信他保卫者的本能。她在这个深夜，面色苍白，用微弱的声音详细地向他讲述的一切，激起了他对付康拉德·朗以及所有对他抱有过高期望的人的决心。

子夜已过，当舍勒离开“施托克里”时，气温表降到了零度以下。真是满腔怒火。埃尔维拉小心翼翼地刺激了他。

大房子的地窖与所有的地窖一样：散发着洗衣粉、腐烂物质与燃料的气味，全都是没人要的破烂货。地窖的电灯开关亮着，如果有人按一下，灯光几分钟之后就会再度熄灭。

杜鹃花别墅的供暖房不难找到，就位于地窖的楼梯旁。从门内传来一阵轻微的、均匀的振动声。门没有关。在别墅建成的二十多年来，供暖设备一再得到现代化的更新。它们由一台大锅炉、一台燃烧炉、一台备用燃烧炉、一台循环泵、一台备用循环泵和一系列的隔热管道组成。管道给别墅地界内所有建筑实施中央供暖。供暖房布置的所有管道都井然有序地排列，配置了阀门和蓝色塑料牌。“车库”在最上面，还有“塔楼”、“施托克里”、“花圃”、“西侧房”或者“屋顶”。杜鹃花别墅中央供暖技术分成若干模块，可以按需开关。

供暖房的灯光已经熄灭了。舍勒摸索着接近亮着黄灯的照明开关，房间又亮起来。他往回走到阀门前，关掉了其中的一个，小牌子上有“客舍”字样。

索菲·贝格尔不抱幻想，她再度复出的职业规划由于这次工作失误遭到了沉重的打击。即便她得到原谅，病人逃跑的企图经过精心策划，但私人病人护理公司将来也会取消她的服务。威尔特医生从一家在此期间必须提前四周预订的餐馆被接出来，没有任何迹象显示他会像康拉德·朗发生第一次意外那样再给她机会。

他相当生硬地对她说，她应该通过显示器监控病人，一旦他醒来，就要向他或者施陶布利医生汇报，她绝不应该踏入他的房间。

她乐于遵守这一命令。她觉得没有兴趣再与这个老头子见面。他让她遭遇到如此难堪，她个人对他气不打一处来。过去她与糊涂的病人建立了良好的关系，尤其是男病人。她本人让他想起一个人，她又能有什么办法呢？

她现在坐在监控室内，注视着监视器。康拉德·朗仰卧着，张大嘴在睡觉。也许她经过改行培训可以干牙科助理？要么也许得彻底离开医疗行业；也许在一间酒吧工作，那里衰弱的老头看到她时，不会赶快逃跑。

那些地方没有像富人堆里如此冷漠。她站起来，取来一条被子，坐在惟一的沙发椅上，将被子盖在自己的膝盖上，眼睛注视着监视器。

大约六点钟时，她被冻醒过来。在监视器里康拉德还张嘴睡在那儿，只是他把被子给蹬掉了，他的内衣也高高地撩起。

索菲·贝格尔起身，轻声下楼走入卧室。她拾起地板上的被子，给康拉德盖好。他盖着被子出汗了，尽管室内温度计显示只有12度。

她返回监控室，打电话给苗圃的胡戈里先生。过了一会儿，他才接电话。

“贝格尔，‘客舍’的夜班护士。暖气是不是出问题啦？”

供暖本来不归胡戈里先生管。但是从早晨六点钟开始他要对此负责。他走进供暖房，发现若干时间之后通往“客舍”的分配管阀门被拧上了。他打开阀门，给夜班护士回电。“一切恢复正常。”他通报道。他不想让任何人处境难堪。

七点过后白班护士伊尔玛到来时，客舍又暖和起来。尽管如此她的第一个问题是：“暖气出了问题，这里跟冰库一样冷。”

“我了解过，一切又恢复了正常。”

伊尔玛护士走进卧室，没多久又再次出来。无语地走到了电话机旁边，拨打施陶布利的电话。

她只说了一句：“肺炎。”然后就把电话给挂了。

“您难道瞎眼吗？”她经过时怒斥索菲·贝格尔。

“我被禁止走进卧室。”她想辩解。但伊尔玛护士又再次走进了康拉德·朗的房间。

尽管康拉德·朗身体还不算差，但肺炎让他病情恶化了。

由于缺氧他越来越糊涂，抗生素削弱了他身体，他不吃不喝，整天必须依赖输液。他只能借助大家的力量才能从床上起身，理疗时也处于被动状态，几乎无法交谈。只有兰雅护士在场时，他才把手聚拢在下巴边，露出微笑。

施陶布利医生每天都来检查他的身体，竭力劝说他：“您再吃一些，朗先生，起来吧，活动活动身体。如果您无法保持健康，我也无能为力。”他每次巡诊之后都得向埃尔维拉汇报，他解释道：“如果他能存活，将代价高昂。这对阿尔茨海默病是典型的，然后分阶段。要么分成许多小阶段，要么，像他那样，分几次大阶段。”

“他说过什么话没有？”她每次都想知道。他予以否认之后，埃尔维拉似乎感觉轻松了许多。

她问西蒙妮：“他说了什么话没有？你们有没有交谈过？”

西蒙妮摇摇头：“也许你该去看看他。可以试着跟他谈谈过去，我对此一无所知。”

“过去就是过去。”埃尔维拉说。

“但对这种病却有所不同。”西蒙妮回答。

兰雅护士倘若不在跟前，康拉德·朗也许早就死了。女营养师再次用他最喜欢的菜肴吸引他，毫无结果之后也最终放弃了。兰雅护士开始用家里带来的小份美食偷偷地喂他：裹着蜂蜜的杏仁，香菜辣米饭，小块烘烤冷牛肉佐柠檬与洋葱——所有的东西都由她纤长的手指直接塞入他嘴里。同时咿咿呀呀地跟他用泰米尔语、僧伽罗语、英语的混合语交谈，亲热地拥抱他，像对待婴儿那样亲吻他。

兰雅护士从来不与任何人交谈她的治疗成果，她在过去的病例中常常获得了糟糕的经验，因为她的办法几乎总与迄今出台的医院规定相抵触。

西蒙妮获悉这件事纯属偶然。她整天都肩负责任。天色渐暗，她才可以破例来看望康拉德。她走进客舍，便听到康拉德卧室里传来的喋喋不休的声音。她轻轻地推开门，看到兰雅护士正在给幸福的康拉德喂食。

当康拉德看到她时，惊恐万状，兰雅护士便抚摸着他的头发说："Don't worry, Mama Anna is not here." ①

之后她才看到西蒙妮站在门口。

"谁是安娜妈妈？"西蒙妮当晚问乌尔斯，"这是康拉德过去害怕的人。"

乌尔斯一无所知。

她的公公继续帮助她："他母亲叫安娜。但他为什么会怕她呢？"

"他妈妈在他小时候把他送给了一个农民。"

"因此他就嫉恨某人。但为什么要害怕呢？"

"也许我们并不了解原委。"

托马斯·科赫耸耸肩，起身，表示抱歉。一个游离于两次婚姻之间的衰老的花花公子。

西蒙妮无法入眠，深更半夜她想起了一个主意。她起身往下来到大厅，等待她公公回家。当他终于目光呆滞地闯进来时，她已经睡着了。

她大吃一惊，然后问道："她有一头红发吗？"

"无论金色的，还是褐色的，我爱所有的女人。"他唱道。

"我是说康拉德的母亲。"

---

① 意为"甭担心，安娜妈妈不在这儿"。

托马斯需要一些工夫才能明白她的问话。然后他笑了：“像魔鬼一样的红色。”

“过去的照片呢？我没有过去的照片。从照片上能看出上面的人几岁了。”

埃尔维拉坐在早餐室内，让西蒙妮明白她打扰了人：“你要这些照片派什么用场？”

“我想给康拉德看看。也许可以借此唤醒阿尔茨海默病患者的麻木不仁。”

“我没有照片。”

“每个人都会有些老照片。”

“我没有照片。”

西蒙妮放弃了：“你可以想象他为什么会害怕他母亲。”

“也许因为他产生了错误的想象。”埃尔维拉笑道。

“她到底是怎样一个女人？”

“一个在纳粹外交官面前雪藏了自己孩子的女人，为了与之结婚。”

“但她曾是你最要好的朋友。”

“安娜早就去世了，我不想谈论她。”

“她是怎么死的？”

“就我所知，在一列火车遭到空袭时罹难。”

“她长着红头发？”

“她的红头发会有什么作用？”

“康拉德害怕晚班护士。她有一头红发。”

“安娜是金黄色的。”

“托马斯说，她有一头像魔鬼般的红发。”

“托马斯也有些健忘了。”

四周前蒙特塞拉才到别墅工作，她是堪德拉丽娅的外甥女。堪德拉丽娅始终通晓把她人口众多的家庭成员安排为科赫家族的家政人员，蒙特塞拉受雇清扫房间。

“今天Señora[①] 在Don[②] 办公室里。”吃午饭时，她跟堪德拉丽娅讲，“她在他办公室找东西。”

“你敲门了吗？”

“我想里面没有人，因为我看见他走开了。”

“始终要敲门。”

“尽管确定房间内空无一人？”

“尽管门外没有其他人。”

蒙特塞拉才十九岁，还得学很多东西。

乌尔斯没有提供太多的帮助。西蒙妮吃饭时谈到这个话题，他破例在家里吃饭。

---

① 西班牙语：“太太”。
② 西班牙语：“先生”。

“你为什么需要老照片呢?”他敏感地问。他知道这又与康拉德·朗的爱好有关。

“专业人士推荐我们,我们与他一道观看他过去的照片,充当与现在的联系点。但是这些东西你家里好像没有。”

“埃尔维拉书架上全都是相册。”

“她一张也没有给我,她说她不知道照片在哪儿。”

他疑惑地笑了笑:“在她工作室内。墙壁的书架上,各种类型的都有。”

西蒙妮一直等到下午三点,这期间,埃尔维拉通常完成了她的通信。西蒙妮走进“施托克里”,敲了敲工作室的门。

“有事吗?”埃尔维拉没好气地答道。西蒙妮打破了这幢房子的禁忌。埃尔维拉待在工作室的时候,不愿跟任何人说话。

西蒙妮走进去:“乌尔斯说,你把照片保存在这里了,我可以借用几张吗?”

埃尔维拉摘下眼镜:“注意到没有,乌尔斯很久没到这儿来了。要么你在哪儿看到了照片?”她指了指身旁的书架。

上面放着几只文件夹,一排按年份分类的科赫企业的多样化产品以及其他企业的业务报告,一部十八卷的词典,一张镶了镜框的埃尔维拉与她的第一任和第二任丈夫的照片。

没有别的照片,也没有一本相册。

“也许没人能看见她越变越年轻了。”当西蒙妮跟托马斯·科赫讲及此事时，他笑起来。

她见他心情特好。他刚刚决定节庆日要在“为什么”巴伦伯伊姆的游艇上度过，在加勒比海与一帮好玩的人相约。他还要——一条不成文的规定——在别墅里过圣诞节，次日早晨飞往库拉索[1]，到那儿乘船，在莎乐美·温特尔，一个二十三岁女孩的陪同下。

所以他特别乐于助人，马上同意弄几张照片给西蒙妮使用。即便她要“盒装的”也无妨。

但是当他目标明确地打开放有照片的抽屉时，里面却空空如也。可他已经发过誓，照片在那儿。

他甚至花了不少工夫在其他可能的地方都找了，但这些照片还是不见踪影。

圣诞前夕的庆典在杜鹃花别墅内最密切的家庭成员中举行。在图书馆矗立着一棵挂着饰品的大圣诞树，出自威廉·科赫的第一次婚姻：透明的玻璃球，如同肥皂泡，玻璃状的冰柱，面孔宛若世纪之交时髦的玩偶小天使。树枝被连着丝带的红苹果压弯了，挂有银线和天使的头发。所有的蜡烛都是红色的。在树尖上隐藏着一个金色天使，张开双臂为好心的人们祈福。

家里有一个传统，由在场的最年长的男子朗诵圣诞节故

① 南加勒比海的一座小岛。

事。多年来此事非托马斯·科赫莫属。

“上帝的天使向他们走来。”他庄严地读道,“上帝的澄明照耀在他们周边,他们十分害怕。天使跟他们说:你们甭害怕!瞧,我向你们宣告所有的人都会见到巨大的快乐;因为今天救世主为你们而生,此人就是耶稣,主啊,在大卫城。”

接着托马斯·科赫坐到钢琴旁,演奏了他僵硬的《圣诞集锦》。

埃尔维拉颇为动情地倾听演奏。乌尔斯脑子里正考虑着电子部的资本增长。托马斯思念着莎乐美·温特尔,那个二十三岁的女孩。西蒙妮在惦记康拉德·朗。

康拉德·朗与兰雅护士坐在客舍的卧室内。没人知道,他在想什么。

圣诞节早上西蒙妮敲响了她公公的房门,她决定要获得一个圣诞惊喜。

托马斯·科赫变卦了,找了上千个借口,但西蒙妮没有放松,她抗议,祈求。

也许是对加勒比海充满期待,也许是为了庆祝他父亲的诞辰而开怀畅饮了1875年份的雅文邑,也许是他无法拒绝年轻漂亮女子的请求的弱点,或者是因为被她对长者的那份尊重而感动,反正他想尽量能表现出一种高的姿态:不管怎么样托马斯在出发前造访了康拉德·朗居住的客舍。

他走进房间,当看到康拉德一动不动地坐在窗户旁,独自凝神时，马上又后悔自己的决定了。之后托马斯还是坐在康拉德的身边。西蒙妮让他俩独自待在一起。

“乌尔斯跟他妻子过得挺幸福。”托马斯说。

康拉德没明白。

“西蒙妮刚刚走出房间。”

康拉德什么也想不起来。

“我明天乘‘为什么’号游艇出发？”

康拉德没有反应。

“巴伦伯伊姆的游艇。”

“原来是这样。”康拉德说。

“你需要什么？我可以给你捎点来么？”

“什么？”

“任何东西。”

康拉德思考了一会儿，梳理着他的思绪，起码可以给一个答案。但之后，当他有了这种感觉，却无法实现。他再也不知道该如何回答了。

“还可以。”他最终说。

托马斯是一个没有耐心的人：“简单地说：你要想起什么，就跟我说。”

“D'accord.”[1] 康拉德回答道。

---

① 法语：“同意。”

托马斯再次坐下。“Tu préfères parler français ？”①

“Si c’est plus facile pour toi.”②

他们用法语谈起巴黎。康尼跟托马斯讲起了最近到哪儿可以吃到最好的牡蛎，在饭店的前厅，而且想知道，他是否再让那匹éclair③ 在这个赛季到“龙骧赛”上比赛。

饭店前厅1971年就被拆除了，1962年起托马斯就不再拥有赛马了。

讲法语的花招在西蒙妮那儿并没发挥作用，似乎康拉德·朗使用这门产生部分回忆的语言也只能与托马斯·科赫产生联系。

但是到晚上她又经历了第二次圣诞奇迹。

西蒙妮在别墅内拥有一间按照她口味装修的房间。沙发椅、软背椅、窗帘和枕头上有许多碎花；还有透明织物、干花，夏日午后的人造芳香出自带干燥花瓣的众多外壳。乌尔斯讥讽为“罗兰爱思④ 之屋”，毫不隐讳他的厌恶之情。但对于西蒙妮来说这间混合了晦暗的建造者风格与严谨的包豪斯气质房间是大房子里惟一的避难所。

---

① 法语：“你更喜欢说法语？”
② 法语：“如果这是您更容易！”
③ 法语：“闪电”。
④ 罗兰爱思（Laura Ahsley）是一个极具代表性的英国品牌，以其浪漫、充满女人纤细感性特质的印花图案与色彩，且深具英国传统特色与高雅气质的设计风格，渲染出一片英伦气氛。

当西蒙妮走进罗兰爱思之屋时，一枚黄色信封放在她写字台上。

“我找到了几张照片。天哪，我们老了！祝永远快乐！托马斯！”这些话急匆匆地涂鸦在一张纸片上。

这些照片内容差不多。在一间滑雪屋内的一只长条桌旁，无忧无虑的年轻人穿着五十年代式样的滑雪服；在一艘游艇的舷栏杆旁，无忧无虑的年轻人，穿着六十年代式样的游泳裤；在一张长条桌旁，无忧无虑的年轻人，穿着五十年代式样的晚礼服，戴着除夕夜小帽和彩纸带；在帆布敞篷汽车上无忧无虑的年轻人穿着五十年代式样的便服。在所有的照片上都可以认出托马斯·科赫，大多数照片上都有康拉德·朗的身影。

正如西蒙妮期盼的，康拉德·朗对这些照片做出了反应。

“这是除夕。”当她给康拉德观看那张快乐的节庆照片时，他说道。

“哪一年呢？”西蒙妮问道。

“去年。”

对于那张敞篷汽车照片，他指着驾驶员说道：“这是彼得·考特。1955年他经过多佛后正面与一辆牲畜运输车相撞。三个月之后从欧洲返回，靠左行驶的交通有问题。二十六岁。”

对那张滑雪屋的照片，他惊奇地摇摇头：“赛尔·佩奥，他还活着。”

然后他抓起那张游艇上的集体照，面带微笑：“宝藏号。克劳迪奥·佩德里尼和他的兄弟努齐奥。而且……”

他把这张照片撕成了碎片，嘟囔着：“王八蛋！这个王八蛋！这个该死的王八蛋！”

然后他闭上嘴，在探视期间再也不开口了。

后来西蒙妮把照片粘在一起，发现了特别之处。托马斯用胳膊搂着一个姑娘，像其他所有的照片那样这张照片上面没有康拉德。

康尼在深夜里醒来，知道他憎恨托米。他虽然不知道什么原因，但是厌恶至极。对于托米，他知道之所以如此，是因为他能够让他想起平生遇到的所有的人，想起埃尔维拉、她丈夫埃德加·森、蔡尔维格村子里的约瑟夫·蔡尔维格和他瘦骨嶙峋的妻子、钢琴教师雅克·拉图尔，而没有觉察到比若干反感或者恐惧更多的东西。对于佩德里尼这家人是远远多于反感，更确切地是某些厌恶，但没有任何东西可以与托米相比。

他一想起托米，心脏瞬时停止了跳动，感觉到血脉在膨胀，他只有一个愿望：打死这个王八蛋。

他坐起来，从床上下来。门立刻打开了，从明亮的门缝中兰雅护士的声音唱道：“妈妈安娜不在这儿。”

“I’ll kill the pig.”[①] 康拉德大声喊道。

---

① 英语：“我要杀了这头猪。”

兰雅护士打开灯，被他面部表情吓坏了。她走向他，用胳膊搂住他。

“Which pig？”[1]

康拉德想了一会儿。哪头猪？他想不起来了。

次日西蒙妮又拿来一些照片。“这是在宫殿的除夕夜，1959年。”她说道，“彼得·考特。我想起来了，他遇到了车祸。”还有：“哈，赛尔·佩奥，托米，这个王八蛋。”

“托米为什么是王八蛋？”西蒙妮问。

“路人皆知。”他回答道。

次日西蒙妮十分沮丧地前往祖尔斯[2]温泉疗养院，与乌尔斯一道去滑雪（“你想不起来了，我是乌尔斯，你丈夫。”她刚从客舍回来，他大声对她说），共度除夕。她把这些照片给了兰雅护士，让她与康拉德一块儿欣赏。

当她返回时，他的昏睡症让位于某些事情。

她感觉气不打一处来。

兰雅护士证明了这种印象。她提到他在夜里更加不安。他噩梦不断，有时浑身汗湿醒来。

“那么我们不要再给他看照片了。”西蒙妮说。

兰雅护士惊讶地打量她：“那么您就从他身上夺走了一种

---

① 英语：“哪头猪？”
② 位于奥地利西部、毗邻瑞士一著名滑雪胜地。

感觉。”

于是西蒙妮决定继续给他看照片。

“哪些照片？”埃尔维拉·森想知道究竟。

施陶布利医生在康拉德健康报告中用以下文字做了说明：“病情似乎在继续恶化，他实际上对这些照片不再能做出反应。”

施陶布利提到西蒙妮一再与康拉德观看照片。开始还有一些效果，但最近的迹象越来越明显，他再也无法回忆。

“在他身上产生了哪些效果？”

“他受了刺激，开始讲述秘密。虽然把时间搞混了，但这属于病症。”

“他讲了什么？”

“照片上的人物，拍摄地点。特别惊奇的是局部，毕竟是四十年前的照片。”

“现在他再也没有反应了？”

“几乎没有。大脑的局部，保存了这些记忆，似乎也涉及现在。”

施陶布利医生很想知道为什么这个消息好像让埃尔维拉感觉到了平静。

8

浮士多·贝蒂尼在施塔策森林的雪窝子里发现康拉德·朗约莫一年之后，康拉德好像完全隐退到自身内。惟一找到他部分入口的人有兰雅护士，只要她一踏进房间，康拉德就喜气洋洋地注视她，跟她还能一直用英语正确交谈，再有一位就是约瑟琳·约伯特，劳作疗法师，康拉德甚至用自己清晰、简洁的笔法为她画水彩画。

这是无望的一月，朝下方眺望几乎没有一天能够看清楚湖面，几乎没有一天不飘洒着单调、冰冷的雨滴。

西蒙妮遭遇到了她第七次婚姻危机。乌尔斯在滑雪时认识了特蕾莎·帕尔梅斯，一位来自维也纳的轻浮少女，她是该国知名地产商埃尔文·古伯特为了欢度节日空运过来的。如今乌尔斯按照家族的传统，把她安顿在阿佩尔大酒店的塔楼套房内。西蒙妮弄清楚了，因为电话记录中有一条，内容如下：“特蕾莎·帕尔梅斯请求乌尔斯·科赫回电。阿佩尔大酒店，塔楼套房。”下面有一个电话号码。

但这桩绯闻并没有给西蒙妮制造烦恼，更多的烦恼是对时间的把握。她怀孕了，乌尔斯还不知情。那天她想告诉他这件喜事，给他一个惊喜，却发现了电话记录。但是她怀疑乌尔斯是否会有不同的表现。

忧郁的一月，再加之客舍里逐渐蔓延的绝望让她变得多余。自从她把康拉德·朗置于自己庇护下，沮丧宛如铅块那样再次沉重地向她袭来。

西蒙妮越来越多地比往常更早离开，她越来越多地在看望病人之后，逃进罗兰爱思之屋，号啕大哭。每天把更多的时间花在自己身上，更少的时间花在康拉德·朗身上。

看来西蒙妮·科赫是从康拉德·朗生活中消失的第二位女子，尽管他并没有注意到。

埃尔维拉·森等候了几天。客舍里传来的消息预示着康拉德·朗的状况日趋恶化，她听从了施陶布利医生的催促，前往格施塔德[①]旅行，她要在那儿的科赫农舍度过传统的冬季。

“距离对您有好处。”他说道。他答应她，留在这儿照看。“如若发生了什么事，我会给你打电话。”

“在半夜里也要打。”

“半夜里也会打的。”他哄她道。

---

① 瑞士西南部伯尔尼州的一个小村庄。

埃尔维拉在格施塔德村，托马斯在加勒比海，乌尔斯绯闻占用了许多时间，杜鹃花别墅的社会生活已完全停滞了，西蒙妮所处的状况让她对此也无能为力。她乐于不承担义务，直到下午都待在床上或房间内，只是有义务探视康拉德·朗才穿上衣服。

在雾蒙蒙的星期六——冰冷的淫雨敲打着玻璃窗，亭子旁的山毛榉几乎无法辨认。乌尔斯周末自称在巴黎忙于业务，西蒙妮的四肢就像她窗边的老冷杉树潮湿的枝干那么沉重，她没去康拉德那里。

第二天她也没有离开房间，再过了一天，到下午她都没能再想起康拉德，这时传来了敲门声。

是兰雅护士，她听说西蒙妮情绪低落，想问问她需要什么。她带来了一幅康拉德画的水彩画。

宛如一座彩色的花园，边缘矗立着一截短树墩，康拉德在旁边画有“树”这个字。

并非这幅画触动了她，而是他用笨拙的字母画在图画下边的字。“康拉德·朗说，本来我想写在上面。”

他想写什么？关乎哪些内容？这座由红、绿、黄、蓝的波形曲线、圆圈、斑点和带子组成的奇特花园，也许是矮树篱、小路、池塘、灌木丛、鲜花和苗床？或者是值得同情的小树墩旁边的大字“树”？

他要写上去，一截树墩就是一棵树？

“本来我想写在上面。”什么东西妨碍了他？他又忘记了什么？或者他找不到想弄明白他意思的人？

这幅水彩画向她证明，这个大脑之中有多少物质还在活动，医生谈到过这些，它很快就会无法控制最简单的身体功能了。

西蒙妮·科赫没有从康拉德的生活中消失。相反，她决定竭尽所能使他不从她生活中消失。

威尔特医生探访病人时，有人转告他，请他看完病人后去西蒙妮·科赫夫人那儿，这让他感到有些意外。

现在他坐在这间与老宅不太协调的奇特的女性房间内，试图向她说明阿尔茨海默病目前无法治愈。

“按照如今的状态只有这些我们已经采取的办法：银杏、维生素、理疗、劳作疗法、记忆训练。我们取得了相当不错的成果，现在可以看到一个新阶段。不可阻挡，科赫夫人。还有……”

“还有？还有阻止疾病的可能吗？”

“有些人说过，在预定的时间内。”

“哪些人？”

“阿尔茨海默病是一个巨大的问题，也就是其解决方案意味着耗费大量的金钱。几乎没有一家制药厂对此展开过研究。”

“您说说看，有无可以利用的成果？”

“每个月都有新进展，局部非常有希望。”

“那您为什么不尝试部分的成果呢？朗先生可能会失去哪些东西？”

“他没有失去很多，但是我……药品尚没有取得许可。”

“就没有在志愿者身上试验过吗？”

“处于这种阶段病人没有自由的意愿。”

“那么就不可能在阿尔茨海默病患者身上试验啦！”

“有，如果早期病人有这种意愿，也就是说预防。”

“他向谁表达这种意愿呢？”

“一般向诊断医生。”

“他向您表达过没有？”

“没有。”

“为什么没有？”

“没有提出来讨论。”

“就是说，您没有向他提过建议？”

“这不属于惯例。”威尔特医生觉得有些不快，“我可以为您做些什么吗？我在诊所候诊。”

“可以不经病人的同意做这些实验吗？”

威尔特医生站起来：“非常困难。”

“但并非不可能？”

“有可能。”

“那么请您了解一下这种可能性。”

“我很愿意这么做。”威尔特医生答道，“请您再弄一些其他时代的照片，有时会有所触动。”

她一周都没有听到威尔特医生的任何消息，之后她意外地在一家三星级酒店看见了他。乌尔斯带着她去那儿，为了消除她好像对他的怀疑。

威尔特医生与一个五十来岁、颇有魅力的女子共同坐在几张桌子远的地方，正在看“惊奇菜单”。从两人的表情上可以判定不是吃工作餐。

她好像认识这个女子，当他们挽着胳膊出去时，她才认出来：罗丝玛丽·豪格，此后再也没有露过面的康拉德·朗的女友。

也许对威尔特医生不公平，但她此刻决定更换康拉德的神经病科医生。

此项决定和这瓶奇特的波尔多让她感觉那么轻松愉快，让她不由得显现出残酷无情的一面，向乌尔斯承认她怀孕了。

这点使得特蕾莎·帕尔梅斯的绯闻与阿佩尔大酒店的塔楼套间马上画上了句号。

“您认不认识一位出色的神经病医生？”检查身体时，她问妇科医生施波利。

“您无需神经病科医生，现在很正常，在怀孕之初都有些抑郁。”

“我需要照料一名阿尔茨海默病患者。”她解释道。

“可以采用婴儿护理吗？”西蒙妮的妇科医生有时不太通人情。

检查之后他给她写下了一位神经病医生的地址，然后与她约定了下次接诊的时间。

“不要与阿尔茨海默病患者有过多的交往，这会对你的情绪带来影响的。”

那名介绍给西蒙妮的神经病专家叫贝亚特·施泰纳医生。他平静地听完了她的讲述，然后说：“确定无疑，存在着大有希望的解决方案。有些方案马上就会得到许可。威尔特医生属于少数几位对其实施了临床测试的医生。如果他对该病人没有试验，一定有其原因。”

西蒙妮没有提到罗丝玛丽·豪格：“威尔特那时没有得到病人的赞许，到现在得到同意难度很大。”

对施泰纳的答复，她不由地问道：“您持不同意见吗？”

“您瞧，科赫夫人，与一位同事抵触总有些棘手。尤其像我碰到的这种情况，信息拖延严重。”他考虑了一会儿，“但我想在理论上回答您：假如在临床症状出现前的测试中得到证明的化合物药品，在健康志愿者的临床测试中没有显现出副作用，就有可能在病人身上进行试验，因此需要病人的同意。倘若无此可能，就需要征得病人亲属的同意，还有伦理委员会的同意。”

“如果病人没有亲属呢？”

“那么就需要法律监护人来负责。”

“有可能得到伦理委员会的同意吗？”

“如果试验有意义，风险就可以估算。那么也就可以获得一次性使用试验药品的许可。”

“您也做这种试验吗？”

施泰纳医生摇摇头：“这个得依照教授、私人讲师与制药企业和医院医生达成的研究合同实施。”

“您认识这些人吗？”

“威尔特医生。”

“威尔特医生之外有没有其他人？”

“您的病人处在私人看护状态，会有问题。如果他是住院病人，就简单多啦。”

“这个方案难以做到吗？”

西蒙妮无需考虑：“不，这不合适。”

“那么这就难办了。”

“尽管如此您仍要了解详情？”

施泰纳犹豫了片刻。

“好吧。”

“您会从我这儿得到消息的。”

西蒙妮走进客舍内的起居室，康拉德·朗坐在桌子旁，他的手放在一只彩色条纹的大塑料球上。

她坐到他身旁。过了一会儿他的目光从塑料球上移开，看着她。“瞧瞧看。”他说，指向球，“这么往后走。”

“你在指如何在皮球周围上色？”

他像老师那样打量着一个无望的学生，然后摇摇头，面带微笑，继续研究皮球。

“对，我现在也看到了。”西蒙妮说。

康拉德惊讶抬起头：“您是怎么走进来的？”

在这次探视过后，西蒙妮立刻做出了勇敢之举。

她弄到了挂在别墅餐厅前室的“施托克里”的钥匙，等待安保人员巡视结束，离开此地之后，马上过去。

这是一个昏暗的日子，在房间里不得不亮着灯，雾很浓，直抵冷杉树树林。西蒙妮的雨衣在通往“施托克里”的路上被弄湿了。她踏入大门，好像这是她的正当权利。

这幢房子温暖如春，在衣帽间旁五斗橱上摆放着鲜花，埃尔维拉天天喜欢设想，她随时都能突然回到家里，找到所有东西，好像刚刚出去了几小时。

西蒙妮犹豫不决地在门厅里站了一会儿，考虑着应该从何处开始，然后转身走向早餐厅。

这里也插满鲜花。在靠窗的桌子上摆着没有动过的当天报纸。惟一可以考虑的家具是铬钢和樱桃木组成的小配菜柜。

她打开移门。发现里面有十二件全套的德国迈森产的茶具，若干早餐餐具，几只杯子和几小瓶利口酒。

早餐厅内通往前厅的门边还有另外一扇门，通往更衣室。西蒙妮打开一扇门，惊恐地发现，同一时刻对面墙壁的一扇门也打开了，门框下露出一个女子的剪影。然后她注意到，墙壁是由镜子组成的。房间两侧是高大的移门。当西蒙妮打开一扇门时，位于其后的可移动橱柜上的灯亮了。

她在四只装有衣服、织物、女上装、鞋子，毛皮及化妆品的橱柜里寻找，一无所获。然后发现镜子墙上有一只门把手，打开另一扇门，通往一间铺装祖母绿大理石的优雅浴室。

西蒙妮打开几只带小镜子的橱柜，几只放满化妆品的抽屉以及一台放置着胰岛素套筒的小型冰柜，之后经过下一道门。

这是埃尔维拉·森的卧室。

冷漠的轻描淡写的虚无，其他房间的清晰线条与彻底编排的颜色的虚无。这里笼罩着一种包括青年风格、巴罗克、比德迈式[①]和贝弗利希尔斯[②]式的无拘无束的混合气氛。

在一张外形让人吃惊的老年女人使用的床边放着一只比德迈风格、镶有昂贵的槭树根贴面板镶嵌品的写字柜。柜子对面则是法兰西第一帝国流行风格的华丽五斗橱，在挂有旧玫瑰红的双绉丝绸制成的凸起窗帘的窗户间立着一只朴素的胡桃

---

① 19世纪早期及中期德国流行的一种家具式样。
② 美国加利福尼亚州西南部城市，好莱坞影星集居地。

树陈列柜，充斥着八十年人生的小人像。浴室墙壁上悬挂着一只黑、红和金色漆成的“艺术装饰”风格的化妆柜。

整间房子散发着香粉与浓厚的香水味，一半陷入朦胧之日的临近黄昏的光线之中。

西蒙妮拉上窗帘，打开灯，首次站在比德迈风格的写字柜前面。

额外巡逻属于私人安全服务的项目，其频率和时间点由中央控制室的随机发生器决定。这天，巡逻队在下班的路上接到任务。当巡逻队拐入中央控制室的地下车库时，无线电传来了“额外巡逻‘杜鹃花’”的指令。

“可恶的随机发生器。”正在开车的阿敏·弗莱咒骂道。

“我们可以下车了。”卡尔·威尔蒂建议。他与他的漂亮牙医女助理约好了，在其病人的索引卡上他的身份始终是大学生。

“我们不是还没有下车嘛。”阿敏·弗莱回答，除了固定餐桌的约会之外，他没有其他安排，此时他问道：“你们知道可恶的随机发生器今天又给我提供了什么？”

他把汽车掉过头来，驶向杜鹃花别墅。

“你可以在电话亭旁边停一下吗，你这个市侩？”

“并非人人都是市侩，仅仅因为他没有欺骗他的雇主。”

“这里有一个电话亭，市侩。”

当他们再度抵达别墅时，天色已暗。他们用钥匙打开门，在对讲机上说:“保安服务。附加巡逻。”然后他们闷闷不乐地循着他们手电筒的光柱穿过湿漉漉的公园。

抵达“施托克里”时,他们发现一束灯光从卧室透出来,照亮了一株杜鹃花的潮湿的叶子。

“这不是暂时报告无人居住嘛。”阿敏·弗莱说。

“偏偏遇上这种事。”卡尔·威尔蒂叹息道。

西蒙妮丧失了勇气,在卧室里也一无所获。在她确定没有改变任何摆设之后,熄了灯,站在黑暗之中。写字柜的图像浮现在眼前,有什么东西不对。她再次打开灯,注意到什么东西错了。她走入房间,看到翻起来的写字桌板。现在她到了下边。她把它翻起来,转动钥匙。但是锁舌没有关闭,她试了几次,可总也不转动,她尝试反方向,钥匙可以转动了,桌板合上了。

她再次熄灯,眼前再度浮现出写字柜的图像,上面也有什么地方不对。她再次打开灯时,看见上面有些东西不对。她又一次打开灯,看到侧墙远远地离开家具的上半部。她走到近处,确定墙壁可以像门那样打开,墙壁肯定可以通过锁内的反向转动弹开来。

这扇门掩盖了家具的真后壁与假后壁之间的空间,九本封皮各异的相册藏在里面。

西蒙妮取出相册,让暗门砰的一声关上,熄灭了灯。

她打开通往走廊的门时，两道强烈的手电筒灯光照过来。

“保安，不许动。”一个激动的声音命令道。

两个保安人员认出了西蒙妮，表示抱歉。

西蒙妮拒绝道歉：“如果有人知道，你们如此警惕，这感觉还真不错啊！我可以用什么款待你俩吗？”

阿敏·弗莱没表示反感，但卡尔·威尔蒂说道：“谢谢！工作时可不行。”如果他们抓紧，还有足够时间去见牙医女助理。

阿敏·弗莱为了报复，开始仔细在胸袋里寻找记录本：“但我们需要您的签名。”

“来，这对房屋主人没必要吧！”

“我们得到通知，这幢房子暂时处于无人居住状态。”阿敏·弗莱开始十分认真地填写。

地点：卧室，“施托克里”，时间：18点35分。

“您如果不写报告，我更喜欢。这是想给森夫人八十岁寿辰一个惊喜。”她指指相册。

阿敏·弗莱明白了：“原来如此。我父亲六十岁生日时也这么做过。老照片。”

“正是。”西蒙妮说。

“正是。”卡尔·威尔蒂催促道。

九本相册出自不同时期。大多属于五十年代末、六十年代初的照片，包括粗壮的、有些随便的埃德加·森和埃尔维拉，坐在他身旁显得柔弱，优雅与疏远，宛如大象国王巴巴[1]旁边的少女。在这上面最少见到的是托马斯·科赫，压根没有康拉德·朗的身影。

有一本相册是战后年代。上面多数照片是托马斯：托马斯穿着学校制服；托马斯穿着网球服，穿着滑雪服；托马斯骑马；托马斯充当接受坚信礼者。在这些照片中有几张可以看到几乎相同的有些笨拙的男孩，很有可能就是康拉德·朗。

第二本最老的相册肯定是战前拍摄的。全都是世界各地著名景点的照片，几乎所有的照片都可以认出年轻的埃尔维拉，有时候跟一个男孩，有时候跟两个男孩在一起。

最老的相册是出自三十年代的。几乎所有的照片都在杜鹃花别墅或者公园里拍摄的。照片展示了天真的埃尔维拉和有点老气的威廉·科赫。

而且还有空出的位置，贴着撕碎的照片的白色残片。

次日西蒙妮让人复印了三本有康拉德·朗的相册，还有那本上面有撕碎照片的相册（她不知道原因）。然后她再次回到“施托克里”，把所有九本相册放回到原来藏匿的地方。

中午时分她去看望康拉德，护士伊尔玛·卡提里克神情激

---

① 一个受欢迎的法国儿童文学的虚构人物，外形如同大象。

动地迎候她。“他什么都不吃啦。”她带着责备的口吻说道，似乎西蒙妮应该为此负责。

她走到桌子跟前看见康拉德，他面前放着一盘没有碰过的蔬菜烤碎肉卷，一杯鲜胡萝卜、芹菜与苹果混合果汁，一盘沙拉。

伊尔玛弯下身子捡起被扔在地板上的餐巾，用力给他系上。“我们现在给您看看，我们可以好好吃饭了。”忙乱之中护士伊尔玛讲起医院护士的粗话，又一次遭到了挫败。

康拉德把餐巾从脖子上扯下来，扔到地上。“现在又是砰的一声。”他发起了牢骚。

伊尔玛护士朝上面望了一眼，然后走出去。

“我需要你帮助。”西蒙妮说道。康拉德吃惊地看着她。

“我带来一些照片，不知道上面是什么内容。”

她帮他站起来（自从患了肺炎，有些时日站立不稳），他们彼此挨在一起坐在沙发上。西蒙妮拿来了相册，上面有些照片上出现了一个笨手笨脚的男孩，她猜是康拉德。

“这边，比如，你能告诉我这些人是谁吗？”这张照片是在一艘蒸汽轮船上拍摄的。上面展示了几个背着背包的同龄男孩，一名男子背着背包，头戴白色鸭舌帽。

康拉德不假思索地说道：“这是鲍姆加特，我们班的老师。去吕特里郊游的途中。这是海因茨·阿尔布莱希特，这是约瑟夫·布林舍特勒，这是曼努埃尔·埃希霍策，这是尼古拉斯·弗利策，这是理夏德·马塔勒，我们管他叫马特力，这个胖子是马歇尔·冯·贡腾。托米没有背背包。”

“为什么托米没有背双肩包。”

“我们俩共用一个。”

“还有，班级旅游玩得怎样？”

“富雷拍照片时，恰好没有下雨。”

“谁是富雷？”

“地理老师。这是托米在圣·莫里茨的兰尼基洛滑雪道上。‘兰尼基洛’叫做‘最初’。背面写着，一家著名的交响乐团，经常在圣·莫里茨演出，这张照片是我拍的。”

康拉德激动地翻阅着这本相册。所有出现他模样的照片他都能详细评论。如果没有立刻想起哪个名字，他就会像考砸的学生那样生气。“这个人的名字已快到了嘴边。”他握着它，他总这样说。

对于几张没有他本人的照片他也能做出说明。“这是托米在‘Relampago’，这个西班牙语单词表示‘闪电’。那时我在策尔魏格庭院。我回到杜鹃花别墅时，这匹牡马已经出售了。”

对一张托马斯与两个穿着板球套衫、手握网球拍的男子在一起的照片他如此解释道：“这是托马斯和我们的室友在圣·皮埃尔学校，让·卢克·德·里维埃和彼得·考特。我被‘retenu’了，因为他们在村子里逮住了我。”

“‘retenu’是什么意思？”西蒙妮问道。

“拘留。”

伊尔玛护士回到了房间，她在一旁骂道：“您如果不吃饭，您也要遭到‘retenu’。”

康尼乖乖地站起来，坐在桌子旁边，开始吃饭。

那时，康尼溜进村子，在杜拉克饭店买了四瓶葡萄酒。提供的晚餐是烤牛肉，德·里维埃说：“别看不起一小杯红酒”，由此记下一个令人发笑的夸张效果。

吃完饭后，康拉德去了苗圃，把梯子放在墙壁上，爬得很高，徒劳地想把梯子抽上来，再靠到墙的另一边。有一会儿他快要放弃了，但带上几瓶红酒到宿舍里庆祝的诱惑更强烈。他跳下去，决定事后再提他如何回学校这个问题。

在杜拉克饭店他顺利地买到了四瓶家酿葡萄酒，但如何返回“圣·皮埃尔”却成了难题。他在围墙前面走来走去，不得不观望着寝室内第一束灯光熄灭。他决定躲过房间检查或者竭力说服门房不告发他而放他进去。最后他摁响门房的门铃。门房过了一会儿拖着脚走来，打开大门上的小窗，认出了康拉德，放他走进来。还没等走到里面，康拉德就递给了他两瓶红酒。门房戴上眼镜，怀疑地看看标签，康拉德从大衣口袋里取出第三瓶，当他看到老人家开始摇头时，又递上第四瓶。

然后他们一道走进小门房，门房报告了当值的看管人。

他遭到四周禁闭的惩罚。课堂之外还要关晚学，在房间里进餐，惟一的体育运动是绕体育场跑十五圈。耻辱，他对葡萄酒理解甚少，以为用杜拉克的四瓶家酿葡萄酒就能贿赂这个老福尼尔。

他当时坐在房间内，不得不等待托米、让·卢克·德·里维埃和彼得·考特上来。他们也许正在交谈，不大费力地跟他解释话题涉及的内容。他们想暗示的事情，他不在场，他们没有因为他本人闹出的笑话而发笑。

他们走进来时，带了一个女孩子。

“喂，你们怎么把她偷偷运进来的？”他笑着说道，一边站起来。

她说：“康拉德，我可以给你介绍一下昆德特医生和奥尼尔医生吗？”

康尼朝两位医生眨眼示意，并向他们伸出手。

“很高兴认识，医生，很高兴认识，医生。”

然后他微笑等待着游戏继续下去。

“如果你不反对，两位医生想对你做检查。”

又是一类医生游戏。“但是正相反，小姐。”他再向另一位医生眨了眨眼。

现在这名女孩走到门前，打开门。“如果您需要我，我就住在那边别墅里。”

“停一停，不要那么着急！您也一道玩吧！”

“下一次！”她答道，关上了门。

“你们为什么放她走呢？”他问德·里维埃和考特，但这些人又沉浸在他们的小游戏中。他们谈论的事对他毫无意义，他们提到的事情，他不在场就发生了，他们谈到的人物，他在一生之中没有听说过。

“托米到底在哪儿？”他问道。两个人的行为，似乎他们不知道他在说什么。

他感觉到一束光，“我住在那边的别墅。”女孩说。跟谁在一起，你只许猜三次。

彼得·昆德特博士是一名三十八岁的精神病科医生。他学习医学与心理学，这位医学博士，特长是神经心理学。在马格达伦那医院克莱因教授领导的研究小组里参与了一项临床实验，他私下认为这是浪费时间。

伊恩·奥尼尔博士是一位年龄相近的生物化学家。他来自都柏林，作为巴塞尔制药厂的课题组成员他参加了同样的项目，这件事情上他与昆德特的意见有分歧。

他们在工作时相识，结为朋友。喝了一杯酒之后，就承认了他们的质疑。奥尼尔随后向昆德特提到了另一种化合物：POM55，他给予该药物无法比拟的更多机会。不仅仅是因为他更有决定性的参与其中。

次日，昆德特犯下一个错误，跟他上司提及此事，教授理解为对他项目的批评。因此这意味着奥尼尔马格达伦那医院的项目获得机会的可能性自然消失了。

这期间POM55在临床前的测试已经结束，进展非常顺利，临床测试的时刻也即将来临，奥尼尔正在协调此事，这可能意味着昆德特与奥尼尔合作的结束。因此当两人从施泰纳医生那儿听说有一位阿尔茨海默病患者正在接受高级私人护理时，立刻产生了兴趣。他们对临床实验框架内试用一种实验药物也显示了浓厚的兴趣。昆德特在马格达伦那医院的工作之余，仍然能够参加该项目，这是一次机会，尽管也许并不具有特别的官方意义。

昆德特与奥尼尔对病人的状态有些亢奋。语言能力的丧失或巨大的障碍也许表明疾病发展迅速，损伤不可逆转。这种情况下伦理委员会不可能同意他们实施这项实验。

他们坐在西蒙妮的房间内像两个小男孩，如果他们表现正确，马上就能获得一只新玩具。

昆德特身材高大，略微地弯腰，就像他想要变小似的。他似乎总在微笑，戴着眼镜，说话时就摘下来，拿在手里。他黑发浓密，混杂着白色的发梢，在脖子上拳曲成固定的缕缕小鬈发。

奥尼尔个头不高，身板结实，棕色头发失去了光泽。他长着一副街头野狗的面孔，给人一种不会给任何斗殴让路的感觉。

昆德特先生说话了。

“朗先生虽然处于糊涂与迷惑状态，但仍能出人意料地记起某些往事，尽管不清楚何时何地。他向我们提到了德·里维埃和考特。”

“四十年代圣·皮埃尔学校的室友。”西蒙妮解释道。

“他说话流利也让人惊叹，运用奇特的语汇。他甚至还能讲英语和法语。就是说，我们所说的失语症，语言能力障碍还没有形成或者远没达到。”

“但并非始终如此，有些时候他会一语不发。只有当我找来他年轻时的照片给他看，他才再次产生兴趣并善于辞令。”

“在可能的治疗期间，您与他继续观看这些照片至关重要。”

“您相信有机会治愈他吗？”

两个人彼此看了看。奥尼尔医生接受了提问。他讲一口标准德语，但带有英国口音与爱尔兰人奇怪的声调，每句话结尾都在提问。

“阿尔茨海默病患者的大脑中有三项重要特征：其一，在脑细胞之间积存的血小板，主要是由有毒的原纤维淀粉体组成；其二，其周围发炎的神经细胞；其三，神经纤维、细胞支架，过分磷化而停止发挥作用。我们不知道，这三种因素处于何种关系才相互发挥作用。”

西蒙妮不得不有些无奈地瞥了奥尼尔一眼。他感觉有补充的理由：“三种重要的疾病引起的变化，我们不知道，一种变化是以另一种变化为前提的，如果是，哪一种是哪一种，这就意味着我们可以尝试让淀粉体变得无毒或者阻止细胞发炎或者神经纤维的过分磷化。”

“告诉她，我们从何处出发。”昆德特不耐烦地催促道。

“我们假设：有毒的淀粉体要为周围神经的发炎与过分磷化负责。”奥尼尔等待着他的论题对西蒙妮奏效。但她只不过点点头，等他继续说。

“我知道，如果淀粉体变成纤丝状，就会产生毒性。那么我们必须阻止它。”

昆德特医生与奥尼尔博士交换了一下目光。奥尼尔答道：“我强调，是的，我们可以阻止它。”

昆德特医生热情地补充道：“迄今为止的成果给人留下了深刻的印象。在细胞培养中已发挥了效果，在老鼠身上也产生了效果，在健康的志愿者身上的临床前试验没有产生副作用。”

“但是您在阿尔茨海默病患者身上还从来没有试验过这种新药？”

“朗先生可能属于第一批人员。”

“他将会面临什么风险？”

“疾病继续恶化。”

“他可以冒这种风险。”西蒙妮回答道。

十月的一天下午，康尼站在了废料堆旁边的暖房前。长满苔藓的、组成地基与建筑地面的潮湿砖头上散发着一股霉味。

在此他可以看到这条通往园丁房屋与主建筑，滑溜溜的树叶覆盖着的小路。

如果危险出现，按协议他可以敲打两下他身后的玻璃窗。他不得不背对暖房站着，不许或者绝对不许扭头。

康尼只不过有条件地遵守部分的协议，他右手藏着一面圆形小镜子，借此可以在左腋窝下偷看暖房。

很多东西看不清，暖房里昏暗不堪，花盆与越冬的棕榈树扇形的叶子遮挡了视线。但从一定的角度他有时可以在温室的绿黑色中隐约看到园丁温顺的女儿热娜维耶芙的白色皮肤，看到微光，也许还有胸脯，还有后臀。

她叫热娜维耶芙，她随便人家怎么捉弄。这种想象仅仅把与她的幽会变成了狂热的、短促的运动，对此没有经验的情人们会无望地分神。

康尼不是这样的情人，他的角色是保障约会得以顺利进行。看来大家是天然的任务分配，康尼最初亦是如此。

但是近来，自打他用上小镜子这个花招后，他渐渐地变成了另一个角色，想象他就是扯下这件玫瑰色小裤衩的人，或者一只胸罩？露出的屁股或者乳房。

康尼站在废料堆旁的暖房前。在小镜子里托米与热娜维耶芙毫无抵抗的四肢扭打在一起，康尼力图在这种不断变化的图像中看得更清楚些。

忽然闻到一股熄灭的方头雪茄的味道。他抬眼望去，看到园丁怀疑的面孔。康尼大惊失色，敲了两下窗玻璃。

现在他坐在房间的沙发椅上，等待结果。

突然门打开了，热娜维耶芙拿着吸尘器走进来。她朝他微笑，把电源插头插上，开始吸尘。他注视着她，盯着她让吸尘嘴在桌脚与椅腿之间灵活自如地运动，然后慢慢靠近。她推开放沙发椅和沙发之间的小桌子，朝一侧吸起他双脚前面的地毯来。

现在她把吸尘嘴推到了沙发下方，当管子碰到其下方的边缘时，她俯下身子。她的臀部这时达到康拉德齐眉的高度。她穿着一件鹅黄色的工作围裙，几乎直抵腘窝。

康拉德知道，假如他用两只手抓住裙边，往高撩，热娜维耶芙也许不会反对。

他就这么做了，马上看到了由乳白色紧身连袜裤织补的布料做成的令人失望的线团，然后他听到一声叫喊，一记耳光随后落在他脸上。

他马上流出了眼泪。

"对不起，对不起，可是朗先生，您撩起了我的裙子。"当伊尔玛护士在监视器上看到整个过程走进来时，什瓦雅·罗曼内斯库诉苦道。

"我们不打病人，尽管他们是脏老头。"

昆德特博士引入的创新举措之一就是监视器的监控记录。每隔二十四小时配两组录像带，如果没有发生什么特别事情，录像带就被交替转录。那么他就有机会对辅助人员在上班期间的观察展开研究。特别有利于掌握即将使用的POM55的治疗状况，他们完全估计到了这些。他探病的时间差异很大，因为他要在马格达伦那医院不定期地上班。想等待药厂的决定，无论他们是否同意这样的或者这一阵容的试验。他首先想通知他的教授，递交解约申请。

威尔特医生并未获通知，他的探视严格按照时间表进行，也就简单地避免了与两位神经病学家的相遇。

施陶布利医生也按照西蒙妮的愿望跟昆德特来访的时间错开。她不相信这位家庭医生能对他的老病人埃尔维拉守口如瓶。出于这个原因，她也提防不能让他知道她与康拉德一起观看照片。

西蒙妮与昆德特医生、兰雅护士共同查看了监视器录下的影像。康拉德·朗一动不动地坐在沙发椅上，抬头，微笑。什瓦雅·罗曼内斯库手拿着吸尘器出现在画面左边。她推开小桌子，在沙发下面洗尘，弯腰，康尼独自掀开她的裙子，为此吃到一记耳光。

“这不符合他的性格。”西蒙妮惊叹道。

“病人性格发生了变化，对阿尔茨海默病患者并非不同寻常。”

“是这些照片。”兰雅护士说，“您与他看的这些照片，他小时候的照片。”

“这是一种解释吗？”西蒙妮问。

“病人常常十分倾心地生活在过去。如果康拉德·朗生活在这一阶段，他就处在青春期，理论上不合情理。我可以看看这些照片吗？”昆德特请求道。

兰雅护士探寻地望了一眼西蒙妮。西蒙妮点头之后，她走出房间，拿来一叠从相册中复印的圣·莫里茨学校时的照片。其他照片西蒙妮保存在她的卧室里。

昆德特注视着这些照片。“一个男人生命中并非最糟糕的时代。”他最后补充道，“如果一切进展顺利，在他丧失回忆之前，我们就会成功。”

西蒙妮不敢确定能否成功。接下来的日子她相信发现康拉德对这些照片的兴趣在减弱。还有同学的姓名，拍摄照片的场景，他也日渐模糊。康拉德的很多反应，在他最喜爱的话题上中断思路，当她想把他的注意力吸引到一张确定的照片上时，他怎样离开她全都掌握。而他开始对托马斯五六十年代的照片丧失兴趣，也与上述情形一模一样。

西蒙妮没有像其他妇女怀孕之初遇到太多麻烦，而如今却在她身上出现了若干状况：她怀孕前头三个月没有别人常常抱怨的并发症：早上恶心与呕吐，突然整天的眩晕。而如今，到了第四个月，这些症状常常消失的时段，却在她身上出现了。

“您不必对此担心。”妇科医生对她说。

“请您告诉我丈夫。”她答道。

乌尔斯·科赫最初因为过度关心打动了她，而现在他却让她心烦意乱。每当晚上她起床时，他都问："你行吗？宝贝？"她若在卫生间待的时间过长，他就会敲门，低声问："你需要什么，宝贝？"之前他从来不用"宝贝"来称呼她。

早上的呕吐让她很难在他面前隐瞒，没过多久这就被他当作反对康拉德·朗的理由。

"我钦佩你的投入，但你现在必须当心你的身体，把此事委托给专业人士去照料吧！"

正是在这种情况下埃尔维拉又回来了。

西蒙妮在埃尔维拉外出期间一再地自问，她有无把她找到的所有东西留在了"施托克里"；写字柜秘密抽屉内的相册有无按照一定顺序摆放好；复印社的工作人员有无忘记泄露秘密的书签或者页码之间的记录。

夜幕降临时，她感到紧张，因为她与乌尔斯为了欢迎埃尔维拉要一起共进晚餐。

西蒙妮接受了埃尔维拉的两个吻，无论如何不能让她有任何察觉。她看上去恢复了健康。面部不显眼地、但均匀地晒黑了。她的头发以一种较为柔和的浅色产生了讨人喜欢的效果。

她讲了一些她刚刚遇到的共同朋友，生气地指责托马斯的决定，正如他在电话那头所述，想凑齐三周的阿卡普尔科[①]圣

---

① 墨西哥南部港市。

诞游船旅行，然后转入正题。

“我们病人的情况怎样？”

“情况正常。”

“他还坐在那儿发呆？”

“不，在说话。”

“哪些内容？”

“从前的事。”

“什么事？”

“眼下正讲述‘圣·皮埃尔’的故事。”

“这肯定是五十年代的事情。”

“他倒退了，越来越深地陷入回忆之中。”

“这会把康尼弄垮的。因为他应该独自保重。”

乌尔斯朝西蒙妮微笑道：“我们应该跟她讲吗？”

西蒙妮站起来，离开房间。

乌尔斯不知所措地坐在那儿。

“行动起来，跟上她。”

“对不起，这是……西蒙妮……”

“我明白了。我为你们感到高兴。”

乌尔斯还没有走到外面，埃尔维拉也站起来。

施陶布利医生很迟接到一个电话，十点钟才来到杜鹃花别墅的门口，在那儿遇到了一位高挑的年轻人，他按下了匿名电铃按钮上的号码4，也就是客舍的号码。两个男人点点头。从对讲装置上传来了西蒙妮的声音。“昆德特医生？”

“对，是我。”

门禁响了一声。

“我可以进去吗？”施陶布利医生问道。

昆德特医生犹豫片刻：“我不知道，这儿的人非常严格地遵守保安条例。别墅里有人等您吗？”

“不，今天在‘施托克里’。但我常常到客舍里看望病人康拉德·朗。我是施陶布利医生。”

在路上，他向昆德特问道：“您刚到我们这里吗？”

“对，刚刚到。”

“精神病科？”

“不，神经心理科。”

“那威尔特医生呢？”

他们走到去客舍的岔路口，施陶布利站住等待回答。

“我感到很高兴。”昆德特说得有些急，把施陶布利医生晾在那儿。

心情不安的埃尔维拉在“施托克里”正等候着他。

“您看上去并非紧急情况。”施陶布利微笑着说道。

“晒黑的皮肤掩盖了苍白。我的血糖太高了，有时地面在摇晃。”

“您已经八十岁了，又刚刚从1 500米的高海拔下来。”

“我还不满八十岁。”

他跟她走进卧室。他给埃尔维拉测量血压时，她想知道：“他怎么了？”

“跟前天我们最近的一次通话一样没什么不同。”

“因为您没有提到他详细地回忆起了五十年代的时光。”

“我没有做，因为这不正确。至于您的血压有些人会嫉妒您，比如我。”

“西蒙妮提到他详细地讲述了‘圣·皮埃尔’的时光。”

“他虽然眼下又开口说话，但都是些混乱不堪的东西。如果她能明白这点，那么她自己就有问题。”

“她怀孕了。”

“那她就不应该在午夜时分与年轻的医生一道扮演护士的角色。”

“她真这么做了？”

“就是现在。我跟他一块儿进来的。昆德特医生，神经心理学家。”

“威尔特医生呢？”

“我也问了这个来着？”

“那么结果呢？”

施陶布利耸耸肩：“血糖值呢？”

埃尔维拉指了指化妆桌，上面放着一份她的血糖值、尿糖值和乙烯酮值的表格。施陶布利研究起来。

“变化在公差值范围内。”

“我只能说，我的感觉。”埃尔维拉冷冷地后退，“您总说自测值不准确。”

施陶布利开始在他的医疗箱里翻找。

“威尔特医生怎么啦？”

“我要问他本人。”

“请您让我随时了解情况。”当施陶布利医生在她的拇指上刺了一下，把一滴血抹到试纸上，埃尔维拉扭过头。

两天之后昆德特医生遭到了解雇。

施陶布利从威尔特那儿获悉，昆德特在康拉德·朗那儿的具体任务。威尔特早就听说了昆德特。他被视为克莱因教授马格达伦那医院老年病学主治医生的研究小组的大天才。

此人对威尔特的问询做出的反应出人意料，传唤来昆德特。

昆德特当面相当勇敢，相对真诚地做了答辩。对话持续了十分钟。然后昆德特立即遭到了解雇。理由是粗暴地损害了雇佣合同，对此不追究法律责任。

现在他比以前更加不自然地坐在西蒙妮那儿。“我现在除了找一份工作之外，别无选择。而且要尽量远离这里，教授的手伸得太长了。”

“您想过没有，成为照料小组的固定成员？”西蒙妮打探道。

“起码暂时可以这么做，直到您找到一个答案。”

“奥尼尔的上司不会让我做这个试验的。也许他此刻正在怒气冲冲的教授那儿走钢丝，向他发誓呢。”

“可是。”

“如果我们无法做这个试验，您能有什么举措？”

“我不想再见到威尔特医生。”

昆德特微笑道：“这也是一个理由。”

雇佣一名医院医生虽然不是一大笔钱，但对于西蒙妮可支配的用在康拉德·朗身上的预算却太多了。除了跟乌尔斯谈，她没有其他办法。

“你确定，这样可以减轻你的负担？”

“当然啦。全职使用这名医生。”

“埃尔维拉什么意见？这些花费最终还要经过她的账户。”

“倘若我们不必把我怀孕的每个问题都跟她谈，我会为此而感到高兴的。”

出乎意料，定期雇佣一位神经心理学家替代不受欢迎的家庭朋友解决怀孕问题，乌尔斯·科赫对此深信不疑。彼得·昆德特医生马上受到雇佣。出于会计的原因作为科赫企业的厂医，但是内部百分之百用于照料病人康拉德·朗。

正是这种会计上的窍门，向奥尼尔的药厂研究小组证明，昆德特医生作为瑞士企业集团公司的神经心理学医生可以纳入POM55的临床试验中。

好斗的奥尼尔博士的论据以及近年来研究领导对马格达伦那医院傲慢自负的克莱因教授愈加强烈的厌恶让她觉得有些多余。

9

“怎么把我们拖到这儿来了?”康拉德·朗问道。西蒙妮·科赫竭力想让他明白,他们坐在昆德特医生的汽车后座上,夹在一支车队中沿森林公路上行去大学医院。

康拉德跟她解释:“如果这些车行驶,我们也行驶。如果它们停车,我们也停下来。”他指指他们前面的汽车。

现在西蒙妮明白了:“你的意思是,像一列火车。”

康拉德摇摇头:“我是指这儿。怎么把我们拉到这里来了。”

西蒙妮已经习惯了,康拉德看到的东西,对她而言是隐而不见的。或者跟她看到的事物完全不同。他可能朝窗户望去,说道:“那里过去挂了一件其他东西。”这就意味着,他把窗户当成了墙壁上的画。

他解释一张照片时,也可能手脚并用,上面、下面、前景、后景什么的。因为他认为她也许无法理解三维。最近这种现象经常出现,这使所有的人感到不安。这张蒸汽轮船的照片,照片上的人物名字他过去都可以倒背如流,如今他得用这种方法跟她解释两次："那边的这个是这儿，那边的这个是那儿。"

他们在前往大学医院的途中，最近几天康拉德要到那儿进行各种临床检查，事关诊断性的总结分析，作为伦理委员会决策的基础，得出诊断的比较值。

他们在客舍完成的心理学测试终止了。他做了脑电图，同样还有各大脑分布区的供血测量。

今天他要做最后一次检查，计算机X射线断层照相。

康拉德要么无关痛痒，要么消遣性地忍受了所有的检查。现在他听话地让人帮助躺在担架床上，盖好被子，推入断层造影设备的圆柱筒里。

设备开始转动，起初缓慢，然后加速，越来越快，康拉德睡着了。

担架床从造影仪中被推出来时，他还睡着。

"朗先生？"女助理呼唤道。

"朗先生？"昆德特喊道。

康拉德没有反应。昆德特温和地摇摇他，然后用力摇晃。

"早上好，朗先生！"他的声音真有点响。

康拉德睁开眼睛。然后把被子从身上扯下来，看到自己赤裸的脚丫。"我当然非常清楚。"他激动地喊起来，"三根脚趾。"

他从担架床上跳下来，落到地面，非常不幸，摔断了胫骨和腓骨。

"倒霉到家了，可怜虫！"施陶布利医生做检查时讲起康拉德的事故，埃尔维拉·森评论道。听起来并非特别冷漠，而是好奇。“情况很糟糕吗？”

“骨折本身并不复杂。如果他卧病在床，这对阿尔茨海默病患者是一个沉重的打击。他不得不放弃体操，克制激动，并协调各种能力，诸如循环缺陷、血栓、肌萎缩、骨质疏松等，因为并发症的危险在增加。”

“这也会加重病情吗？”

“风险很大。”他在病历本上记录。

“对他来说这样可能更好。”

施陶布利医生抬起头：“为什么您这样认为？”

“这已不是生活啦。”

他考虑了一会儿：“我不知道，也许只是我们的想象。也许他生活在一个世界里，而大家对此一无所知。也许这就是本来的生活。”

“您别这么当真。”

施陶布利医生耸耸肩：“不管怎样我无需做决定。”

昆德特与奥尼尔决定，为谨慎起见不向伦理委员会提及这次事故，他们要在两天后对“昆德特医生的申请”做出裁定。

断层造影时的事故也有其积极的一面。康拉德·朗的病史，威尔特医生勉强吞吞吐吐地分三个阶段说了出来，提到了大约一年前的第一次计算机X射线断层造影时的类似事故。当时病人把该过程与失去的三个脚趾联系起来。

“这就是说首先，他早在一年前就学到了某些新东西。”昆德特向西蒙妮·科赫解释道，“其二，它在插曲一样的记忆中存储下来，然后能通过相同的插曲调出来。”

“这是一个好迹象吗？”

“也许大脑中的该区域尚未损害到无法再接受刺激。”

昆德特和奥尼尔决定向伦理委员会夸奖事故积极的方面。

西蒙妮·科赫在伦理委员会做出决定之前探望了康拉德，这次她带了新照片。

他躺在医院的病床上，呆呆地注视着他打了石膏、吊在床架上的一个滑轮组上的大腿。当她把那些两个男孩与埃尔维拉旅行的照片给他看时，他似乎并不特别感兴趣。

他想象自己站在空荡荡的圣·马克广场上的托马斯与埃尔维拉身边，一群鸽子围绕在他们左右。根据较短的阴影可以推断是中午时分。背景是咖啡馆拱廊前面无人就座的桌子，咖啡馆的遮阳篷全都放下来，这样更明智的人在后边可以安心用餐，而免受阳光的照射。

康拉德知道有些照片的拍摄地点。“威尼斯。”他说。或者：“米兰。”而且所有的照片他都认出了托米、康尼、维拉妈妈。

“维拉妈妈？”

“维拉妈妈。”

他想象在空旷无人的沙滩上，一把条纹状遮阳伞的阴影下与托米一道建造城堡。背景同样是一排条纹状的海滩小屋正好在太阳伞的阴影边缘处，埃尔维拉穿着一件端庄的泳衣躺在躺椅上。她旁边是第二张空着的躺椅。

“托米，康尼和维拉妈妈。”

“在哪儿？”

“在海边。”

最后一页是三张照片。一张展示了深色船舱的局部，两排舷窗，外皮是粗粗的铆钉图案，漆有“多佛”字样的白色舷梯，朝船内耸起，在一半昏暗之中可以认出一位没穿制服的男子，穿着白衬衫的前胸。

第二张照片再次从近处展示了同样的舷梯。背景是一名穿制服的人，前面部分，背靠船，埃尔维拉与托马斯，正在朝照相机挥手。

第三张照片打动了康拉德。照片上反方向的舷梯，背景是港口建筑，几位头戴帽子、身披大衣的人正在挥手致意，前方，在舷梯上有一位男子与一位女子。可以看到他微笑的窄窄的嘴唇，他的眼睛被一顶宽边毡帽的帽檐遮住了。他身穿浅色衬衫，系一条条纹领带，三件套的法兰绒衬衫，外披一件敞开的粗花呢外套。他衣领高高耸起，左手插在缝得很高的口袋内，使得手臂不得不弯曲。

无法识别，他有无把右手垂下来或者放在他身旁女子的腰上。她跟他一样高,挑衅性地冲照相机微笑。一顶皮帽子大胆地置于她的刘海之上。她穿一件粗呢女装,与帽子相配的毛皮领,一件细斜纹的套衫,一件开司米式样的长围巾。右肩挎着一只长长皮带的挎包。

“妈妈,安娜。”康拉德轻蔑地说出来,猛地一下子把照片从床上抹掉。

西蒙妮后来更仔细地端详这张照片,确认照片的女子与被解雇的红发女护士索菲·贝格尔有某些相像之处。

康尼不得不在黑暗中躺在床上,尽管在黑暗中他感到害怕。他不许喊叫,不许起床。

不然,吵吵嚷嚷的、送煤来的浑身漆黑的白眼睛男人就会把他带走。那些人扛着鼓鼓囊囊的黑麻袋走进酒店地下室,手里拎着瘪掉了的黑色袋子从里面出来。有一次他看到他们中有人扛着一只半满的袋子出来,他问安娜妈妈袋子里装着什么。“像你这样不听话的人。”

“这些人如何对付他们?”

“这些人如何对付他们,你怎么看?”

康尼不知道,但是他内心想象着最糟糕的情况。

他不得不待在黑麻袋里,这是最糟糕的情况,始终处于黑暗之中。

康尼过去不怕黑暗,他们待在伦敦时才开始怕的。在伦敦有时会突然响起警报，然后一片漆黑。据说，他们为战争而演习。他观察人们，他们也害怕。

本来他就害怕警报，也害怕黑暗，现在他把黑暗与警报联系在一起。

康尼无法在害怕黑暗与害怕亮灯被逮住之间选择。他选择了后者：开灯。因此现在安娜妈妈把他的腿脚捆在了床上。

他还能听到她与那个不准来看他的男人待在一起。如果这个男人看到他，康尼就得钻入麻袋。

以前也有男人们走进来，并且留下。但是他们不许看他。他允许告诉他们好消息，然后开始上床。他们有时给他带东西来，但不允许看他。

因此他就待在黑暗之中。

兰雅护士坐在护士站里，通过监视器观察康拉德的卧室。这个房间黑黢黢的，只能辨认出康拉德·朗在较亮病床的背景下的轮廓。他一动不动，但她知道，他醒着。康拉德·朗仰卧在那儿，就像现在，打了石膏没有其他的可能，然后他打起了鼾。但是通过扩音器听不到任何鼾声，只有平稳的呼吸，一个躺在黑暗之中，醒着的人在深深吸气。

兰雅护士从椅子上站起来，轻轻地走下楼梯，小心翼翼地按下康拉德卧室的门把手。她站在房间里时，发现他屏住了呼吸。

“朗先生？”她轻声地问道。没有反应。她走到床边。

“朗先生？”

康拉德·朗一动不动。现在兰雅护士感到了不安，她寻找铃铛旁边吊在把手上的开关，打开灯。

康拉德·朗用手捂住眼睛。

“安娜妈妈，我没有开灯。”他乞求道。

“安娜妈妈不在这儿。”兰雅护士说罢，拥抱了他。

次日早晨交接班时，兰雅护士向伊尔玛通报此事：“告诉医生，过去的魔鬼让他无法入睡。”

之后昆德特医生和西蒙妮查看了此事的录像。

“他为什么会害怕灯光呢？”西蒙妮问。

“他不是害怕灯光，而是害怕开灯。因为安娜妈妈禁止他这么做。他并不害怕灯光。他只是害怕安娜妈妈。”昆德特把录像倒回来，直到康拉德·朗捂住眼睛的地方，乞求道：“安娜妈妈，我没有开灯。”

“安娜妈妈。”西蒙妮重复道，“你知道他为何管她们叫安娜妈妈和维拉妈妈？”

“儿童语言。”昆德特猜测道。

“或者也许是：两个童年的孩子，都把她们的母亲叫妈妈。但一再混淆，因此就有安娜妈妈和维拉妈妈的说法。”

一周之后伦理委员会终于同意康拉德·朗，67岁，在

POM55测试中一次性用药，昆德特几乎有些迫不及待地想把这个决定告诉西蒙妮。

但西蒙妮度过了一个很糟糕的夜晚。乌尔斯坚持叫施波利医生过来。在诊所开门之前他过来了一趟，嘱咐卧床休息。她怀孕已第十八周了，早上的恶心从没有如此糟糕过。如今深更半夜了她还躺在床上辗转反侧，有时甚至不得不三点钟起床，去呕吐。

“多半不正常。”乌尔斯一再说。他习惯了别人认真对待他的异议。

施波利医生安慰他：“呕吐与眩晕属于健康的妊娠反应。从研究中我们发现遭受这样折磨的孕妇所怀的婴儿，通常较重，更能准时出生。”

尽管如此他还是嘱咐西蒙妮卧床休息，与医学上的必要性相比丈夫更需要安慰。

家庭的女主管堪德拉丽娅得到了严厉的指示：不许他妻子接听电话与接待访客。

“这非常重要。”昆德特坚持道。

“医生说不行，那就不行。”堪德拉丽娅说，“您自己也是医生。”

那么他只好耐心地等到了下午，西蒙妮感觉好些了，尽管堪德拉丽娅抗议，她还是去了客舍。

“可以开始了。”当她走入护士站时，昆德特顺便说道。护士站越来越具有观察室的功能。

昆德特指着屏幕，看到理疗师在尽力帮助床上麻木不仁的康拉德，西蒙妮若有所思。她抬头注意到昆德特皱着眉等待她的反应，她马上理解了。

“他们开了绿灯。”

“明天奥尼尔把POM55带来，后天就可以开始。”

“那么快？”

“我们等一天都可能造成大量的细胞损失。”

西蒙妮在这张搁着咖啡壶与热水瓶的桌子旁边入座。这几个月她变了，很少用化妆品，穿着也没有那么雅致。她的风格更实际，式样也更古典。她的气质赢得了更多的女人味。人们并不能从她的身材上看出怀孕的迹象。但她显得有些苍白，化妆也没有使她眼睛下的黑眼圈完全消失。

“您感到好一些吗？”昆德特医生问。

“我们可以把您算在我们的试验小组里吗？”

对于昆德特等人获得的许可需要实施一系列的试验，他们想依次测试治疗的效果。除了用仪器、实验室诊断和心理学检验之外，他们还想借助那些老照片控制康拉德的记忆力。西蒙妮因此同意共同参与这项计划的部分工作。她想与康拉德继续看这些照片，遵循一定的提问方式，希望能够根据他的回答来确定他的记忆能力是否继续恶化或者得以保持。

“当然你可以把我考虑在内，但最好安排到下午。”

康拉德最喜欢的照片是一辆停在森林边草地上的梅赛德斯—奔驰敞篷汽车。埃尔维拉靠在紧贴优美弧形前挡泥板的备用轮胎镀铬外壳旁，洁白的裙子拖至小腿肚；带翻边的两排扣白色短上衣，手套，巴斯克帽，左边的帽檐盖过右耳，只有鞋袜是黑色的。

她的左臂下挎着一只无把手的鳄鱼皮包，右胳膊肘无拘无束地撑在敞开的窗户上。乍看上去，似乎照片上只有她一人。但康拉德第一次看这张照片时，就让西蒙妮注意左后挡泥板后面的一缕头发：“康尼。”更仔细地查看的确可以认出遮住了一半的额头和探出来的一只眼睛。

然后康拉德指指前左边挡泥板：“托米。”那儿的汽车前灯与水箱之间的空隙躲藏着一个小男孩。“梅赛德斯可以开到110。”

此后他每次都等待着。当轮到观看这张照片时，他都自娱自乐，那些照片有没有引起她的注意。当她做了讨他喜欢的举动，没发现照片上有什么特别之处时，他就像小孩子那样快乐地指指两个躲猫猫的孩子。“康尼——托米。”有行为能力地添上一句。“梅赛德斯可以开到110。”

当他麻木不仁、压抑沮丧地把照片推开时，她每次都用字谜画把他从这种情绪中解放出来。如果有必要，也可以连续多次。

她正在跟康拉德玩这个小游戏时，伊尔玛护士走进来，通报奥尼尔医生已经到了，想跟西蒙妮谈谈。

在起居室内西蒙妮与昆德特站在桌子旁，围着一台接上管子的小型装置，一只面具插在接管上，看上去如同氧气面罩，每次飞机起飞时机组人员向乘客展示的那种玩意儿。

奥尼尔没有在问候上耽误时间："我们应该进行试验，看看他反应如何。"

"这是什么仪器？"

"一种喷雾装置，我们可以用此释放POM55，让患者吸入。"

"吸入？我本来以为是喂药或者注射。"

"这样做更好。但我们也不知道能达到何种程度。他必须吸入，这是克服血脑屏障的最佳途径。"

西蒙妮点点头："我能做什么？"

昆德特医生接过话茬："喷雾器现在需要注水和注入几滴香精油。我需要您再次回到康拉德的房间，继续一道看那些照片。然后我们走进去，您再请他做雾化，我们观察有没有问题，面罩是否合适等等。让他尽量放松。"

西蒙妮回到康拉德房间，他正在独自打盹。她费了一些劲把他的注意力吸引到照片上来。当轮到那张梅赛德斯的照片时，他的兴趣又变得浓厚了。

"哈，这儿，埃尔维拉在一辆汽车前面？"

他微微一笑，没说话。之后他指指后挡泥板：“康尼。”接着又指指前挡泥板“托米”。

然后他笑起来，补充了一句：“梅赛德斯能开到110。”

昆德特医生和伊尔玛护士端着仪器走进来，把仪器摆在康拉德平时吃饭、可旋转的活动桌板上，他几乎都没有发现他们的举动。

医生与护士灵巧地经过他们身旁，从他床边绕过来，西蒙妮这才拿起床单上的照片，说道：“好了，我们现在快速做一下雾化。”康拉德方才注意到这台设备。“这是什么？”他问伊尔玛护士。

“雾化器，用于吸入药粉。”

“原来如此。”他点点头。但是仔细打量他时，发现他并不知道应该怎么做。

“我们给您戴上面罩，然后您深呼吸几次，就这些内容。”

“原来如此！”他点点头，然后看了看西蒙妮，冷笑一声，耸耸肩。

“这会对你有好处。”她说道。康拉德毫无抵抗地让人给戴上面罩。

昆德特医生命令道：“吸气——呼气——吸气——呼气。”康拉德·朗听从指挥。在第五次呼吸时，昆德特按下雾化器上的阀门按钮，以便在他呼气时再度释放气体。康拉德平静地呼吸了几次。

在第七次雾化时，昆德特不再摁按钮了，让康拉德深呼吸几次，然后把面罩给他解下来。

“完成了。”他微笑道，“您感觉怎样？”

康拉德朝西蒙妮微笑了一下，耸耸肩。

护士把桌板运走，西蒙妮再度把照片放在床单上。昆德特和护士离开房间时，他们听到康拉德在说：“梅赛德斯能开到110。”

小船缓慢地沿河顺流而下。河岸边的热带丛林朝水里生长。康尼把船桨插入水中，击水，举起，使船往前，再次插入水中，举起，使船往前，再次插入水中。船越来越快地前行，河水流动，船往前驶，河水流动。

现在康尼听到了一个声音，还说道：“划呀，划呀！”

康尼把船桨插入水中，击水，举起，使船往前，再次插入水中，击水。

“划呀，划呀。”那个声音命令道。

我正在划呀，康尼想。

“呼吸，呼吸。”这个声音说。

康尼睁开眼睛。一张脸朝下望着他。嘴巴、鼻子和头发用一块布给盖住了，他只看到了眼睛。

“呼吸，呼吸。”这张脸说道。

康尼呼吸。突然一阵可怕的疼痛从他身上一闪而过。他想抓肚皮，但无法做到。他的手被捆住了。

他叫喊起来。有人把面罩按在嘴和鼻子上。

康尼竭力把脑袋扭开。

有人把他脑袋摁住，他肚子疼。

“呼吸，呼吸。”这个声音说道。

康尼屏住呼吸。

“呼吸，呼吸。”

康尼呼吸。

疼痛消失了。

“划呀，划呀。”一个声音说道。

康尼把船桨插入水中，击水，举起，使船往前，再次插入，击水。船越来越快。河水在流动，船向前驶去。

“划呀，划呀。”

“呼吸，呼吸。”

“呼吸。”

“呼吸！”

康尼睁开眼睛。一片漆黑。他大喊，大声喊叫，喊叫。

门开了，灯也亮了。兰雅护士跑到康尼的床边。

他把被子掀开，捂住自己露出来的肚皮。

“好了，好了。”兰雅护士说道，抚摩着他的脸。

“受伤了。”康尼呜咽道。

“让我瞧瞧。”兰雅温柔地把他的手挪开，下面露出了康拉德过去留下的盲肠伤疤。

从西蒙妮那儿传来一条坏消息。她心神不安地睡觉，但两点过后就醒来了。她一直试图均匀地呼吸，微睡之中的乌尔斯就不会察觉。她躺在那儿醒着，乌尔斯就会再次催促她："怎么啦？你感觉不好吗？我给你拿点什么来？我去叫医生吧？因为不对劲。因为不正常。也许我们得换个医生。你太不爱惜自己了。这都是在康尼身上闹的！你现在要为两个人承担责任。这不只是你的孩子，也是我的孩子。我拿点东西过来？你要去浴室吗，宝贝？"

当她看到通往书房的门下有一束灯光，才注意到她独自一人躺在床上，她打开灯。

门慢慢地开始旋转，唾液差点从她嘴里流出来。她坐在床边，竭力把注意力放在其他方面。突然她似乎听见书房里传来乌尔斯的声音。她慢慢地站起来，走到门边，打开门。

乌尔斯身子的一半趴在小写字台上，面带微笑，把听筒紧紧贴在脸上。他对西蒙妮的进入做出的反应好像被捉了奸，再欺骗已毫无意义。他干脆坐在那儿，放下听筒，注视着她反感地把身后的门关上。

西蒙妮设法来到卫生间，她一辈子都没有这么呕吐过。

她不知道在抽水马桶前跪了多久。当她面色苍白，精疲力竭地从卫生间回来时，施波利医生正在恭候她。她带他到"罗兰爱思之屋”，看也不看站在医生旁边的乌尔斯。她关上门，躺在卧榻上。医生测量了她的脉搏与血压。

“您必须住院，直到身体好转。”

“在医院里不会好的。”

“但在那里我们可以用人工方法给您提供营养。您体重没有增加，这对您的孩子非常不利。”

“人工方法提供营养我们也可以做。”

“您需要护理和监控，这在医院里才能办得到。”

“我这里也有医院啊。”

太阳下山之后不久，西蒙妮在客舍二楼一间双人卧室里挂上了吊瓶。乌尔斯对一种微弱的、徒劳的企图表示抗议。

“安静。”她只说了一句，他马上便不吭声了。

施波利医生经历了最初的怀疑后，对客舍的标准、人员的配备与设备留下了深刻的印象。

兰雅护士熟练地准备输液，当施波利医生把针扎上时，她轻手轻脚地固定针头与输液管。

过了一会西蒙妮就睡着了。

西蒙妮被一阵不自然的轻微咳嗽闹醒了。她睁开眼睛，伊尔玛护士正站在床边。她站在旁边，正在更换输液瓶。

“您丈夫刚才在这儿。”她微笑道，“我说，不许打扰您。”

“好，以后就这样跟他说，几点了？”

“刚刚过了两点。”

西蒙妮吓了一跳，她足足睡了八个小时。“朗先生怎么样？”

“一切都准备好了。”

“为什么不把我叫醒？”西蒙妮把被子推开，想站起来。伊尔玛护士赶紧把手放在她肩头上。

“昆德特医生说过，不许我叫醒您。但是当您醒来，我一定要通知他。我马上通知，您等一等。”

昆德特医生片刻过后走入房间。

“我想，那边可能需要我。”西蒙妮问。

“我们想再等等看，更换输液瓶时您有没有醒来。”

“我若没有醒来，我不在场你们也可以开始。”

昆德特会心地一笑：“您已经醒了。”

“那么，您就相信我吧。”她把胳膊伸给他。

“您感觉真能胜任吗？我觉得没问题。兰雅护士已经在那儿了，她能让病人安静。”

“他感觉不安吗？”

“他度过了一个不眠之夜。因此兰雅护士在那儿。”她说道。

“您相信我吧。”

昆德特站起来，取来消毒剂和一块橡皮膏，夹住输液器具，拆下针头，消毒，包扎针眼。然后他走出去。“我们在下面等你。”

在康拉德的卧室里雾化器已在可活动桌板上装好。在他视野范围之外倾斜地立在床后边。昆德特、奥尼尔和护士伊尔玛站在一旁，西蒙妮走进来时，他们朝她点点头。

从奥尼尔的发型可以推断他度过了一个不平静的夜晚。

兰雅护士坐在康拉德床边，与他一道看照片。西蒙妮走进来时，他匆匆抬起头，用一种惊奇的微笑问候她，这就是说：你是谁，陌生的美女？

“不打扰你们，我只想在一旁观看。”

康拉德对众多听众感到高兴，他继续开始解释那些照片。他比前一天更有记性，在那些他并不特别感兴趣的图片上也会逗留：威尼斯、沙滩和米兰教堂。

奥尼尔医生在背后打开了一只保温箱，从中取出一小瓶安培剂，对其橡胶瓶塞做了消毒，刺入一个针头，提取其中的药品。他把这种药物注入雾化机的喷雾器内，朝西蒙妮点点头。

兰雅护士翻阅着康拉德最喜欢的照片。“这张我们也感兴趣。你可以给我们解释一下吗？”西蒙妮请求道。她朝奥尼尔点点头、雾化器的压缩机开始发出嗡嗡声，伊尔玛护士把可移动桌板推向床边。

康拉德对这种游戏感到高兴。正当他要开始时，西蒙妮却说：“啊哟，我们之前快速地做一下雾化。”

她把照片从被子上拿开，伊尔玛护士把雾化器推到康拉德的鼻子下。

“这是什么？”

“现在又是雾化时间了。”

康拉德没有出洋相。“当然啦”，他点点头，毫无抵抗地让人套上面罩。西蒙妮和兰雅护士朝他微笑，然后她们给昆德特医生让出位置。

“吸气——呼气——吸气——呼气。”他命令道。康拉德听从了。昆德特调整了他的节奏。然后他摁下阀门按钮，释放，按下，释放。每次呼吸康拉德都能吸入了精细的化为雾状的POM55。

“吸气——呼气——吸气。”

“呼吸，呼吸。”

康拉德·朗闭上眼睛。

“呼吸。”

喷雾器的水平面下降。

“呼吸，呼吸。”

“划桨，划桨。”

康拉德睁开眼睛，抓住雾化面罩，硬要把它从脸上扯下来。

没人有准备，没人机智果敢地阻止他。但昆德特还是成功地把仪器从疯狂地挥动着双手的康拉德·朗跟前转移到安全地带。

无法再说服康拉德·朗再次戴上面罩，所以奥尼尔和昆德特勉强决定暂时停止。奥尼尔算出了残留的POM55的数值，到发生这次意外为止共有80%的剂量得到了释放。

“这应该够了。”他说。听上去不特别令人信服。

康拉德还需要一些时间才能完全安静下来。西蒙妮想用这些照片吸引他，也无功而返。直到大家全都离开房间，兰雅护士拿来了她的蜂蜜杏仁，用温柔的多混合语言与他攀谈，他才慢慢地放松下来。

现在昆德特、奥尼尔和西蒙妮坐在护士站内。

“药物倘若没有发挥作用，那么我们就永远不知道给药的剂量是否太小。”昆德特气呼呼地说。

“试验药品的剂量反正是碰巧的事。”奥尼尔安慰他。

“现在可能出现什么情况？”西蒙妮打听道。

“现在只能干等。”昆德特答道。

“多久？”

“直到产生效果。”

10

“他们试用过了哪种方法？”埃尔维拉·森惊愕地问道。

“康拉德·朗在临床测试的框架内服用了一种尚处在研究阶段的药物。”施陶布利医生说。

“他们同意这么做啦？”

“如果医生提出申请，所有参与者同意的话。”

“就没有来问问我。”

“您没有参与这件事。参与此事的有医生、制药厂、伦理委员会与病人。在这种情况下是监护机构。”

“所有各方都同意了。”

“显然如此。”

埃尔维拉·森摇摇头。“我在想，这种病不可治愈。”

“是这样，迄今为止是这样。”

“康尼也许会成为第一个他们治愈的人？”

“最好他对阿尔茨海默病的科学研究做出贡献。”

“在他不知道的前提下？”

“一无所知。”

之后几天客舍里的医护人员都在关心着两位病人能否再度恢复健康。

康拉德·朗配上了行走用的管型石膏，治疗医生、伊尔玛护士尽力让他每天都能活动几步。

西蒙妮·科赫一天之中大部分时间都在输液中度过。到下午她要与康拉德共同观看大约一小时照片。只要她能持久吸引康拉德的兴趣，就向他提出他们斟酌过的问题。昆德特医生在屏幕旁对这些问题做出分析。

迄今由通常的波动判断，能够确定病情没有恶化，但这么短时间内也没有乐观的理由。

这些天客舍发生的惟一意外是托马斯·科赫的造访。

他晒得黑黑的，突然充满活力地站在大门口，要求进去。伊尔玛护士过去从未见过他，犯了一个错误。询问他是何许人，想干什么。他也犯了一个错误，回答她：“这管你屁事，让我进去！”

昆德特医生听见大门与挡风门之间传来大声的吵闹，过来查看究竟发生了什么，才解了围。

片刻之后托马斯神情激动地站在他儿媳妇挂吊瓶的房间里。

她的表情——漂亮的女人和他未来孙儿的母亲——很快让他得到安慰。放弃抱怨伊尔玛护士不礼貌的迎候，他说道：

“我希望你会很快康复。”

“我也这么希望。”西蒙妮叹息道。“你怎么样？”

“哪里？”

“我不知道，你刚刚去过的地方。”

托马斯·科赫想了一会儿：“牙买加？”

“也许你旅行的地方太多了。”

“为什么？”

“因为你考虑了很久你刚去过的地方。”

“这是年龄问题。”他的笑声有点响亮，之后坐到床边的椅子上。他的神情变得严肃起来，像慈父一样拿起她的手。

“乌尔斯向我承认，你不仅仅是因为怀孕才睡到这里来的。”

西蒙妮没有作答。

“我给他洗了脑。”

她期盼他能松开手。

“我担心，这是他从我身上继承的。本性难移。但有一点请你相信科赫家族。如果有硬碰硬的话，我们站在女人一边。其他别的不能代表什么？没有。”

她抽回手。

“我理解你。一般不这么做，尤其女人还抱有期望，不这么做。为此没有对不起。”他转到了正题：“尽管如此：我还是认为，你应该从这里搬出去。医生、护士，还有一个垂死的老人，这对行将成为母亲的人来说是一种压抑的环境。我们在那边给你安排一个房间，投入女护理员。你会惊叹你很快就会痊愈的。”

“这里有我需要的一切，我得到了十分周到的护理。不忠的丈夫对一个要当母亲的人并不算理想的环境。”

“这不会发生了。”

“这会经常发生。”

“会再次恢复正常的！”

“不可能！”

听上去好像西蒙妮早就深思熟虑过了。尽管如此她到了现在，也就是此刻才弄明白：不可能，不可能恢复正常啦，再也不可能了！到时候了，她应该考虑考虑下一步怎么走。

“这意味着什么？”

“我也不知道。”

“别干蠢事。”

“肯定不会。”

托马斯站起来：“有什么需要我向乌尔斯转达吗？”

西蒙妮摇摇头。

“祝你尽快康复。”托马斯说罢，按了一下她的胳膊，站起来。

“你去看过康拉德了吗？”

“没有。”

“为什么不呢？”

“我不知道跟他说什么。”

“谈谈过去的时光。”

“过去的时光只能让人变老。”托马斯冷笑道，走出房间。

从此西蒙妮觉得好多了，当晚从特种饮食厨房里传出的谣言也不攻自破。对于她饥饿代替了恶心。她请求惊奇的兰雅护士送些吃的，津津有味地吞掉了两块大号的萨拉米三明治。晚上她睡得特香，到了次日早晨眩晕与恶心感就彻底消失了。她开口大吃一顿早餐。

突然地确信：她不再爱乌尔斯，不想与之继续生活。这让西蒙妮得以痊愈。

她从此不需要输液，但在考虑好后续的步骤之前，她暂且向科赫家族隐瞒这些事。眼下她还想待在客舍里。

西蒙妮的身体迅速好转，而康拉德·朗的病情却急剧恶化。

夜间，他多次试图起床。每次都是一刻不停地注视着监视器的兰雅护士及时出现在病房，阻止了最糟糕的事情发生。

每次他都坚持自己穿衣。兰雅在传统中长大，接受教育，因此特别尊重老人及其意愿，每次都扶他走到衣柜前，帮他穿衣服。

康拉德随后穿着怪异地站在房间里，兰雅也尊重他的意愿，他已经不知道打算干什么。

兰雅耐心地帮助他再次脱掉衣服，躺倒在床上。给他端来茶水，待在他身旁，直到他入睡，才回到护士站的监视器旁，直到下一次。

在提取当晚记录时，一些情况引起了昆德特医生的不安，康拉德的英语变糟了。他寻找了很久的词汇，却把英语、法语，还有些西班牙语混在一起。

他在床上解手也是不祥之兆。康拉德·朗有时候大小便失禁可能与他的失用症相关，这表明处于晚期的阿尔茨海默病患者的无能以及复杂的情节过程。但在护理人员的帮助下在他身上还没有造成较大的困难。

现在他的大脑开始失去对大脑的控制令人担心。

昆德特医生估计，病人的状况正在恶化。当天下午西蒙妮按惯例与他一道观看照片，他神情紧张地注视着监视器。

几分钟之后，他便知道他的担心得到了证实。康拉德·朗虽然对西蒙妮给他看的照片感兴趣，但却像第一次看见照片那样，几乎回答不出标准的问题，几乎解释不出标准的问题。西蒙妮不得不一再寻求这种情况下所约定的保护；西蒙妮越来越频繁地向隐藏的摄像头投来迷惑的目光。

当她翻到那张敞篷汽车的照片时，昆德特在椅子上忍不住了。他起身尽可能近地贴在监视器跟前。

她提了常问的问题："这是埃尔维拉吗？"

康拉德每次都犹豫片刻，但这次显然没有让西蒙妮烦躁，而是因为他的确无需考虑。

然后他点点头，面带微笑。西蒙妮随后也轻松地微笑起来，昆德特在监视器前也笑了。

康拉德·朗指了指左挡泥板后面康尼的头发，说道："托米康尼。"

然后他指指前挡泥板的左边大灯与冷却器之间的托米说道："康尼托米。"

西蒙妮即兴表演，她指指隐藏的男孩，康拉德迄今总把他当作"康尼"，问道："康尼？"

康拉德快乐地摇摇头，叮嘱她："托米。"

"梅赛德斯—奔驰能开多快？"

"不知道。"

昆德特和西蒙妮一起观看照片。"当您指向'康尼'时，他说'托米康尼'？"

"当我指向托米时，他说'康尼托米'。"西蒙妮补充道。

"他想隐瞒，他不知道两人之中谁藏在何处。"

"我插话的时候，他为什么要隐瞒名字呢？"

"因为他已经忘记了托米康尼和康尼托米的计策。"

西蒙妮感到很沮丧："这就是说，治疗没有效果。"

"药物还没有发挥作用。这只是表明，疾病正在不可抑止地发展。但是通过POM55没有说明任何问题。也就是说，在药物产生作用前，神经细胞与神经细胞的后续连接被剪断了。我们遇上倒霉的事情。"

“尤其是康拉德。”

“尤其是他。”

两人沉默了。然后西蒙妮说:“您想象下,药物有作用,但还不到位。”

昆德特对这种设想不陌生。

康尼打量着房间里所有人的面孔,他们从裱糊纸和门帘处注视着他,大多数人都面目狰狞。有些人集友爱与可恶于一身,只有少数几个人友爱可亲。

当他一动不动时,他们就不看他,也不对他做什么。

熄灭灯光没有用,然后会出现另外的面孔。这些面孔,随风而来,扮着鬼脸。还有动物跑过来,在椅子上等待。因此还是不要熄灯,这样会更好。这样就可以把面孔保留在眼球上。这样只有衣服搭在椅子上。

希望康拉德的变化只是一种暂时的低潮,但以后的日子却完全落空了。

昆德特医生的试验得出的实际测量的大脑数值明显恶化,而且还出现了生理学上的倒退。一种诊断,理疗师也向他做出证明。

约瑟琳·约伯特,劳作疗法师的报告也有些失望。康拉德总是全身心地投入到创作水彩画上。结果越来越抽象,他的图画上,他一直用作插图说明的正字法也受到了损害。几乎每两个单词的字母都出现了字母或者音节的重复,因为他忘记了已经写过的前两个字母。比如他把“Europa”(欧洲)写成了“EuEuropa”或者把“Apfelbaum”(苹果树)写成了“Apfelelbaumaum”。

西蒙妮用断断续续的德语在他面前领唱漫游曲、圣诞歌曲和大学生歌曲,他一如既往地跟着哼唱。

但是对西蒙妮给他看的那些照片他却做出消极的反应。她问他,这是哪儿,他再也说不出“威尼斯”,“米兰”或者“在海边”。在她问道:“这是大海吗?”或者“这是威尼斯吗?”他最多点点头。

她把那张圣·马克广场的照片给他看,问道:“这是巴黎吗?”他点点头。

他无法区分托马斯和他本人。他混淆了他们俩,或者把两者称为“托米康尼”和“康尼托米”,相反他在那张“维拉妈妈”的照片上认出了埃尔维拉·森。

西蒙妮最后一次与康拉德看完照片之后回到了自己的房间,把照片复印件放在桌子上,她感到一阵沮丧。

“你康复了,我真的很高兴。”她身后传来一个声音。

声音是托马斯·科赫的,他坐在床沿,此刻站起来。西蒙妮打量着他,等待他发话。

“护士放我进来。她也许想到我是这幢房子的主人。”

“如果是这个消息把你吸引过来,我不会返回别墅。”

“这是你与乌尔斯之间的事情。”

西蒙妮等待着。

“康尼怎么样?”

西蒙妮耸耸肩。“他今天非常糟糕。”

“特效药呢?”

“没作用。”她说道。“暂时没作用。”她马上补充了一句。

她从未见过托马斯·科赫露出这种神情。他的自信全都烟消云散了。他尴尬地站在她狭小简陋的房间里,不知道手应该放在哪里,好像忧心忡忡。

“你坐下。”

“我时间不多。”他从桌子上拿起照片,心不在焉地翻阅起来。西蒙妮吓了一跳。但托马斯似乎对这些照片的来源并没有想法。

“那么多回忆。”他若有所思地嘀咕着。

“对他来说日子一天天少下去。”西蒙妮指指海滩上太阳帆下面的一个男孩:方脑袋,粘在一起的眼睛。

“那是你,对不对?”

“这你也认出来。”

“康尼无法区别你们俩。有时候他管你叫康尼,有时候又叫托米,有时候他把你们称为托米康尼和康尼托米。”

“多么可怕的疾病。”托马斯继续翻看着照片。“这是怎么开始的?”

“像所有人一样：一点点忘记，微不足道的丢三落四，丢东西，忘记姓名，使用菜单有困难，丧失了方向感，然后再也认不出熟人，忘记了事物的名称，不知道其用途，什么也记不住，只能回忆过去的事情。”

“使用菜单时的具体表现怎样？”

“那些过去不用一分钟就能读懂菜单的人，如今坐在那儿，翻阅，无法做出决定。”

托马斯点点头。好像他知道她说的东西。

“你需要看看他吗？”

“不。”他马上说，“不，也许下一次。你肯定理解。”

西蒙妮明白，托马斯·科赫真正担忧的是自己，而不是康拉德·朗。

康尼托米还可以睡觉。他疲惫了，但他不想睡。他入睡时，他们就会走进来，用针刺他。

他仰卧时，没有交叉胳膊放在后脑勺。这样他们就会刺他腋窝，用长长的针。

托米康尼不知道什么更好：他没有点灯，他们看不见他。但他点亮灯，他又能及时看见他们的到来。

然而他要是睡着了，就可能发现不了他们何时开灯。然后他很迟才能发现他们已经站在那儿。

倘若他藏起来，他们也许会再度离开。

康尼托米轻轻地把被子放回原处，蜷曲着腿，这么做并不简单。他们在他左腿上固定了一些重物，以免他跑掉。

现在让脚丫子慢慢挂下来，先是右脚，再是左脚。

他从床沿下来，站在床边。

他应该躲在哪儿呢？

太迟了，灯亮了。

“别刺啊！”托米康尼乞求道。

“现在好了，现在不要紧。”兰雅护士安慰他。

自从乌尔斯·科赫站在客舍门口被西蒙妮“不许干扰”所敷衍开始，他白白浪费了四周。这期间肯定有第三方不断地向他汇报他妻子的健康状况，他有的是经验用计“去追求女人，因为她们自己会回心转意的”。

对于西蒙妮，尽管她受怀孕限制的反抗，他认识与估计到她会顺从的，他确信能产生效果。

当他爸爸说“你必须再次检查妥当，不然就会产生愚蠢的念头”时，他问道：“自杀吗？”

当听到“离婚”这个字眼时，乌尔斯冷笑一声，仍然显得无所谓。之后，西蒙妮总不告诉别人自己的事情，他这才改变了策略。

他捧了一束西蒙妮最喜欢的山茶花，来到客舍前，按响门铃，通过伊尔玛护士转告她：不让他进去，他就不走；而且过一个晚上也在所不辞。

终于产生了效果，片刻之后他就被带进了西蒙妮的房间。

“我诚恳道歉，请求你再次回到我身边。”他开口说道，这同样是他的新策略之一。

甚至当西蒙妮回应“不，乌尔斯，这没有意义”，他也没放弃天知道他好不容易扮演的这一角色：“我意识到了这点，我做的一切无法得到补偿。”

西蒙妮这才回答：“不需要，你什么都别做会更好。”他离开了话题，大发雷霆。

“我是不是该把自己给毙了？”

西蒙妮保持着镇静：“你干什么，我无所谓。我要离婚。”

有一刻她相信他会大声咆哮。但他却哈哈一笑。

“你发疯了。瞧瞧你自己，你怀孕快六个月了。”

“我知道这点，我无需自我检查。”

“你到底怎么想的？我们得到了孩子，结局却是离婚，一切都那么突然？”

“你喜欢一个接一个，怎样才算合适？”

“既不——也不。我不要离婚。不行。我压根不会讨论此事。”

“太好了。我也不会。”西蒙妮走到门边，把手放在门把手上。

“你不能把我从我的客舍赶出去。”

“走吧！”

乌尔斯坐到床边："我不同意离婚。"

"我要起诉？"

"为什么？"

"外遇。你要做的，七倍之多。"

乌尔斯高高地扬起眉毛："证据呢？"

"我会全力以赴，寻找证据与证人。"

西蒙妮一直站在门边，用手握住门把手，她显得非常坚决。

乌尔斯站起来，向她靠近："我不会让这种事情发生，我怀孕的妻子两年之后跟我离婚。你明白吗？就那么简单。在我身上不会发生。在我们身上不会发生。在科赫家族内不会发生。"

"科赫家族发生什么，我无所谓。"西蒙妮说罢，打开门。

"因为你怀孕了，就发生了，不是吗？"

西蒙妮摇摇头。

"为什么呢？"

"因为我不想与你过了。"

在一个不恰当的春日，燥热风把天空刮得湛蓝纯净，这让园丁皱起了眉毛——康尼画了一幅画《五月的雪球-雪之屋》。

西蒙妮有些提前去康拉德房间与他一道观看照片。劳作疗法师正在那儿，康拉德专注地坐在桌子旁边，作画。

西蒙妮跟他打招呼，他只匆匆点点头，然后又转身面对画纸。他在这只盛着浑水的玻璃杯内浸了一下画笔，然后开始在水彩画纸上作画。

西蒙妮坐下,等待着。当劳作疗法师说了声:“好,朗先生,太棒了,我非常非常的喜欢,可以给科赫夫人看一看吗?”她才站起来,走到桌子跟前。

画纸上还湿漉漉的,呈波浪形。在白色背景上分布着明亮如水、云团状的青灰色。其中粗大的一笔,同样粗的褐色和黄色笔墨呈放射状环绕在周围。下面他用僵硬的大字母写道:“康尼托米·朗——五月的雪球-雪之屋。”

“的确非常漂亮。”西蒙妮赞叹道。劳作疗法师收拾文具的同时,她坐到康拉德身旁,把照片放到桌子上。在忙忙碌碌之中她没有听到施陶布利医生走进来。

当她在第三张“托米康尼,康尼托米”的照片上丧气地抬起头面对摄像头时,才看到他站在桌子边。

埃尔维拉早餐室的窗户大开。午后的阳光照射进来,洒在她与施陶布利医生就座的小沙发上。

他刚从客舍出来,汇报了康拉德进一步恶化的身体状况。

“那就是说没有能产生医学上的轰动啦。”她确认道。

“好像没有。我走进去时,他连老照片上的自己都认不出来了。康尼托米,托米康尼,这是他讲话的全部。”

“哪些老照片?”

“西蒙妮给他看的老照片,记录了您、托马斯和康拉德的欧洲之旅。孩子们当时大约六岁。”

埃尔维拉无语地站起来，消失在通往衣帽间的门内。施陶布利医生坐在那儿，扪心自问有没有说错什么话。

埃尔维拉过了会儿拿着一本相册走回来：“是这些照片吗？”

施陶布利拿起照相册，翻了翻，点点头。

“正是这些照片的复印件。”

埃尔维拉不由得坐下来。她忽然看上去非常苍老，正如其本来的面目。施陶布利拿起她的手腕，看着表，开始测量她的脉搏。

埃尔维拉没有好气地把手抽回来。

奥尼尔医生，昆德特医生和西蒙妮坐在护士站内，喝着咖啡。通过房间的监视器，他们看见康拉德坐在沙发椅上。他用石膏固定的大腿高高垫起，正在打盹。他既没有吃早饭也没有吃午饭。

西蒙妮提出了她早就考虑过的问题：“治疗加快的过程被完全排除掉了吗？”

昆德特与奥尼尔交换了一下眼色。“只要一位科学家能够完全排除的内容，就是如此。”奥尼尔回答。

“还是没有完全排除在外？”

“在细胞组织和动物实验中这种变化过程两到三周后就停止了，绝对不会出现减缓，绝对不会出现加速的情况。这就意味着，我个人虽然不很确定它对人起作用，但我百分之百地相信，它不会造成负面影响。科学上我还无法向您证明。”

奥尼尔又斟了一杯咖啡。西蒙妮和昆德特还摆脱不了这种印象，他简单的描述会有助于让他们相信此事。

“朗先生已经度过了五周。”西蒙妮补充道。

“谢谢你，让我想起了这些。”奥尼尔含糊地说。

“也许缺少20%的关联，也许应该第二次使用。”

“我们只有一次使用的许可。”

他们注视着监视器。康拉德·朗活动起来。他睁开眼睛，惊奇地环顾房间的四周，然后再次闭上眼睛，继续打盹。

“我始终相信药物会奏效的。”奥尼尔竭力保证道。

“假如不是太迟的话。”西蒙妮怀疑道。

“人仍然可以用其大脑的小部分工作。”昆德特说。

“然而必须是真正有效的部分。”奥尼尔做了限制。

“假如无效的部分存活怎么办？”西蒙妮想知道。

“有一个研究小组证实，一定条件下神经细胞能够恢复。我们也知道，在细胞组织内可以用一系列的基因处理细胞，得出的结果是新的触媒发芽。我们仅仅不知道这是好还是坏，因为如果这些细胞学习的内容是一个受到严格控制的进程，如果我们不加控制地触发这一进程，就可能出现发芽的触媒不是我们想要的。”

“也就是说，在这个问题解决之前，这些细胞坏死了。”

奥尼尔不想许诺。昆德特继续说道:“神经病学知道许多案例,其中病人在一次脑损伤或者一次手术之后丧失了的大脑大部分。有时候他们不得不从头开始学习许多东西,有时候他们忘记了他们生活的全部。但大多数情况下他们又再度获得了功能,允许他们能再次过上正常的生活。”

“您认为这在康拉德·朗身上可行吗?”

“如果能成功地阻止这种进程,只要他还能说话和理解语言,就有可能使剩下的细胞获得刺激,连接新触媒。也许他会有很大的记忆缺失,人们必须通过费力而琐碎工作使他的知识结构恢复正常。但这是可能的。我们由此得出的结论是可能的,否则我们不会到这里来。”

“您想给我鼓劲。”西蒙妮微笑道。

“我成功了吗?”

“一点点。”

埃尔维拉传唤托马斯和乌尔斯去她工作室,这里常常举行科赫企业董事局非正式会议。她直奔主题。

“乌尔斯,你妻子偷了我的东西。”

乌尔斯十分诧异,他以为这涉及了某些商业机密。

“我不知道怎么办,可以依靠谁的帮助,我只知道她手头有我保存在一个可靠地方的照片。”她指指放在桌子上的照相册。乌尔斯拿起其中的一本,开始翻阅。

"她肯定闯进了我的卧室,复制了这些照片。施陶布利医生见过她与康尼在一道观看。"

托马斯也同时拿起一本相册,开始翻看。

"她为何要这样做?"

"就我知道,她想刺激他。这样可以帮助恢复与现实的联系,接近现实!"

"这是你的猜测,还是你知道此事?"

"她经常跟我说,叫我把过去的照片给她。跟托马斯也说过,对不,托马斯?"

托马斯深深地埋在照相簿里,现在他抬起头,"什么?"

埃尔维拉打了一个手势,再次转向乌尔斯:"我想把这些照片要回来,立刻。"

"但你不是有这些照片嘛,你说,她只是复印了这些照片。"

"我们不想让她与康拉德一起发掘我们的过去。"

乌尔斯摇摇头,翻看着一本相册。

"为什么这里有些照片被撕掉了呢?"

埃尔维拉从他手里夺过相册:"把照片还给我。"

托马斯哈哈一笑,把相册放在乌尔斯鼻子跟前:"你看到了什么?"

"埃尔维拉在一辆敞篷汽车前。"

"你看到我和康尼没有?"他冷笑道。

埃尔维拉把相册从他手里夺过来。

托马斯不知所措地打量着她。然后他屈身面向儿子："梅赛德斯能开110。"

"把照片还给我！"埃尔维拉命令道，站起身来。

"过去有什么事情不可告人吗？"乌尔斯不信任地问道。

"把照片还给我！"

乌尔斯气咻咻地站起来："我认为事关企业安危。"

"也关系到这些照片。"埃尔维拉离开了房间。

"她慢慢老了。"托马斯向他儿子解释。

康拉德·朗一再罢工。他什么都不吃，他不能再画上一笔。劳作疗法师用温柔的力量强迫他做无害的联想时，康拉德掴了她一记耳光。康拉德连晚饭也拒绝吃的时候，昆德特下令，夜晚必须对他实施人工喂食。

他们决定让西蒙妮把那本最老的相册给他看，他们希望能够借此来刺激他的无动于衷。

康尼穿着晨服坐在起居室的沙发椅上，已经不可能给他穿衣服了。西蒙妮走进他房间，他也没有反应。她把椅子拉过来，放在他身旁时，他照样没有反应。

第一张照片展示了年轻的埃尔维拉在杜鹃花别墅的冬季花园内。她穿着一件齐膝的裙子，一件无袖的高领套头羊毛衫，领口处露出了白色小圆领。前景可以看到比德迈风格的沙发椅靠背，这把椅子如今蒙上别的织物，搁在别墅的书房里。

“这个女人,例如,这是谁?”

康拉德压根都没抬眼。

西蒙妮把相册放在康拉德眼前:“这个女人呢?”

康拉德叹息着。“贝尔格夫人。”他回答道,好像对待一名难缠的孩子。

“啊?我还以为是埃尔维拉呢。”

康尼对这么迟钝的行为摇了摇头。

在埃尔维拉照片旁有一处白色碎片,过去曾经在此处贴过一张照片。西蒙妮继续翻阅。

下一张是在别墅朝南的一侧拍摄的。照片显示了通往大平台的楼梯,威廉·科赫站在上方。他穿一条浅色裤子,一件白衬衫,系领带和深色背心,但没穿西装上衣。他长着一颗圆圆的秃脑袋,僵硬地朝照相机微笑。

“这人是谁?”

康尼对不得不向西蒙妮解释这显而易见的问题感到十分满足。“总经理爸爸。”他耐心地回答。

“他是谁的爸爸?”

“托米托米。”

相对于这一面,一张撕掉的照片旁,可以看到一处凉亭,杜鹃花还是很小的植物,背景里的云杉树如今不在了。在铸铁栏杆旁站着两个老太婆,头戴宽边帽檐的帽子,身穿宽大的几乎拖到地面的没有形状的裙子。

“索菲阿姨和克拉拉阿姨。”西蒙妮没问康尼，他就给出了解释。他的兴趣现在被激发起来了，昆德特在监视器旁轻松地注意到这点。

西蒙妮与康拉德一页一页地翻阅相册，公园的照片，“经理爸爸”，“贝尔格小姐”和“索菲阿姨和克拉拉阿姨”的照片，还有那些残留着白色碎片的照片。

最后一张照片显示了埃尔维拉身穿一件碎花短袖两件套夏裙，站在大平台的护栏旁。她身旁站着威廉·科赫——没有一张照片显示了他这样的举止，他用胳膊强搂着她。背景可以看到谷底的湖泊，以及另一边湖岸上因与建筑不协调、几乎被弄糟的山丘。

“经理爸爸与妈妈。”康拉德评价道。

“谁的妈妈？”

“托米托米。”康拉德·朗叹息道。

“贝尔格小姐是托米托米的妈妈吗？”

“现在是。”

最后一张照片，周围所有的照片都给撕掉了，显得有些奇怪。照片上是一处矮树丛和一个开花夹竹桃的木桶前面的窄花坛。对此摄影师感到满意。康尼久久地仔细研究了这张照片。最后他断言道：“经理爸爸和托米托米。”

西蒙妮朝隐藏的摄像头看了一眼。

“经理爸爸。”康尼指着夹竹桃上的一点——“托米托米。”

他指着紧邻下方的一点。

西蒙妮更仔细地观察了下,她发现摄影师忘记卷起了这张照片的胶卷,对照片实施了二次曝光。她在矮树丛里隐隐约约地辨认出威廉·科赫的秃脑袋。在他的膝盖上有一个孩子的轮廓。

昆德特医生和西蒙妮长久坐着面对这些照片,试图弄明白康拉德的回答。埃尔维拉少女时代叫贝尔格,这不是什么秘密。但是假设康拉德熟悉这个名字,他肯定在他妈妈安娜·朗到杜鹃花别墅工作之前就认识她,而那时埃尔维拉已成为威廉·科赫的妻子了。

当然也并非不可能,埃尔维拉作为年迈老者的妻子为了社交需要邀请过某一位她早就熟悉的好友。

相反那张两次曝光的照片极为特别。他们越把目光聚焦于另外一张曝光较弱的照片,事情就越清楚。毫无疑问照片上的这个男子与威廉·科赫有一定关系,但照片上的小男孩看上去不像托马斯,既不能识别出那种特有的头型也看不出那双紧邻的眼睛。倘若这个小孩像谁的话,更确切说就是康拉德童年时的模样。

"为什么在整本相册上没有一张托马斯的照片呢?"昆德特问道。

"也许就是这些撕掉而缺失的照片。"

"她为什么要把照片撕掉呢?"

西蒙妮说出了他们两人的想法："因为照片上这个孩子不是托马斯·科赫。"

当天晚上乌尔斯从别墅给西蒙妮打电话。

"我要跟你谈谈，我马上过来。"

"没有什么好说的。"

"你从埃尔维拉那里偷来的照片到底是怎么回事？"

"我只是借出来复制了其中的几张。"

"你到她那儿盗窃。"

"我用了钥匙。"

"你闯入了她的私人空间。你做那些事情，没有向她道歉。"

"我不需要道歉。"

"你现在把照片还回来吧！"

"她害怕这些照片，我慢慢地明白了其中的原委。"

"什么原委？"

"涉及过去的往事有问题。她担心，会被康拉德揭露出来。"

"一个大脑有病的人能揭露什么？"

"去问埃尔维拉！问问她，她撕掉的照片上的人到底是谁？"

托米躺在花园工具棚的泥炭里，盖上麻袋很温暖，非常安静。外面满是积雪。飘起小手帕大小的雪花。她在寻找他。

假如她找到他，就会戳他。跟经理爸爸一样。

他看到这些。

他苏醒了，因为经理爸爸这么说，就像他喝过烈酒后说的话。掷地有声，不同以往。他听见他走上楼梯，扑腾到他与妈妈睡觉的房间。

托米站起来，透过一直敞开的门缝观看，直到他们上床。他妈妈与康尼妈妈搀扶着经理爸爸走进房间，让他坐在床上。康尼妈妈给他拿来烈酒，她们帮他脱掉衣服，让他睡在床上。

然后康尼妈妈用一枚针刺他。她们给他盖好了被子，熄灯，离开房间。康尼打开门，来到经理爸爸跟前。他身上散发着酒气。

突然灯亮了。康尼妈妈回来，她抓起他的手，把他带回到他自己的床上。

“你们为什么用针戳经理爸爸？”他问道。

“如果你再说一遍，我也用针戳你。”她回答。

一大早他听到隔壁房间有许多声音。他下床查看发生的事情。有很多人站在那儿，他妈妈和康尼妈妈也在那儿，经理爸爸安静地躺在他床上。

然后康尼妈妈看见他，把他带走了。“经理爸爸怎么啦？”

“他去世了。”她回答道。

外面下起了雪。越下越大，盖住了屋顶与树木。

托米闭上眼睛，躲在这里，她们找不到他。

当他醒来时，感觉胳膊痛。他一看，胳膊被绑住了，一枚针扎在上面。她发现了他。

他把针拔掉。灯亮了。他闭上眼睛："不要刺。"

在"施托克里"也亮着灯。乌尔斯很晚才到埃尔维拉那儿。他们坐在沙龙里，壁炉内还有火的余烬发出的微光。

"西蒙妮宣称你害怕这些照片，因为过去的事情有问题，你害怕康尼回忆起那些往事。"

"过去有什么问题呢？"

乌尔斯不想让埃尔维拉不安。

"我想问你，撕掉的照片上面的人到底是谁？"

的确，现在她感到不安了："我不知道她在指什么。"

"我也是。我在你这儿见过这本相册，这本撕掉了若干照片的相册。"

"我想不起来了。也许我不喜欢这些。"

埃尔维拉注视着乌尔斯。他不同于他父亲。他不回避这些问题。他想搞清楚，他面临什么问题，这样就可采取得当的措施，乌尔斯·科赫对于科赫企业是一个合适的人才。他会维护它，就像埃尔维拉为它做的那样：高大、健康、不容置疑。

"如果有什么我必须要掌握的信息，你应该告诉我。"

埃尔维拉点点头。她不想走得那么远，非得让他知道。

次日早晨，埃尔维拉走进客舍。西蒙妮与昆德特医生正待在康拉德那里。她劝说他吃早饭，但他仅仅呆呆地注视着桌布。

伊尔玛护士走进来："森夫人站在外面，她说要与科赫夫人谈谈。"

西蒙妮与昆德特交换了一下目光："请您把她带进来。"

伊尔玛护士片刻之后再次走进来："她不想进来。她说她要你出来。她非常愤怒。"

"她要想跟我说话，就请她进来。"

"我这样传话？她岂不要把我宰了！"

"您比她强壮。"

伊尔玛护士走出去，在外面待了很久。当她再次走进来时，埃尔维拉跟在身后。她面色苍白，竭力克制。她不理睬康拉德与昆德特医生，一动不动地站在西蒙妮前面。她在说话前，全神贯注。

"把照片还给我！"

西蒙妮同样脸色苍白："不，它们要用于治疗。"

"立刻把照片还给我！"

两个女人面面相觑，谁也不准备让步。

然后从床上传来了康拉德的声音："妈妈，你为什么用针刺经理爸爸？"

埃尔维拉没有看康拉德。她的目光从伊尔玛护士，转到昆德特医生，再到西蒙妮，找不到目标了。

西蒙妮走到康拉德床前："谁戳了经理爸爸？"

康拉德把食指放在嘴唇边："嘘！"

自从西蒙妮不再需要人工喂食，康拉德·朗也不再吃东西，卢奇亚娜·多蒂开始关注西蒙妮。她虽然是一位训练有素的营养师，但对孕妇的营养却一无所知。她为西蒙妮烹制了"芦笋火腿片"、"瓦特里那面片"、"四味奶酪通心粉"[①]，开饭时间每当西蒙妮走进厨房，她都尽力把一小卷帕尔玛火腿或者一片软软的萨拉米塞入她嘴里。"为了孩子。"[②]

今天有"香肠贝壳状面片加掼奶油"，西蒙妮硬要吃掉两大份。卢奇亚娜在清理护士站的桌子时宣布："今天晚上我做一份'乡村炉烤通心粉'，加上茄子和熏制奶酪稍加烘烤，像一首诗。"

西蒙妮的反应迅速："噢，难道我没有跟你说今天晚上有人请我吃饭吗！"

卢奇亚娜庄重地接受了。"祝您今晚愉快！"她祝福完后，撤掉了食物。伊尔玛护士在一旁帮助她。

昆德特医生注视着西蒙妮。当她感觉到他目光时，便抬起头来。"茄子加熏制奶酪。我知道没人能帮助我。"

"没人邀请您？"

她摇摇头。

"那么您如何解决这个问题？"

---

① 以上菜名为意大利语，下同。
② 意大利语。

她耸耸肩。

“我可以帮您吗？”

埃尔维拉·森整天都待在卧室里，不让任何人靠近她。晚上到了要打胰岛素的时间，她才走到浴室小橱柜跟前，拿起胰岛素笔，举过水池，按下按钮。然后旋转双水龙头，让水长时间地流淌。

托米躺在床上哭泣，但声音非常微弱。倘若康尼妈妈听到，就会走进来用针刺他，这是她说的。

康尼妈妈睡得不远，因此很有可能听到他在哭泣。她现在叫安娜妈妈。而妈妈现在叫妈妈埃尔维拉。因为康尼妈妈和他妈妈两人都叫妈妈，一般人不知道，她们是哪个小孩的妈妈。

托米也在哭，因为他不得不睡在康尼的房间里，康尼的床上。

这是一个游戏。有时候托米扮演康尼，康尼扮演托米。那么康尼允许睡在托米的床上，托米睡在康尼的床上。

但是托米不喜欢这个游戏，康尼的房间是别墅后的小房间，康尼妈妈睡在那儿。安娜妈妈，他害怕她。

“不要刺我！”托米康尼说。

“没人刺你。”一个声音说道。

“我们带你到小床上。”

托米高兴起来，不是安娜妈妈的声音，声音是索菲阿姨和克拉拉阿姨发出来的。

埃尔维拉高高地睡在她宽大的床上。燥热风已经消退了，三月露出了真实的面目，过时的粉红色绉纱绸窗帘拉上了，洒进来些许灰色的下午日光。

床边比德迈耶风格的写字柜和法兰西第一帝国时代风格的凸出五斗橱上点着两盏罩着丝绸灯罩的台灯，让房间沉浸在珠光色之中。

乌尔斯坐在床沿旁一只铺有软垫的沙发椅上。埃尔维拉有重要的事情跟他讲，所以请他过来。

“你昨天不是问我有没有你必须知道的往事，当然有这样的事情。”

乌尔斯两小时之后从别墅窗户眺望客舍，如何才能让埃尔维拉相信他并非没有忧虑。施陶布利医生正在去“施托克里”的路上，从旁边经过时跟他打了个招呼，他匆匆地回应了一下。

埃尔维拉给施陶布利医生打电话，告诉了她的血糖值。“这不太对。”他说罢，立刻过去了。

他给她测好血糖，皱起眉头，拿出一支一次性针剂。一种迅速起效的老式胰岛素，在绝对胰岛素缺乏时常用作第一次的调整药。

他把针剂抽入注射器，给她上臂打了一针：“您似乎缺少一公斤夹心巧克力糖。”

埃尔维拉打手势表示拒绝，她憎恶甜食。

“您确定一直在打针。”

“是的，也许由您监督会更好。我已经是一个老太婆了，浴室里有一只小冰箱。”

施陶布利医生走进浴室，埃尔维拉从床上屈身，把手伸向他的医疗箱。过了一会儿他回来，显得很无助。“似乎一切都正确，记录与有效的使用完全一致。我会把这些用过的药盒送进实验室。”

当房间里只剩下埃尔维拉时，她把手伸到被子下面，取出了一支一次性胰岛素针剂，把它放在写字柜上。

西蒙妮与昆德特医生在壁画饭店预订了位子，这是许多旧日的军营酒馆中的一家，新店主减少了旧时的元素，使用了白色纸质台布和心情愉快的服务员，不过分炫耀的国际厨艺把这家老店改变成招人喜爱的流行餐馆。

他们点了希腊沙拉、墨西哥肉卷做主食。女服务员用“你”称呼他俩，西蒙妮对昆德特医生说道：“我觉得，咱俩是这里惟一用‘您’称呼的人。”此后他们开始改用“你”相称。

“我早就想问：你为何那么费力地帮助他？你跟他又不太熟。”

“我也不知道。”她考虑了一下。“我只是出于同情，如同一只用坏的泰迪熊。有时因为无聊才翻出来，有时又彻底扔掉它，不可能是这种生活。”

昆德特点头称是，西蒙妮眼里满含泪水。她从手袋里取出一块手帕，擦掉眼泪：“对不起，自我怀孕以来，经常这样。你觉得，撕掉的照片上面的人是谁？”

“康拉德·朗。”昆德特毫不迟疑地回答道。

“我猜也是。”

昆德特斟上葡萄酒：“为什么他把老照片上的康尼与托米混淆，这需要解释。”

“有人跟他讲他是康尼，他也是托米。”

“为什么会有这种可能呢？”

“对于四岁的孩子并非绝不可能：托米康尼，康尼托米，维拉妈妈，安娜妈妈。”昆德特情绪激动起来。“两个女人如此混乱地对付两个小孩，长久地玩弄他们的身份，直到他们也不知道他们是何许人。然后她们就将他们调换。”

“现如今，伴随着疾病过去的身份在康尼身上再度出现了？”

“可以想象他身上语义知识的结构陷入如此混乱，使得获取这些信息具有更高的优先权。也许这种疾病可以让回忆容量得以释放，那么过去的回忆就可能受到重视。”

“为什么两个女人要交换她们的孩子？”

“为了安娜·朗的孩子能够继承科赫企业。”

西蒙妮还是没有弄明白：“为何埃尔维拉要那么费力帮助安娜·朗呢？”

壁画饭店坐满了客人。无忧无虑的食客的低语与笑声以及由探戈舞曲、美声唱法和摇滚经典组成的噪声吞噬了这只现在对西蒙妮轻轻说话的“怪兽”：“所以康尼才是科赫家族真正的后代。”

临近开胃酒时刻，德斯·阿佩尔酒吧里的客人稀稀落落。有几位酒店客人和商人。一对小情人，他们的关系还不那么固定，所以选择了一家常受光顾的较好的酒店，胡尼姐妹利用钢琴家休息的时候在她们的账单上签字确认。

夏洛特，上下午班的吧女，由埃维换班，不满五十岁，她显然是酒店所属的日光浴室没规律的女顾客中的一位。

磁带上传来了迪恩·马丁[①] 的歌《你是小人物，直到有人爱上你》。

乌尔斯·科赫与阿尔弗雷德·策勒坐在里面。两人面前放着一瓶威士忌，乌尔斯加冰，阿尔弗雷德加冰和水。两人从小就认识。像其父辈那样，他俩也曾在圣·皮埃尔学校求学。阿尔弗雷德上完寄宿学校之后学习法律，进入了他父亲享有盛誉的律师事务所，系科赫企业最重要的委托人。他除了为企业工作外，还是乌尔斯个人的法律顾问，遇到这样的事情也是他的朋友。

---

① 迪恩·马丁（1917—1995），美国著名电影人。

乌尔斯打电话给他，问他今晚凑巧有没有时间。“刚好有。”阿尔弗雷德回答，推掉了一场戏剧首演。

乌尔斯不知道该从何处开始。

“可惜为了这幢旧房子。”阿尔弗雷德评论道，想表达某种意思。当乌尔斯没能理解他时，他进一步解释：“德斯·阿佩尔，多年来就面临着赤字。‘国家信贷’通知他抵押到期。就是说要接管它，改造成培训中心。我就缺少这样的酒吧，足够的安静，可以进行商谈。又足够嘈杂，不可能被偷听。有人置身其中。”

乌尔斯把这点作为关键词感到满足。“我想问你的只有咱俩知道，这种事情很少会发生在你身上，也许可能会诱使你做出错误的推断。请把它看作一种纯粹的理论解释。无法过多地告诉你背景，除非：不是你认为的那样。”

“完全明白。”

“以下是‘电影脚本’：一名年轻女郎在三十年代与一位富裕的企业家，一位带着五岁儿子的鳏夫结了婚。一年之后他去世了，没有继承合同，他惟一的继承人是他妻子与儿子。而她把这个男孩换成她女友的儿子，没有被人发现。如果这桩秘闻今天解密，会出现什么情况？”

“她为何要这么做？”

“很简单，就是一种假设，到底会出现什么情况？”

阿尔弗雷德考虑了一下：“没事！”

“没事？”

“十年过后诈骗罪就失效了。”

“你确定？”

“我当然知道诈骗罪的期限。”

乌尔斯用小塑料棒在杯子里搅拌，冰块发出叮当的响声。“附加的问题，进一步假设：这位富有的鳏夫系非正常死亡，是他妻子在背后做了手脚，而且未被察觉。”

“谋杀罪二十年之后失效，诈骗罪十年之后失效。如果这期间没有被曝光，事情就算了结了。”

“继承人呢？”

“该女人系谋杀者终身没有资格继承。就是说，如果此事今天曝光，她就自动失去继承人的所有权力。”

“必须将财产归还给合乎法律的继承人。”

“依照法律。”

乌尔斯点点头：“这点我已经考虑过了。”

“但是如果她没有行动，他也没有办法，遗产起诉三十年之后失效。”

“那么假儿子呢？”

“当然获得的更少。对他而言，遗产起诉十年之后就失效了。因为他不可能为他小时候被调包负责，他并非不配继承遗产。”

“你确定？”乌尔斯跟女服务员打了个招呼。

阿尔弗雷德·策勒冷笑道：“我们的继承法保护财产要胜

于保护继承人。”

大概同一刻埃尔维拉·森在浴室里穿好衣服准备出门，她把从施陶布利医生那儿偷来的全部针剂的药水抽入了三支注射器内。

她用一块干燥的抹布将其包好，塞入手袋。她来到前厅，从衣帽架旁的花瓶中取出一束春天的玫瑰，走出门。镶嵌在经过杜鹃花丛小路旁边的路灯呈现出细雨留下的黄色晕圈。

康尼托米躺在床上，上铺躺着托米康尼，妈妈们睡在旁边。

这些床摇摇晃晃，他们乘坐的火车行进在夜色中。他们正在长途旅行。

黑漆漆的窗户上的卷帘拉下来，火车停车时，可听见车窗前的噪声，以及门前的脚步声和外国人激动的说话声。

过了一会儿床猛地一推，发出咯吱咯吱尖锐刺耳的声音，然后火车隆隆作响，慢慢加速，越来越快，轰隆隆，轰隆隆，轰隆隆。

他与托米康尼现在有两个妈妈。妈妈安娜和妈妈维拉。虽然他们失去了爸爸与阿姨，并没有感到那么悲哀。

尽管如此他还是觉得悲哀，托米康尼却没有。

兰雅护士看到老太太拿着一大束鲜花打开门，觉得诧异。

“我是埃尔维拉·森。我给朗先生送几朵鲜花，他醒了吗？”

“他躺在床上。但我相信，他醒着。对您的来访他一定会非常高兴。”

她让埃尔维拉进来，从她手里接过花，帮助她脱掉雨衣。然后她敲了敲康拉德的房门，打开门：“意外，朗先生，意外啊。”

康拉德闭着眼睛。当他听到兰雅护士的声音时，睁开眼睛，而当他看到埃尔维拉时，又立刻闭上眼睛。

“他累了，因为他什么都不吃。”兰雅护士低声说。

“如果您不反对，我想在这里坐一会儿。”

兰雅把花插进花瓶，再返回房间的时候，看到埃尔维拉坐在床边的椅子上，注视着正在睡觉的康尼。

这一景象触动了兰雅。她觉得高兴，老太太如今总算找到了他。再次来到外面，抵制着到护士站监视器面前观察两人的冲动。她决定不起眼地等候在起居室，直到探望者告别。

西蒙妮·科赫和彼得·昆德特第三次聚在一起喝咖啡。在这张纸台布上潦草地写满了各种符号和词语。上面有康尼托米→托米康尼和托米→康尼，妈妈维拉←→妈妈安娜。昆德特这么记，便于更好的思考。

他们讨论得越久，事情的真相也就越清晰。

“那次长途旅行，她们可以完全不受干扰把孩子们再次‘编程’。”西蒙妮说。

“埃尔维拉可以解雇原来的服务人员，回家后雇用新人。”昆德特猜测。

“然后她们肯定把两个男孩与过去的阿姨隔离，她们极有可能发现了可疑的迹象。”

“但是为什么她俩在他们度假回来后没有发现任何可疑的迹象呢？”

“也许她们已经死了，照片上她俩显得老态龙钟。”

昆德特记下“阿姨们何时死亡？”昆德特从纸台布上撕下这段记录，把它放入衬衫口袋里。

壁画饭店先前空荡荡的，而现在电影院散场了，饭店里的人又满起来。置身于这些围坐在桌边、试图描述刚刚看过电影的顾客之中，西蒙妮·科赫与彼得·昆德特并不显眼。

“只是有些地方不对。”昆德特苦思冥想，“安娜·朗，要么更确切地说，埃尔维拉如何参与了这种交换？”

“他管她叫妈妈，‘妈妈，为什么你们用针刺经理爸爸？’”

昆德特迟疑了一会儿：“也许她们给威廉·科赫注射了药水。”

“她们谋杀了他。”西蒙妮断定。

“我们可以排除掉这点吗？”他写下“科赫的死因”，把这张纸撕下来，与其他纸条塞到了一起。

“我认为我们现在最好回去。”西蒙妮说道。

埃尔维拉离开两个小时后，兰雅护士发现康拉德有些不正常。

她例行观察病人时，发现他大汗淋漓，脸色惨白，心脏狂跳不止，浑身抖个不停。他的嘴唇嚅动，似乎想说什么话。

她把耳朵贴到他的嘴边，但他结结巴巴的声音没有任何意思。

“What’s the matter, baby, tell me, tell me!”[①] 她试图从他嘴唇上读出意思来。

“Angry? Why are you Angry, baby?”[②]

康拉德摇摇脑袋，他的嘴唇再次形成一个词。

“Hungry? You are hungry?”[③]

康拉德·朗点点头。

兰雅护士跑出去，拿来一只密封大口瓶，旋开，拣出滴着蜂蜜的杏仁，塞到他嘴里。一颗又一颗。

康拉德贪婪地吞食杏仁，她从来都没有见过一个病人会这样。除了有时碰到糖尿病患者外，其血糖值骤然下降，但康拉德不是糖尿病患者。

只是非常奇怪，他吞吃了越多的蜂蜜杏仁，他的感觉就越好。他的脉搏开始恢复正常，也不再流汗了，又恢复了人色。

---

① 英语：“怎么啦？孩子，告诉我，告诉我！”
② 英语：“生气？你为什么生气，孩子？”
③ 英语：“饿了？你饿了？”

昆德特与西蒙妮踏入病房时，兰雅护士正把最后一粒杏仁塞入康拉德嘴巴里，两人如释重负。

“兰雅护士的魔力再次发挥了作用。”西蒙妮说道，“康拉德又开始吃饭了。”

兰雅护士讲述了刚刚发生的事情，该症状表明低血糖症。昆德特医生测量了康拉德的血糖值，确定血糖值处在较低的界限内。兰雅护士用她的蜂蜜杏仁救了他的命。当他把葡萄糖注射到康拉德输液器的乳胶连接管中，发现了针口。他自己在最近24小时内没有注射任何药品。

“朗先生昨晚输液管被拔下来时，我更换了全套器械。”

昆德特医生寻求解释。一位正常血糖值的病人不会出人意料地出现低血糖休克：“您整宿没有发现他身上出现异常吗？”

“他仅仅非常疲倦。即使森夫人来时，他都睡着。”

“森夫人来过了？”西蒙妮问。

“对，她在他身边待了一个小时。”

“你没有发现异样吗？”

“我不在房间。”

“在监视器旁？”

“也不是，森夫人在他身旁。”

昆德特和西蒙妮走上楼梯。

托马斯深夜两点来到客舍时，他头发凌乱，面孔肿胀。西蒙妮把他从床上叫过来。

“如果不是涉及生死，叫你知道我不是好惹的。”当西蒙妮坚持要他拿上眼镜，立刻过来时，他那么威胁道。

“就是关系到了——”她回答，“生与死。”

她也给乌尔斯打电话，睡眼惺忪的堪德拉丽娅向她确认乌尔斯还没有回来。

她领着托马斯来到护士站，把昆德特医生和兰雅护士介绍给他。托马斯没有好气地跟他们打招呼。他拒绝坐到椅子上，压根就没打算久留。昆德特把监控录像带倒到护士接过鲜花，之后埃尔维拉与康拉德独处的地方。

“她去看过康尼了？”托马斯惊讶不已，“什么时候发生的？”

西蒙妮看看表：“七小时以前。”

图像一成不变。康拉德·朗仰卧着，闭着眼睛。埃尔维拉·森坐在他旁边。

昆德特把录像带倒到埃尔维拉从沙发椅上突然站起又迅速坐回的地方。他按下暂停，再倒回，让其以正常的速度播放。

现在大家看清楚了，埃尔维拉小心翼翼地站起来，朝康拉德俯下身，又再度坐下。再次重放了这个镜头。

当快进之中埃尔维拉第四次高高跃起时，她站住了，在床边显得焦躁不安。昆德特用正常速度播放这一过程。

埃尔维拉站起来，她朝康拉德俯下身，打开手袋，取出了一块浅色的布，放在床头柜上。她打开布，右手拿着什么东西。她走到输液软管处，左手握住导管。她做的一切被她的右肩挡住了。

到第三次才能仔细地看到：注射器！而且，她把针头插入了输液管的乳胶接头内。

埃尔维拉再次把这块布塞入手袋里，离开房间时没有回头看康拉德。

“这是什么？”托马斯·科赫惊恐地问。

“谋杀！胰岛素！朗先生本来会因为低血糖休克而死，无据可查。因为兰雅护士他才得以活命。”

托马斯·科赫坐下来。很长时间他好像都迷迷糊糊。然后他注视着西蒙妮：“她为什么要这样做？”

“问她自己吧。”

“也许她真疯了。”

“但愿她可以证明这点。”昆德特医生说。

次日早晨埃尔维拉·森感觉超棒，她美美地睡了一觉，从晨曦中醒来，感觉如释重负。她马上起床，走进浴室。

三刻钟之后，当她走入自己的早餐室里，才发现肯定有什么事告吹了。托马斯穿着衣服躺在小沙发上，咧嘴睡着了。她把他摇醒。他坐起来，力图理出头绪来。

“你在这儿干啥？”

托马斯考虑了片刻：“我在等你。”

“为什么？”

“我一定要跟你谈谈。”

"谈什么？"

他忘记了。

埃尔维拉提醒他："大概跟康尼有关吧？"

托马斯想了一会儿。昨夜的记忆突然又再度浮现："你想谋杀他。"

"谁说的？"

"我看见了，这些过程都被录了下来。"

埃尔维拉不得不坐下。"康拉德房间安装了监控？"

"你们总是要最好的。"

"看到了什么？"

"看到你，三次把药物注射到了输液软管里。"

"他还活着。"

"夜班护士救了他的命。就我所知，用蜂蜜。"

埃尔维拉安静下来。

"你为什么要那么做？"

她没有回答。

"你为什么要那么做？"

"他是危险人物。"

"康尼？危险？对谁？"

"对我们，对你，乌尔斯和我。对科赫企业。"

"这我不明白。"

"他破掉的脑子可以回忆起别人不该知道的往事。"

"什么事情?"

窗前新的一天开始了,像前日那样阴云密布。埃尔维拉不再有力气保持沉默。

"你知道,我到威廉·科赫那里当女仆,当时是几岁?十九岁,而他五十六岁。在一个十九岁的姑娘眼里他是一个老头子。讨人嫌,醉酒,五十六岁。"

"但你跟他结了婚。"

"十九岁时容易犯错误。尤其是没有钱,什么都不懂的时候。"

传来一阵敲门声。蒙特塞拉端着一只托盘走进来。她看到托马斯时,从餐具柜里取来第二套餐具。埃尔维拉和托马斯都沉默不语,直到房间里又剩下他们俩。

"我把安娜安排到我家,这样我就不会孤单,而他完全听任摆布,然后就有了以下的主意。"埃尔维拉停顿了一下。"她的主意就是杀掉他。"

托马斯伸出手去抓咖啡杯。但他的手颤抖不已,最后只好放弃。她等待他发表意见。托马斯力图在他有效的范围理解这一供认。

"安娜接受过护士培训。她知道使用过量胰岛素不会被察觉。死于休克。胰岛素无法得到证明。至少是注射。即使有人调查。"

现在托马斯·科赫终于说话了:"你们谋杀了我爸爸。"

埃尔维拉拿起一杯橘子汁。她的手平静如常。她握了一会儿杯子，没有喝，然后再放下："威廉·科赫是在他死后才成为你父亲的。"

托马斯不明白。

"他死了之后，我们把你们调包了。威廉·科赫是康拉德的父亲。"

在她给托马斯时间提出下一个问题的同时，再次拿起杯子。现在她的手开始颤抖，她又把杯子放下了。

"你们为什么要这样做？"托马斯总算提问了。

"我们想让你得到一切，不是康拉德。"

托马斯再次需要时间理解。"但这是为什么？"他随后问道，"为什么是我？"

"没有东西能把我与康拉德更紧密地联系起来，他只会让我想起威廉·科赫。"

"为什么是我？什么又能把你和我联系起来。"

"安娜和我是同母异父的姐妹。"

托马斯站起来，走到窗前。单调的雨声传过来。"安娜·朗是我的母亲。"托马斯嘀咕着，"而你，你是我姨妈。"

埃尔维拉一语不发。

托马斯在那儿站了几分钟，呆呆地注视着被雨水打湿的杜鹃花丛，然后摇摇头。

"一个母亲怎能简单地把她的孩子交到她同母异父的姐妹手里？"

“她在伦敦，没有安排好。她恋爱了。然后发生了战争。”

“谁是我爸爸？”他最后问。

“他不重要。”

托马斯把目光从窗户处转过去：“如果此事败露，会发生什么？”

“事情不会败露。”

“不然有关机构就会介入。”

“你和乌尔斯，你们跟西蒙妮谈谈。你们要竭尽全力说服她，不惜一切代价。”

托马斯点点头：“那你呢？”

“我最好出去旅游几天。”

他摇摇头，正要走开，但考虑了片刻，拥抱她，在她两颊上亲吻了一下。

“走吧。”她答道，把他紧紧地抱住。

当他走掉后，埃尔维拉眼里满是泪水。

“蠢猪。”她轻声地骂道，然后走入浴室。

当乌尔斯七点之后被他爸爸叫醒时，因为酩酊大醉而情绪恶劣。昨晚夜很深了，他有点特别过量地庆祝了弗雷迪·策勒[①]带来的利好消息，晚上两点钟才来到一家饭店，自

① 阿尔弗雷德·策勒的昵称。

打进入管理层之后他曾禁止自己这么做。凌晨四点他仍在老城饭店里的一个房间里，与一个充满魅力的巴西女子在一起，如同后续所证明的，他只拥有一根生殖器。可这点在这一刻根本没有妨碍他。相反他事后不得不承认，这让他产生了纯粹的恐惧。

他两小时前才回到家里，把闹铃调到十点钟，想与埃尔维拉共进午餐，安慰埃尔维拉，不用为牵扯到的这些往事而担心。

如今却太迟了，他应该从他父亲断断续续的说明中推断出什么的。

他能做的就是尽量保持清醒的头脑，控制损失。

在床上他打电话给弗雷迪·策勒，希望他不要像他那样头晕目眩。

这期间在客舍里大家都关注着病人。昆德特医生首先就有些忧心忡忡。大脑的神经细胞为了获取能量特别依赖葡萄糖，他的血糖值十到十五分钟内达到最高。按照低血糖的长度与严重程度可能会引起可怕的损伤。还有个性的变化，甚至在健康的大脑上也会发生。

对康拉德·朗这样的大脑可能会产生灾难性的后果。

西蒙妮回来之前（她去了律师那里把录像带存好），昆德特做了心理学测试。结果让他感到某些安慰。康拉德的数值并没有恶化。鉴于昨夜的经历，他甚至有惊人的表现。

但是现在，西蒙妮与康拉德一道观看这些照片时，又开始令他沮丧不已。

没有一张照片能让他认出来。他不再对任何关键词有反应。“经理爸爸”对他来说是一个陌生词汇。“康尼托米”和“托米康尼”诱使他做出客气的微笑，妈妈维拉让他耸耸肩。

西蒙妮坚持不懈。她三次从头开始，三次都得到相同的结果。

第四次，当她再次指着冬季公园里的埃尔维拉，问道：“这个女人不是贝尔格小姐吗？”他略微敏感地说：“正如已经讲过的，我不知道。”

正如已经讲过的？

黑色奔驰车内几乎听不到雨水的沙沙声，声音已经被这辆加重汽车的轮胎扬起。

埃尔维拉·森注视着车窗外荒凉的瑞士东部村庄以及几个被驱赶到雪雨中默默行走的路人。舍勒虽然不是埃尔维拉的司机，但她常常临时传唤他，为她临时性的郊游提供服务。这属于游戏，她没有告诉他去哪儿。有时候她想给他带来惊喜，有时候是因为她也不晓得目的地。

但是这次她似乎目标明确。她熟悉这些地方。内夫腾巴赫的埃施、亨加特、阿德芬根、特卢立孔[①]。埃尔维拉·森只用

① 内夫腾巴赫的埃施、亨加特、阿德芬根、特卢立孔均是瑞士东部的小城市。

有限的提示指挥舍勒驾车。过了巴萨丁是穷乡僻壤，其名称舍勒从夹在散步者和慢跑者中间的小小的提示牌中辨认出来，她让他转到一条田间小路上。

几间单户的住宅与农庄，然后沥青路消失了。奔驰的消声器有两次擦到了凹凸不平的路肩上。一间变压器室，一处围了栅栏的水井，然后是森林。舍勒朝后视镜看看，埃尔维拉挥手向他示意。

干净的标识，精确锯好的木材堆点缀着这条路。舍勒在刚刚伐倒的长原木堆前停车，熄了火。冷杉树上沉重的雨滴落在车顶上。

"我们这是在哪里？"舍勒问道。

"在开始之处。"埃尔维拉答道。

1932年3月，一个美丽的星期天早晨，一对年龄相差悬殊的男女散步进入山羊森林。男子大约四十岁，稀疏的金黄色头发，留着胡须。他的脸因为早上喝过酒而变得通红，这酒是他与做礼拜的教徒在村子小酒馆一块儿饮的。他穿了一件粗糙的星期天西装，拳头埋在裤子口袋里。

女子是一个十四岁的姑娘，金黄色头发，一张漂亮的孩子圆脸。她穿着一条长及腿肚的裙子，羊毛袜，半高的系带靴子，身穿针织夹克。她的手插在磨光毛的皮手筒里。

姑娘与她父母和同母异父的姐姐住在巴萨丁村边的黄木

瓦盖的房子里。母亲为圣·加伦制衣厂手工缝制垫肩。父亲是锯木厂的锯木工。他喜欢强调他是一个少见的十根手指健全的工人。

这个中年男子是父亲的同事，他在他们家进进出出，没有人反对，因为他是个爱说笑话的人。他们笑得不太多。该男子右手只剩下拇指与食指，另外三根手指被锯子锯掉了。事故发生后，一个面色苍白的学徒给他拿来三根手指。“把它们喂狗吧。”他也许这么说道，趣闻轶事就这么流传开来。

这只右手有些伤风败俗，让姑娘着迷。有一次当他注意到她呆呆地注视他的手指时，就说：“我什么事都能做，人们为什么还要右手呢。”她脸红了。此后他总安排与小姑娘单独在一起。然后他用尽各种讽刺与挖苦，让她感到尴尬。

她是一位好奇的姑娘，中年男子没费多大力气就说服她星期天拜访过教堂后去山羊森林约会。他想给她展示一下她从未见过的东西。她不轻信能看到一种罕见的蘑菇。

但是那一刻，当他牵着她的手走在一条从森林小路辐射出的木头路上时，她的心开始怦怦地狂跳。他们走到一处用新鲜锯末覆盖的日用木柴处，他要求她在他身边的冷杉树干上坐下来，她却说：“我想回家。”

但当他开始用磨出老茧的蟹钳般的手触摸她时，她却没有反抗。他冲向她，她仍旧保持着安静。闭上眼睛，等待一切过去。

当她整理好自己的衣裙，开始停止哭泣。他陪伴她来到森林边缘，从那儿把她送回家。“这事情你可不能跟任何人说。”他说了上百次。没有必要，埃尔维拉·贝尔格并没有在梦中跟人讲起此事。

她的月经不久前才来。而当她月经再次停止时，也没有想到是怀孕了。五月份她开始感到眩晕，然后恶心。六月份她妈妈把她送到康斯坦茨一位她第一段婚姻时认识的医生那里，埃尔维拉已怀孕四个月了。

她来到弗赖堡州一家由修女管理的疗养院。那里的人们有经验处理这种事。十一月埃尔维拉生下了一名健康的男婴。修女为他取名康拉德，取自十九世纪康斯坦茨主教，神圣的康拉德的大名。

1933年1月，埃尔维拉开始了她在瑞士法语区的生活。她到洛桑一户家庭工作，为了挣取零用钱料理家务。康拉德由埃尔维拉的母亲照料。他冒充成埃尔维拉的同母异父的姐姐安娜非婚生的孩子，巴萨丁村子里的流言蜚语这样就找不到市场了。

安娜是母亲与康斯坦茨的一位理发师第一次婚姻所生，他于1918年7月在马恩河畔阵亡。像她母亲那样，姓朗，十九岁，正在苏黎世读护士学校。1933年圣诞前夕，也就是她那年第一次造访巴萨丁时，才知道已满一岁的孩子康拉德被人当作了她非婚生的孩子。她威胁要让全世界都知道此事，但并没有付诸实施。

两年之后埃尔维拉又怀孕了，这次让她怀孕的是她当女仆的家庭之父。她现在知道怀孕的症状，下决心避免头一次的情况。她前往去年接受护士培训的姐姐那儿。当安娜知道，埃尔维拉为何求她帮忙时，气愤地拒绝了她。但是埃尔维拉近几年发现并发展了她的天赋，贯彻她坚决要做的事。姐姐安娜在她造访的第二天就同意帮助她。

安娜在培训期间两次参与了流产，她相信自己有能力实施手术。她根据记忆从诊所偷来了医疗器具，在她的斜屋顶阁楼内的弹簧芯床垫上，在半瓶李子酒麻醉的埃尔维拉身上实施了手术。

这成为一场灾难。如果安娜没有在最后一刻叫救护车，埃尔维拉就会因失血过多而死亡。

埃尔维拉·贝尔格在医院里待了四个礼拜。当有人告诉她，再也不能生孩子时，她不禁叹息："噢，我的天哪！"

安娜·朗失去了培训的职位，被判处收容监禁。

1935年圣诞节，两位同母异父的姐妹在巴萨丁一套有穿堂风的小房子里栖身。她们不知道更绝望的是什么：她们的现在或者未来？

新年过后时来运转。埃尔维拉根据一个鳏夫用"最好条件"寻找育儿保姆的广告前去应聘。她获得了限定在一定范围内的面世机会，允许在威廉·科赫，一位富裕的工厂主面前做自我介绍。她获得了这个职位时，没有抱任何幻想，她不应仅仅把这点归功于工厂主热情地给她出具的工作证明上。

时年四岁的托马斯·科赫是一个安静单纯的孩子，对她没有过多的要求，恰恰跟他父亲相反。但这次埃尔维拉接受了条件。不到一年她就成为了威廉·科赫的妻子。没过多久安娜·朗就作为女仆进入雇员的住房。她带来了视为自己儿子的小康拉德。

埃尔维拉在奔驰车后座上久久地陷入了沉思。汽车玻璃窗上蒙上了一层雾气，雨点还在没有节奏地落到车顶上。她正欲打开门，舍勒先下了车，扶着她从车子上下来。

"让我独处一会儿。"她请求道。舍勒把雨伞递给她，目送这个拎着大手袋的柔弱身影在潮湿的森林小路上摇摇晃晃地走去，最后消失在一处新生的冷杉树树丛后面的拐弯处。他坐回方向盘前，等待着。

二十分钟过后，他正打算驱车朝她消失的方向开过去，启动引擎时，她又再度出现了。他朝她缓慢地开了几米，然后扶她上车。她的样子好像刚刚打扮好，只有她的女士轻便鞋呈现出可怕的样子。

他想提醒她一下，她却面带着微笑说："走，带我去阳光灿烂的地方。"

舍勒按照规定开到时速130公里。埃尔维拉一声不吭，并没有什么反常。她频频点点头，这倒是新鲜的内容。

在哥特哈德隧道里，仅仅在他们离开巴萨丁，朝南方开了两个多小时之后，他从后视镜中发现她的眼睛始终闭着。“到了罗马再把我叫醒吧！”当她感觉他在观察她时，随即命令道，然后又睡着了。

他来到隧道出口，被南边的大雨吓了一跳，不得不急刹车，她也没有从微睡之中醒来。

他夹在密集的车队中几乎以步行的速度经过拉文蒂纳①，雨刮器还在徒劳地与雨柱和四溅的水花搏斗，埃尔维拉·森仍然睡着。

过了比亚斯卡②他注意到，埃尔维拉面色惨白，嘴唇微张。

“森夫人。”他轻声地呼唤，接着更大声地喊道：“森夫人！”最后大声呼唤：“埃尔维拉！”

她没有反应。到了下一个服务区，他急刹车，转弯。这令后续的车辆觉得意外，当舍勒站在雨中打开车后座旁边的车门时，他们不停地按喇叭。

汗水把埃尔维拉的化妆溶解了。她失去了意识，但舍勒还能感觉到她的脉搏。他摇晃着她，开始小心翼翼，然后使劲摇，但她已经没有了生命迹象。他再次坐到方向盘前面，驾车离

① 拉文蒂纳，最为著名的是作为连接圣哥达山通往南部的运输交通枢纽，位于瑞士堤契诺州。

② 比亚斯卡是瑞士的城镇，位于该国南部，由堤契诺州负责管辖，面积59.13平方公里。

去。这次没有注意限速。过了克拉罗[①]之后，他终于抵达了问讯处，获取了贝林佐纳[②]医院的电话号码，当值的急救医生正在电话机旁。正当他以超快的速度在超车道上用车载电话说明病情，通知医生病人的重要性时，贝林佐纳南的最后一个出口的牌子从他旁边一闪而过。他急忙刹车，往右打方向盘，才注意到他挡住了一辆在右侧车道行驶的载重卡车的路，打反向。奔驰汽车滑向一侧，飞到了中间车道，穿过两道护栏，翻了几个跟斗，差一点点撞上一辆迎面驶来的载重卡车，在反向车道的故障车道上停下来。冷却器在行驶方向，但车轮飞到了空中。

在埃尔维拉死亡的消息传来两小时之后，乌尔斯·科赫向他妻子西蒙妮解释了法律状况，正像弗雷迪·策勒跟他阐释的那样。他拒绝在客舍谈话。她最后同意来到别墅，但坚持要到她的“罗兰爱思”房间。

他坚定有力地走进来，但是她对他很了解，知道乌尔斯通红的眼睛不是因为哀悼埃尔维拉的缘故。

她平静地听完了他详尽的说明，让他公事公办扼要的重述。当他说道“你瞧，法律上这一案件已经解决了”时她问道：“而人性方面呢？”

“人性方面这就是悲剧了，对于所有参与者都是如此。”

---

① 克拉罗，瑞士堤契诺州的一个小镇。

② 贝林佐纳，位于瑞士东南部的一座城市。贝林佐纳是堤契诺州的首府所在地

“你不知道，如果我与你们断绝关系是多么大的悲剧。”

乌尔斯鼻子疼得厉害，他的脑袋也疼痛不已。

“你现在能用什么手段来威胁我呢？”

“公之于众。”西蒙妮站起来，“你会在每份街头小报，全国和半个世界的每家电台经常听到，读到这个卑鄙故事的任何细节，直到你在你自己面前感到恶心。”

“你想干什么？”

西蒙妮再次坐下。

埃尔维拉·森的葬礼在她去世之后的一个礼拜后才得以举行。花了很多时间，考虑经济，政治和文化领域的上层人物的仪式程序，为了给葬礼赋予合理的范围。

在教堂前面的广场上挤满了穿着丧服的肃穆人群。他们伸出手来，其行为没有兴奋的成分，这样大家就不会想起他们并不关心埃尔维拉·森的命运。

人们三三两两地站在一起，低声交谈着，市警察局的几位官员希望大家不受打扰。

尴尬之中沉闷的教堂钟声开始响起。参加葬礼的人缓慢向教堂那边移动。人们在入口处稍作停顿，然后，在坚硬的椅子上分成了低语、咳嗽和擤鼻涕区域，镇静地期盼着接下来的一个半小时。

从两个方向开始列队：走在前面的是家庭成员、朋友、官员；后面是社会关系，社会、政治、经济和媒体界的代表。当两队人物在教堂的中间会合，排列完毕之后，过道里也挤满了急切的来宾，他们想待在入口处附近，随后就不用浪费时间。

大家用尽各种方式对死者表示尊敬，也提到了舍勒，他为了抢救埃尔维拉献出了自己的生命。远远坐在前面的人凝视着花海，力图辨认出缎带上的铭文，其他人则沉湎于他们的思绪之中。

除了施陶布利医生之外，没人知道埃尔维拉·森的冰箱里少了六支胰岛素安培剂U100。

在强有力的、鼓舞人心的管风琴声中，面对居民们同情的目光，死者家属经过中间的过道离开教堂。大约持续了一个小时，直到缓慢的人流从托马斯、乌尔斯和西蒙妮·科赫旁边经过。

西蒙妮最后离开教堂时，太阳从云雾中露出了笑脸，春天已经触手可及了。世界前行，应该忘掉埃尔维拉·森。

西蒙妮参加完葬礼后的宴请返回（她的在场也是与科赫家族协商的结果），劳作疗法师准备随时给她一个惊喜。

“请您过来一下，朗先生有一件礼物送给您。”

西蒙妮脱下大衣，走进起居室，康拉德近来重新在此消磨时光。从兰雅护士用蜂蜜杏仁救了他后，他又开始吃饭了。他此刻坐在桌子旁边，正在作画。

理疗师从桌子上拿起一张纸，递给了西蒙妮。

这是一幅灰蓝色的水彩画，标题是《五月的雪球－雪之屋》。而现在下面多了一行字："献给西蒙妮。"

康尼用富有同情心的目光打量着她："这是你的。"

次日奥尼尔也来了。他与昆德特医生花了三个小时研究劳作治疗录像带，随后确认劳作疗法师没有骗人。

这意味着康拉德·朗学会了一个新名称，而且能够回忆了。

下午，剩下的时光，西蒙妮与康拉德又开始观看照片。这次用了所有的四本相册，还有那三本他很久没有半点反应的相册。

对照片呈现给他的生活场景的回忆全消失了。

但当西蒙妮翻到最后一本相册，指着第一张照片——年轻的埃尔维拉在冬季公园内——时，他用责备的语气说道："贝尔格小姐，昨天你就知道了。"

当晚客舍的全体成员聚在一起。卢奇亚娜·多蒂烹制了六份意大利面条。西蒙妮走进别墅的葡萄酒酒窖，拿来八瓶1961年份的布朗康田酒庄的葡萄酒[①]，珍品，还是埃德加·森窖藏的葡萄酒。

"为了POM55！"当卢奇亚娜斟酒时，伊恩·奥尼尔总是

① 布朗康田（Brane-Cantenac）酒庄历史悠久，可以上溯到12世纪，紧邻三级酒庄Cantenac-Brown（康田布朗）和二级酒庄Brane-Cantenac（布朗康田），并与三级酒庄Giscours（吉斯库）同属一个主人。酒庄的质量稳定而卓越，因出色的表现而博得世界范围内的崇高声望。

大呼小叫。

“如果没有胰岛素。”昆德特医生冷笑道。

“或者蜂蜜杏仁。”兰雅护士补充道。

彼得·昆德特最后一个走。西蒙妮陪他来到门口时，他们俩互相亲吻。

康拉德·朗虽然失去了他生命中的主要章节，但是通过积极的训练逐一重组了他旧有的知识，再造了与现实的联系。

他还得再度学习，掌握运动的过程，开始简单的，然后更复杂。

几个月后他可以再次站起来，洗涤、刮胡子和穿衣。尽管最后的行为未必完全相称。

他学得越多，就能越多地从自身返回。其情形正如奥尼尔与昆德特在他们最大胆的梦想中所期待的：单独阻止疾病，刺激脑细胞，互相刺激，与早就停止活动的部分大脑产生新的接触，使之按照这种方法突然又再次被唤醒。

许多东西被掩埋了，但是对表面的记忆又会重现。如同软木塞，在他记忆的海藻之中被深深地缠结。

杜鹃花别墅里的这间客舍成为国际阿尔茨海默病研究的兴趣中心。康拉德·朗成为无可争议的明星。

六月份西蒙妮与乌尔斯·科赫之间的婚姻走到了尽头。

七月份西蒙妮生下一名健康的女婴，她给小家伙取名丽萨。

九月份，在最后一个美丽的夏日之夜——四处弥漫着刚刚割过的青草气息，远远的下方的湖泊郊区的灯光富有活力地闪烁着——康拉德·朗在客舍的起居室内，由于灵感坐到了钢琴旁。他打开琴盖，用右手触了一下琴键，演奏了几首和弦，然后传出的声音轻柔而舒缓，弗雷德里克·肖邦第15号夜曲，作品第2号，升F大调，开始还有些不自信，随后变得更果敢，更流畅。

兰雅护士轻轻地走进房间，他冲她微笑。

然后他用左手帮助。

左手伴随着右手，保持了若干停顿，几个节拍的喘息，然后它又迎上去，从它之中取下旋律，它又单独前行，再丢给它，短促：表现犹如一个带有自己意志的独立生物。

11

两年过后POM55得到了许可证，以“Amildetox®”的名称登陆国际市场。这种药物是治疗阿尔茨海默病的第一次突破。使用它大多数情况能够阻止疾病的恶化或者按照奥尼尔医生的表述，可以大大延缓疾病的恶化。

最大的问题是早期的诊断。尽管全球都在积极研究，迄今还没有成功地研制出一种治疗仪，对初期的阿尔茨海默病患者进行可靠的诊断。虽然“Amildetox®”是一种有效的药物，但是往往使用过迟。

研究集中在丧失的脑细胞再生上。

奥尼尔和昆德特希望，仅仅炎症被阻止的事实足以证明这种新药是利于细胞增长的兴奋剂。两位医生在康复中心相应地展示了成功。病人使用“Amildetox®”治疗后恢复了许多功能，使之能过上相对独立的生活。但像康拉德那样引起轰动的结果迄今尚没有发生过。

康拉德·朗虽然患了一种完全的遗忘症，涉及他过去的绝大部分生活，但他似乎能完全对付得了。涉及最近两年的记忆相当完整，也就是从他治疗获得成功这一刻开始。这一现象的优点是没有不舒服的记忆纠缠他，让他成为一位心满意足的，优雅的老绅士。

他掌握了他的身体功能，精神与经济上能独立自主，像小孩子那样充满好奇，到他早年去过的地方做长途或短途旅行。这期间总有一位迷人的亚洲女子陪伴他左右，一位来自斯里兰卡的女护士，肯定比他年轻很多岁。

他的语言中心得到了完全恢复，他的方向感再度完好无损地恢复了，要想了解他协调能力的人一定要听听他触键演奏肖邦的曲子。

奥尼尔医生与昆德特医生倾向于这种观点，康拉德·朗再次制造的具有决定作用的兴奋剂可能是低血糖症，脑细胞的低血糖，是由埃尔维拉·森用胰岛素谋杀造成的。有时候他们表示抱歉，因为他们不允许再次重复实施这项试验。

埃尔维拉·森的肖像挂在“阿佩尔诊所”——“埃尔维拉·森-阿尔茨海默病基金会”的康复中心大堂的突出位置，康拉德·朗如今居住在其塔楼的套房内。一个舒适的住处，只要他能成功地避开住在他楼下的、那名方脑袋、双眼紧邻的病人。此人用“康尼”称呼他，没有别人会那么做，用任意发明的——显然是共同的——青年时代的回忆让他厌烦。

“德斯·阿佩尔”充斥着奇怪的客人，他们有时候穿着有些夸张或者拿着玩偶走进餐厅，与他们说话。但是哪些大房子内没有这些古怪的客人呢？

诊所由彼得·昆德特和他妻子西蒙妮领导，康拉德与他们的小女儿丽萨保持着非常真诚的关系。有时候他会为她演奏《蚊子的婚礼》，一首波希米亚的诙谐曲，有一天从消失的记忆的灌木丛飞回到他身边。

如果他情绪好，就会在阿佩尔诊所的酒吧里为参加鸡尾酒会的奇特客人们演奏几首他可能回忆不起来哪个时代的旋律。

“自从新钢琴家来了后，这里发生了很多事情。”胡尼姐妹发现。

致谢

衷心感谢在此书写作过程中支持我工作的朋友：伊斯特巴·波姆波医生直观地把我带入阿尔茨海默病的研究之中，在科学方面通俗易懂地提供咨询。安德烈亚斯·U.蒙施医生，在诊断与治疗问题上给我提供了帮助，让我了解到疾病的特性。斯特凡·哈格如此迅速，负责，彻底地调研与回答了我在法律方面的问题。简·威利竭尽全力寻找，并非一切都如意。彼得·吕蒂为此书的写作挖了自己的墙角。乌尔苏拉·鲍姆豪尔·维克对故事在语言与逻辑上做了仔细的检查。我妻子玛格丽特·奈依·苏特竭力推动我在第一稿完成后，再次从头开始。

马丁·苏特

图书在版编目(CIP)数据
小世界 / (瑞士) 苏特 (Suter, M.) 著; 陈巍译.
—上海:上海译文出版社, 2014.1
(马丁·苏特小说选)
书名原文: Small World
ISBN 978-7-5327-6320-7

Ⅰ. ①小… Ⅱ. ①苏… ②陈… Ⅲ. ①长篇小说-瑞士-现代 Ⅳ. ①I522.45

中国版本图书馆CIP数据核字 (2013) 第171517号

本书得到瑞士文化基金会 (Pro Helvetia) 赞助

图字: 09-2012-115号

小世界
[瑞士] 马丁·苏特 / 著 陈 巍 / 译
责任编辑 / 裴胜利 装帧设计 / 胡 枫

上海世纪出版股份有限公司
译文出版社出版
网址: www.yiwen.com.cn
上海世纪出版股份有限公司发行中心发行
200001 上海福建中路193号 www.ewen.cc
山东鸿杰印务集团有限公司印刷

开本850×1168 1/32 印张10.25 插页5 字数137,000
2014年1月第1版 2014年1月第1次印刷
印数: 0,001—5,000册

ISBN 978-7-5327-6320-7/I·3778
定价: 42.00元

本书如有质量问题,请与承印厂质量科联系。T: 0533-8510898